ワリナ
ラナ

セリーヌ

クリスティーナ

転生前は男だったので
逆ハーレムは
お断りしております

転生前は男だったので逆ハーレムはお断りしております

森下りんご
ill. みわべさくら

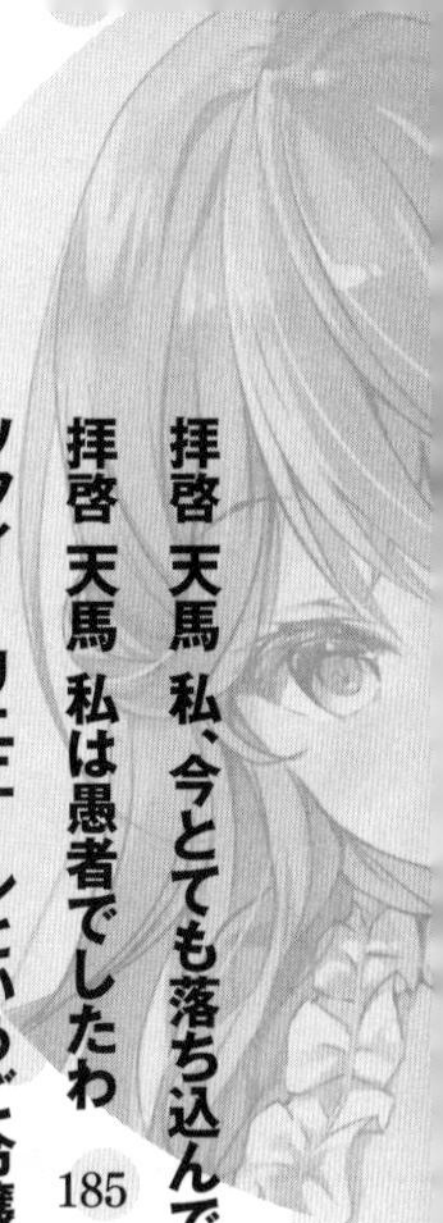

プロローグ　消えた命と生まれた命

中村祐《なかむらたすく》、二十五歳。

いま、祐は齢が享年となる危機を最大限に感じていた。

祐は高卒で営業職に就き、七年という長いようで短かった年月を過ごし、新たな目標のために会社を退職した。


学びたかった分野に進む資金がやっと貯まったのだ。


そんな祐を、長年の親友は新たな門出のお祝いだと、宝くじで高額当選した金で欧州旅行に誘ってくれた。

初めて訪れ、日本とは異なる歴史と建造物に祐は感動し、連れてきてくれた親友に感謝した。

しかし、まさか、その旅行一番の目玉だった豪華客船が沈没するなど、誰が考えられただろうか。


――苦しい。


空気のない世界は、簡単に人間の息の根を止める力を持っていた。

投げ出された身はもう海に沈み、もがく力も気力も冷たい水に奪われていく。

(もう駄目か……)

諦めが、胸に広がる。動きを止めた体は面白いくらいに、深海へ吸い込まれていくように下へ下へと落ちる。

（せめて、天馬《てんま》だけでも、アイツだけでも）

生きていてほしい。

そう願った瞬間、もがくために伸ばしていた腕を、誰かに掴《つか》まれた。

（――――天馬!!）

腕を掴んだのは、親友だった。見たことのない必死な形相で、自分を引き上げようとする。

声なんて聞こえない海の中で、自分と同じように、天馬も自分の名前を呼んでいる気がした。

助けるつもりなんだと、一瞬で分かった。

でも、それが無理だということも十分分かっていた。

（……バカだな、独りぼっちのオレと違って、お前には帰りを待っている家族がいるだろう）

冷たい海の中で、笑ってしまう。

祐のために、自分を危険に晒《さら》してまでも助けようとする親友に、死にゆく身で幸福を感じていた。

もうそれだけで十分だった。

だから、最後の力を振り絞って、天馬を押し上げた。どうか助かってほしいという願いを込めて。

一世一代の最後の力は、自分でも驚くほどに強かった。

「――――ッ!!」

天馬の驚愕《きょうがく》が伝わってくる。

押し上げられた親友は海面へ、祐は深海へと落ちる。

深い海を、祐はもう怖いと思わなくなった。恐怖はもうなかった。

ああ、神様、
この世に神様がいるなら、どうかお願いします。
どうか、天馬だけは無事に返してください。
オレの風前の灯の命じゃ、代わりにもならないだろうけど。
この命だけでも足りないなら、来世は聖職者として神様に操を立てます。
現世も幸か不幸か、キレイな身なので、来世もきっとそうでしょう。
なぜかその点については確固たる自信があります。
輪廻転生《りんねてんせい》なんてあるのか分からない。けれど、どうしても祈ってしまう。

どうかお願いします。
コイツだけなんです、幼少期から変わらずに友人でいてくれたのは。
独りぼっちだったオレの世界に色をくれたのは、コイツだけだったんです。
どうか、神様、神様……

途切れゆく意識の中で、冥《くら》い深海の底に落ちゆく音を聞きながら。
ただ一つ、それだけを願っていた――。

◆◇◆◇◆

それが意識という概念で正しいのなら、祐の意識が戻ったのは、冥く、けれど温かな海の中だった。

恐怖も、寒さもなく。ただただそこには穏やかな時があった。

ここがどこなのか分からない、けれど心地好い場所に不安などなく、わざわざ目を開いて確認する意思は持たない。

（ああ、ずっとここにいたいな……）

けれど、願いは永くは叶《かな》わなかった。温かな冥い海から、光の先へ突然押し出されたのだ。

何が起こったのか分からないが、とにかくかなりの不快感が全身を襲った。

先ほどまでは呼吸をどうすればいいかなんて考えもせず、ただ気持ちよく眠れていたのに、いまは呼吸がうまくできず、息が苦しくて仕方ない。

（うぇぇぇええ、なんなんだよ、なんか、すげーキモチわりぃ！）

体がとても重い。光の先に押し出される前までは、重力なんて感じなかったのに、今は体にかかる負荷をこれでもかと感じる。

そのキツさに声をあげるが、自分の声が耳に届かない。

耳がおかしくなったのか。聞こえるのは、なぜか赤ん坊の泣き声だけだった。

軽いパニックと恐怖に、なすすべもなく狼狽《うろた》えていると、温かいモノに包まれる感触が肌にあたった。温かな海によく似ていたそれが、人の腕だと認識するまで時間がかかった。

温かい腕に抱かれ、その指先が、自分の頬にそっと触れる。

「ああ、神様ありがとうございます！　なんて可愛らしい子なんだ！」

最初に聞こえてきたのは、低い男の感謝の声だった。泣いているのか、その声は震えていた。

「ソフィー。貴女の名前はソフィーよ。私の愛しい子。どうか健やかに育って」

慈しむように優しく囁《ささや》くのは、女性の声。か細い声だというのに、その言葉には力強さが込められていた。

（な……に？　ソフィーって誰だ？）

目を開いているつもりなのに、ぼやっと靄《もや》がかかっていて、状況がよく分からない。

可愛らしい子？

愛しい子？

なんだ、それ？

（……あの人も、オレが生まれた時はそんな風に思ってくれたのかな）

幼い時に自分を捨てた母親が思い出される。すぐに否定したのは、愛された思い出がなかったからだ。自分は愛されなかった。愛されなかった子供だった。

（でも、もういいんだ……）

家族みたいな親友が自分の傍《そば》にいてくれたから。

自分にとっては十分な人生を過ごせたのも親友のお蔭だ。

誰かが傍にいる温かさを知った自分の人生は、きっと幸福だった。

知らない声が「ソフィー」と愛し気に呼ぶのを聞きながら、思う。

(君が誰か分からないけど。ソフィー、君は親に十分に愛される子であってほしいな)

親にも友人にも、愛し、愛される子であればいいと願った。

視界がハッキリしない世界で、ソフィーという顔も知らない子の幸せを願いながら、けれど……

と、考える。

自分はいったい今どこにいるのだろう。

これは、ソフィーの泣き声がいっそう強くなった。

赤ん坊の泣き声がいっそう強くなった。

こんなに近くに聞こえるのに、その存在は分からない。

(ソフィー、君はどこにいるんだ?)

強くなる泣き声。こんなに泣いているのに、どこにいるのか分からない。

「ソフィー、大切な私たちの命」

自分の耳元に、心地好い声が届く。母親の、子供への愛情が伝わる声。

その時になって、やっとその声が自分に向けられていることに気づいた。

そして同じく、赤ん坊の泣き声が自分の声だと気づいた瞬間、中村祐の意識はそこで途切れた。

拝啓　天馬　どうやら私は男爵令嬢として転生したようです

何を言っているんだお前？　というツッコミが聞こえてきそうだけれど、事実なのです。

前世、中村祐だったこの私が、今世は男爵家の令嬢、ソフィー・リニエールとして転生したようなのです。

そう、つまり、女の子として生まれ変わったのです！

前世ＸＹ染色体だった遺伝子が、今世ではＸＸ染色体ということよ！

大抵のことでは驚かないというか、興味を持たない天馬でも、さすがにこの事実には驚くことでしょう。けれど、これは紛れもない現実！　現実……――正直、いまもって意味が分かりません。

もう、驚きすぎて脳の処理が追いつかなかったのか、前世の記憶を思い出してから三日間寝込んでしまいました。

記憶が戻り、体力が戻っても、未だ混乱中です。

ですが、その中で一番ハッキリしている感情があります。

それは天馬、貴方に会いたいという気持ちです。

無理だということは理解しています。

けれど、叶うなら貴方に会いたいです。

そして、私、貴方に――――自慢したい!!

見てほしい、この白く輝く肌、夜空のような黒髪、翠玉《すいぎょく》のような瞳、こんな美少女に生まれ変わったオレを！ でもって自慢したい、この美少女を！

前世の平凡顔の男だった祐じゃ、絶対に相手にされないレベルに育つであろうこの美少女を見てほしい、マジで！ イエーイ！ オレめっちゃ美少女！ 人生勝ち組！

………失礼、レディとして失格な言葉遣いでしたわ。

貴方に会えないのは残念ですが、せめて、貴方へのお手紙という形式で、これからも日記を書こうと思います。

それでは天馬、ごきげんよう。


パタリと分厚い日記を閉じると、ソフィーは深紅の小さな唇から、ふっと息を吐《つ》いた。

父親からは深い漆黒の髪を、母親からは美しい翠玉の瞳を引き継いだ彼女は、黙っていれば、今年六歳となる可愛らしい幼女だ。

しかし、

「天馬、きっと無事助かったよな……」

幼女に似つかわしくない言葉遣いで、はぁとため息を吐く姿は、くたびれたおっさんの哀愁を彷《ほう》彿《ふつ》とさせた。

ソフィーは数日前、プライベートリバーで溺《おぼ》れた。

さほど深くもない川だったのだが、幼少期からなぜか水を苦手としていたソフィーは、石につまずき川の中へ転倒した衝撃に驚き固まってしまい、パニックで川の浅さにも気づけず溺れていたところを、たまたま通った馬車に乗っていた少年に助けられた。

少年に「大丈夫か!?」と問われ、ソフィーが息も絶え絶えに発した言葉は、前世の親友の名前だった。

思わず零《こぼ》したその名に、ソフィーは全てを思い出した。

自分の前世が男で、水難事故で死んだことを――。

それまでのソフィーは、ずっと違和感を抱えながら暮らしていた。

何か大切なモノを忘れているのに、思い出せない感覚がソフィーにはいつもあった。

例えば、本を読んでいても、初めて見たモノだというのに、これは全然知らないモノ、これは知っているモノと同じだと選別してしまう。違うとか、同じだと、いったい何と比較しているのか自分でも分からなかった。

自分でも奇妙だと感じるそれを、口に出して誰かに伝えたことはない。幼いながら、どこかおかしいと感じることを、口には出せなかったのだ。

「まぁ、言わなくてよかったよな。前世の記憶のせいだなんて誰も考えられないだろうし」

机に肘《ひじ》をつき、手のひらを丸みの残る白い頬にあて、呟《つぶや》く言葉は完全に前世の祐の仕草、口調だ。

「おっと、いけない。わたしはソフィー！　令嬢なんだから！」

ふっふっふっと、笑う。

まさか自分が女の子に生まれ変わるとは思わなかったが、今の人生はとても幸せだ。

中村祐だった頃にはなかった家族が、ソフィーにはいるからだ。

前世は、五歳の時に母親から捨てられ、児童養護施設で育った。父親の存在をまったく知らず、母親からは捨てられ、独りぼっちだった祐の一番の幸運は、小学校で天馬という友人と出会ったことだ。もしも天馬がいなければ、きっと自分の人生はロクなものではなかっただろう。

だからこそ、あの水難事故の時に、絶対に天馬にだけは生きて帰ってほしいと願ったのだ。自分の命を代償にしても、彼だけは無事でいてほしかった。

（無事に日本に帰れたよな……）

記憶が戻ってから、何度となくソフィーは天馬のことを思い出す。

冷たい海水の中で、自分のように命が果ててしまっていたら、そう考えるだけで胸が苦しくなる。

天馬には、彼の帰りを待つ家族がいるのだ。祐だった頃、天馬の家族にはとてもよくしてもらった。だから、絶対に無事に帰ってほしかった。

（ええいっ、悩んだって仕方ない！　天馬は運が良かったし、大丈夫だ！　大丈夫に決まってる！）

天馬は、毎回一枚しか買っていない宝くじが絶対当たるという強運の持ち主だった。その運を信じるしかなかった。

けれど、どんなに信じ、祈っても、この世界では天馬の行方《ゆくえ》を知ることはできない。自分が死んだあと、どうなったのか分からない身では、どうしても憂えてしまう。

不安の衝動をなんとか抑えようと、ソフィーは手慰みに、親友への手紙という形で、日記を書くことにした。

内容は読まれると色々とマズいので、そこは前世の記憶を生かして日本語で書いている。

これで何を書いても、誰かに読まれても、内容が分かることはないだろうから安心だ。

それに、分厚い日記帳は長年愛好できるよう、丈夫な物をお願いした。これなら毎日書ける。

記憶が戻ってから、ソフィーは決めたのだ。

祐だった時の思い出を語るのは日記の中だけ。

それ以外は男爵令嬢ソフィー・リニエールとして生きると。

両親から大きな愛を貰《もら》い、不自由ない生活を送らせてもらっている。その愛に、ソフィーとして応えると決めたのだ。

だが、一つだけ両親の愛に応えることができない事項があった。

それは結婚だ。

この世界は、貴族でなくても、大抵親が決めた相手と結婚するのが普通だ。

しかし、両親には大変申し訳ないが、ソフィーは一生独身を貫き、ゆくゆくは修道女になろうと決意していた。

前世が男だったから、男と結婚するのに抵抗があるというわけではない。

前世で死にゆく時、親友の命を助けるのと引き換えに、来世は聖職者として神様に操を立てると、神に祈ったことを思い出したからだ。

もしかしたら、この誓いがあったから、神様が前世の記憶を思い出させてくれたのかもしれない、と考えたのだ。これは遂行《すいこう》しなければならないだろう。

「えっと、目的達成のためのプロセスは。まず、私は一人っ子だから、リニエール家の跡継ぎが必要ね。……これはお父様とお母様に頼むしかないわ」

正直、前世の記憶を思い出す前までのソフィーなら、とても無理なことだった。

なぜならソフィーの母、エナはとても体が弱かったのだ。ソフィーを産んだことすら奇跡だと言われているほどに。次の子を望むなど、死に値する行為だ。

しかし、前世の記憶を持っているソフィーから見れば、母の体が悪いのは当然に思える。

母は幼少期から体が強くなく、ほとんどをベッドで過ごす生活だったらしい。体が弱いため、社交界にもあまり出ることはなかったが、一度だけ出席したパーティーで、ソフィーの父であるエドガーと出会い結婚。

結婚してからも、結婚前と変わらぬ養生生活。運動しない、食事が栄養不足、加えて日光にも当たらない。健康な人間でもそんな生活を続けていれば病人になるだろう。体が丈夫になるわけがなく、本当に子供を産んだことが奇跡だと思える。父はその奇跡だけで十分だと思っているのか、母に対して過保護だった。

いま、ソフィーが住んでいる屋敷も、父が母のために保養地に建てさせた別荘だった。

男爵の地位を持つ父、エドガー・リニエールは、元は爵位のないジェントリの三男坊だったそうだ。貴族よりは下だが、農民よりははるかに豊かな生活を送り、お金に苦労することはなかった。

昔は、貴族は働く必要がなく、働くのは恥という時代もあったようだが、父が青年と言える年になる頃には、そういった考えも薄れていた。

三男坊であったため、家を継ぐことはできなかった父は、家からの融資で事業を始め、手がけた商会は他国との貿易で成功をおさめた。特段、出世欲があったわけではない。

だが、一目ぼれした子爵令嬢の母を娶《めと》るため、金で男爵の地位を得て結婚した、という経緯がある。つまり、自分より遥かに地位の高いお嫁さんを、しかも一目ぼれして結婚した母に、父は大変甘いのだ。

愛するのはいいが、過保護過ぎるのは毒だとソフィーは思う。

前世の世界では〝優しい虐待〟という言葉がある。愛情という名のもとに起こる過保護や過干渉のことだ。なんでも、してあげればいいというわけではない。

「まず、睡眠の管理と、毎日朝は散歩で運動して、日光浴びて、ラジオ体操でも一緒にしようかしら。あと、血行が悪いところのマッサージ。そして――――」

忘れてはいけないのは食事だ。

この世界の料理は、調味料が少なく、料理方法も焼く、煮るのどちらかしかない。

ソフィーは確かに現在オーランド王国という国に産まれた娘だ。しかし、前世の記憶がある以上、どうしても食に対しては〝日本人〟が出てしまう。

施設で育った祐は、親がいる家庭よりは食べられるものが限られていた。

だが、祐には、天馬という友人がいた。

天馬は家を継ぐことはなかったが、両親は医者で、とても大きな家に住むボンボンだった。

そして、天馬も、彼の両親も、彼の姉である涼香《すずか》もかなりの美食家だった。

幼い時は、それにどれほどの価値があるのかも知らずにお相伴にあずかっていた。

結果、祐はかなりの食道楽に成長してしまったのだ。大人になって、自分で稼いだお金で食料を買おうとしてやっと食べてきた食材の値段の高さに気づいたのだが、気づいた時にはもう戻れなくなっており、祐の給料は生活費と貯金以外は全て食費になった。

使ったことのない食材、調味料で料理を作るのは楽しかったし、買ったからには全て使い切るために、料理のレパートリーもかなり多くなっていった。

いつからか自分でも覚えていないが、祐の趣味は料理になっていたのだ。

これは、天馬の家に遊びに行けば、二つ年上の涼香が、祐に料理やお菓子の作り方を教えてくれたのも大きい。男も料理できないと！　と豪語する彼女に習うのは楽しかった。

そのうえ、涼香は天馬によく似た美女で、こんな美女に教えてもらえる機会なんてそうそうないと、必死に覚えたからか、腕はかなり早く上達した。

美味《おい》しいモノに溢《あふ》れていた日本。なんでも手間を掛けてでも食べようとする、食に対する執着心が強い日本人。ソフィーには、その日本人の記憶が強い。

「タベモノ大事」

食に固執するのは令嬢としてどうかなんて関係ない。食は生命の源なのだ。

「よし、行動するべきは、まずは調味料かしら？」

こんな時、自分の父親が商いを行っているのがありがたい。

現在、保養地ではなく、仕事のため家族と離れて王都の本宅で過ごしている父に、材料を用意してもらおう。父なら、他国の珍しいものを手に入れることができるはずだ。

実は昨日まで溺れて寝込んだソフィーを心配して、王都から来てくれていたのだが、今は安心して帰ってもらっている。帰り際、欲しいものがあればなんでも言いなさいと言っていたから、おねだりする絶好のチャンスだ。

「この世界に普通にあるのは、塩とコショウくらいかしら？」

まずはあるもので美味しいものを作り、母に食べてもらおう。

そして、その後は欲しい調味料を作ろう。

人それぞれかもしれないが、祐の三大調味料は醤油・味噌・酢だ。

酢は葡萄酒《ぶどうしゅ》があるのだからきっとあるはずだ。なければ作ればいい。醤油、味噌も、大豆はこの世界にもあったから、作ろうと思えば作れるはずだ。

一から作るとなるとかなり難しいがなんとか可能だろう。いや、可能にしてみせる！

「でも、味噌はオーランド王国では調味料として定着するかしら？」

何を作るにしてもゼロからのスタートだ。

個人で楽しむだけのものでは資金がいくらあっても足りない。それなら、母や自分だけのものではなく、売ることを前提に動きたい。実《じつ》をあげそうなら父も出資してくれるかもしれない。

味噌は体にいい。味がそぐわなければ、その時は薬膳スープとして売るのもいいかもしれない。

「鰹節も欲しいなぁ」

カツオという魚はオーランド王国では聞いたことがないが、似たようなものがあればそれでいい。焙乾して作ろう。

（うん、頑張ればなんでもできる気がしてきたわ）

俄然《がぜん》やる気が漲《みなぎ》ってくる。仁王立ちして不敵な笑みを浮かべていると、バルコニーの窓を叩《たた》く音が聞こえてきた。驚いて近づくと、窓の外に一人の少年が立っていた。

「リオ！」

驚いて声を上げると、少年が「よ、ソフィー！」と手を上げる。

リオは、ソフィーが溺れていたところを助けてくれた少年だ。

自分より少し年上であろうリオは、お日様のような黄金色の髪と、青色の瞳をもつ整った顔立ちの少年だった。彼が成長すれば、かなりの美男子になるだろう。

前世、平凡顔で生まれた祐からすれば、とても憎らし……いや、羨《うらや》ましい話だ。

だが、自分も今世は母親似の可愛らしい顔に生まれたので、羨ましがる必要はないはずだ。

「もう元気そうだな」

ソフィーの十分に回復した姿を見て、リオが安心したように朗らかに笑う。

「ええ。ありがとう、リオ」

「もうあんな浅い川でおぼれるなよ」

「うん、……ほんとね」

リニエール家の敷地にあるプライベートリバーは本当に浅い小川だった。あれに溺れるなんて自分でも恥ずかしい。

（いくら前世、溺死して水が怖かったからっていっても、やっぱり恥ずかしすぎる。今度、泳ぐ練習しないと！）

絶対カナヅチにはなりたくない、トラウマには負けない！　と、強く決意する。ご令嬢が泳げる必要はまったくないという事実には気づかずに。

「でも、リオだって私のこと言えないじゃない」

「オレがなんだよ？」

「ちゃんと玄関から入ってきなさいよ。面会謝絶ってわけじゃないんだから。いくら二階でも、打ち所が悪かったら大けがよ」

ちょうどいい木があるからと、二階のソフィーの部屋までよじ登って上がってくるリオに、ソフィーは小言を告げる。

「だって、こっちの方が早いだろう。それに、登る時に面白い話も聞ける」

「面白い話？」

「ここの一階はちょうど厨房だろ」

「ええ」

それは知っている。

大抵、貴族の邸宅での厨房は地下が多い。しかし、この屋敷は父が母の保養目的のために急遽《きゅうきょ》作らせたもので、二階建てで、地下がなく、厨房は一階に作られていた。

王都の屋敷は地下一階、地上三階のかなり大きいものであることを考えれば、小さい方だといえるが、父の爵位でこれだけの屋敷を複数持てるのは豪商の証でもあった。

「それがなに？」

「リニエール家当主、エドガー・リニエールは出世のために没落寸前の子爵家の令嬢をめとり、地位を金で買ったうえに、金で買った妻を体が弱いからと保養地に送り、自分は我がもの顔で社交界を満喫している、だとさ。ここのメイドたちが噂していたぞ」

「噂話というのは得てして不穏なものが多いものよ。特に女性はそういう噂が大好きな生き物ですから」

いいとこの坊ちゃんが、人の家のメイドの噂話なんて聞くなよと忠告してやりたいが、そこは令嬢らしく、ぼんやりと話をすり替えた。

「メイドとはいえ、もう少し品の良い者を雇ったらどうだ」

（そう言うあんたも、そこそこの身分なんじゃないの？）

身分ある者が木なんて登るものじゃないわよ、っと言ってやりたい。

だが、そこは一応命の恩人なので我慢する。

それに、リオが本当にそこそこの身分なのか真偽は分からない。

何度か見舞いに来てくれている彼だが、どういう身分なのかソフィーは知らないのだ。

着ている服は地味だが、見る人間から見れば分かる上質なもの。お忍びで来ている貴族か、裕福な商人の息子か、それ位しか分からない。

両親が見舞いを承認しているだけに、おかしな身分でないことは確かだろうが、どこの家の出なのか、リオはソフィーに語らない。ソフィーも特段聞かなかった。

リオは命の恩人。それだけで十分だ。

「ご忠告どうも。でも、メイド頭もお母様の侍女も優秀な方だし、とくに心配はしてないわ。この保養地はまだ来て数カ月だし、メイド頭も様子をみているのでしょう。さすがにお母様の耳には入っていないでしょうから。……でも、まぁアレを見てもそんな噂をするようなら、何を言ってもムダかしら？」

〝アレ〟というのは、溺れたうえに寝込んだソフィーの知らせを聞き、二日はかかる道を、早馬を飛ばして一日で見舞いに訪れた父のことだ。

「ああ、アレはすごかったな」

自分が寝こんでいる間も見舞いに来てくれていたリオは、父の号泣をその目で見ていた。

『ソフィー、お前とエナの身に何かあれば私は生きていけない！　どうか父を置いて逝かないでおくれ！』

ただ熱で寝込んだだけだ、殺さないでくれと、父の叫びがうるさくて半分覚醒《かくせい》しながらうなってしまった。

前世では父親という存在がいなかったので比べられないが、わりとうっとう……いや、過保護だなぁと思う。

そんな父の姿を見て、リオはかなり驚いたらしい。

自分だってどこかで〝金で爵位を買い、妻を保養地に送って社交界を悠々自適に渡り歩いている〟なんて噂を聞いて、少なからずそうだと思っていたんじゃないだろうか。

「だが、あまり使用人に舐められると、家の格に関わるんじゃないか？」

冗談交じりの声だが、言っていることはとても平民の言葉ではなかった。

コイツ絶対貴族か、それに準ずる身分なんだろうなぁとソフィーは思う。

「まぁ、いいじゃない。噂は女の甘い蜜よ。甘い蜜と、秘密は女の美しさの秘訣、それを許容するのも紳士の度量だわ」

適当な言葉で流そうと、前世、涼香が似たようなことを言っていたので、引用させていただく。

（あれ、私かっこよくない？　今のセリフかっこよくない？）

ありがとう涼香姉さん！　貴女の教育のお蔭で、立派な淑女になれそうです！

もし、その場に前世の親友がいたなら『バカが、それは毒女の間違いだ』と訂正してくれただろうが、今世にはいなかったため、ソフィーの中での淑女は色々間違った方向に突き進んでいた。

しかし、

「……お前、本当に六歳か？」

リオに「それは成人並の令嬢の発言だろ」と言われ、ソフィーはヤベッと思った。

どうやら涼香の言葉を引用するには、まだ年が早かったようだ。

（ヤバい、今までの発言とかも六歳の女の子としてどうなんだろう？　ちょっと大人すぎる会話だった？　どうしよう、普通が分からない！）

前世を思い出してからは、祐の記憶に引っ張られて、どうしても六歳の女の子の仮面が被れない。

だが、大丈夫だ。こんな時は、涼香の魔法の言葉がある。

「女は六歳でも女なの！　子供扱いしないでちょうだい！　もう、これだから男の子は！」

『もう、これだから男は！』

涼香がこの言葉を発すれば、周りの男は大抵説教された小学生みたいな顔で視線を地面に落とす。なぜ怒られたのか分からない。だが、とりあえず怒られている。それだけは分かるから、これ以上怒らせないためにも目を合わせないようにしようとする。

男を黙らす魔法の言葉だ。

とくに、美女がこの言葉を使うと威力がある。

「わ、悪い……」

案の定、リオも自分が悪かったのだろうかと困惑しながらも謝罪してきた。

男は分が悪くなると、黙るか、なぜ怒られているのか理解していなくてもとりあえず謝るかの二択が多いと、涼香が言っていたが本当だった。

（ははは、私もそうだったんだろうな……）

前世の自分もそうだったと、今は客観的に分かる。なぜか、ちょっとだけ悲しくなった。

「オレが悪かったから、機嫌なおせよ。そうだ、せっかく晴れているんだ、外に遊びに行かないか？」

見え見えのご機嫌取りだったが、ソフィーは快諾した。

「私、市場に行きたいわ！」

この地域は貴族の保養地として有名だからか、市場はわりとにぎわっている。数回、侍女に連れていってもらったことがある。あの時はあまりマジマジと見ることはできなかったが、果物や野菜がたくさん売られていた。市場なら、食材が買える。それでなにか作ってみたかった。

「市場？　……まぁいいけど、テラスカフェもあるぞ？」

「そちらには興味ないわ。それより市場で買い物がしたいの！　あ、でも子供だけだとダメって言われるでしょうから、誰か付き添い頼まないと」

いくらリオと一緒でも、子供だけで行っていいとは言わないだろう。

正直、面倒だと感じるが、ここは日本ではないから仕方なかった。

こんな時、どうせ転生するなら近未来とか、未来ならよかったのにと思ってしまう。

（転生って、死んだ時代より先の時代に生まれ変わることだと思ってたけどなぁ）

しかし、実際は未来ではなく、それればかりか過去ですらない世界だった。この世界は前世の地球とはまったく違う。世界地図や本で読んだ知識を結集して導いたそれは間違いではないはずだ。地球じゃない。けれど似た世界に生きている。とても不思議な感覚だ。

前世の最後の旅行先であり、祐が息を引き取った国の数世紀前ぐらいに似ているところがちょっと皮肉だと思う。

(まぁ、似ているってだけで、まんまじゃないけど。……この不思議を考えると長くなりそうだからやめましょう)

この辺を掘り下げようとすると、いつも同じ結論に達する。考えても、無駄という考えに……。

「おーい、ソフィー？　どうしたんだよ、急に黙って。付き添いならオレの護衛がいるから大丈夫だぞ」

ソフィーが無言になったのを、付き添いがいないと悩んでしまったと思われたのか、リオが安心させるように言った。

「リオ、護衛がいるの？」

「ああ。別に珍しくもないだろう」

確かに、王都なら珍しくもない。外に出るなら、大抵の貴族は護衛をつける。護衛をつけるのは貴族の中でステータスでもあった。

オーランド王国には〝王の剣《つるぎ》〟と言われる男子のみが通える学院がある。そこでは騎士を育成する学部があり、優秀な人材を育成し輩出していた。

〝王の剣〟に入学すると、学部によって星が与えられ、その成績や実績において星の数が増えるシステムだ。護衛は、王国の騎士にはなれなかったものや、王国の騎士にはなれたが、怪我や一線を退いた者たちが就く職でもあった。

ステータスとなるのは、この〝王の剣〟を卒業し、かつ星の数をたくさん持っている者を護衛として雇うことだ。

「リオの護衛さんは、星を持ってらっしゃるの？」

「ソフィーも、星付きに興味があるのか？」

一瞬、リオの表情が嘲《あざけ》るようなものに変わったが、ソフィーは気づかず興奮して声を上げた。

「銅星一つ以上の方に興味があるわ！」

「なぜだ？」

「お父様の護衛さんが、銅星一つを賜った方なのだけど、回してほしいとお願いしてもダメと言われたの。だから、銅星一つ以上の方なら、回してくれる筋肉があるんじゃないかと思って」

「回す？」

「こう、私を、両脇を抱えて回してほしいのよ。グルグルって！」

自分の両脇に手を差し込みジェスチャーするが、うまく伝わらなかったのかリオが不可解そうな顔をした。

「…………なぜ？」

「楽しそうだからよ！」

両脇を抱えて回す遊びは、祐であった時からの夢でもあった。

父親がおらず、母親からも十分な愛を貰えなかった祐は、公園で父親と遊ぶ子供たちをいつも羨んでいた。大きくなるにつれ、そんな憧憬は捨てた。

しかし、忘れたわけではない。子供に戻った今、可愛らしい少女に転生した今なら、夢のグルグルを実現できるかもしれない。

本当は父親であるエドガーにしてほしかったが、腰痛持ちの彼には一度断られている。記憶が戻る前の話だが、何度も頼むほどソフィーも鬼ではない。

祐にとってグルグルは愛情の証でもあった。

今世では、父からも母からも愛情は十分に貰っているから、グルグルがなくてもよい。けれど、どうしてもグルグルしてほしいという欲望が尽きない。誰でもいい、グルグルしてほしいと！

「昔、お父様にお願いしたら、危ないからダメだと断られたの。腰痛持ちのお父様だからそれ以上は頼めなくて。だからお父様の護衛の方に頼んだんだけど、ダメってこちらも断られたのよ。確かにグルグル回してもらうのというのは、私は楽しいけど、回すのは大変だろうからイヤなのは分かっているのよ。でも、銅星一つ以上の方なら軽々回してくれるんじゃないかと思って！」

「いや、……それは力があるないの問題じゃないだろう。いくら子供でも、貴族の娘にそんなことできないだろう」

「その可能性も考えたけど、私ももう六歳、来年は七歳よ！　このまま大きくなったら二度と誰にもグルグルされずにまた一生を終えてしまうわ！」

「また？」

「あ、いえ……。とにかくっ、グルグルしてほしいの！」

「……まぁ、アイツは頼めばしてくれるかもしれないが」

「本当!?　ありがとうリオ、お願いしてみるわ！」

心底嬉しそうなソフィーに、リオもそれ以上は言わなかった。口元は引きつっていたが、また怒られると厄介だと思っているのだろう。

リオの護衛は外で待っているということだったので、すぐに準備をして外に出ることにした。

勿論《もちろん》、母の了承を得てから。

ソフィーが頼むと、母は一人でないならと聞き入れてくれた。その際、お小遣いをお願いすると金貨十枚を手渡された。

「……ねぇ、リオ。金貨十枚ってどのくらいの価値があるの？」

ソフィーは買い物をしたことがない。勿論お金の価値も知らない。

金貨十枚ってどれくらいの価値なのかとリオに問えば、果物や野菜などを売っている店で買おうとしたら、金貨一枚で、わりと大き目な一つの店の分を余裕で全部買い占められるくらいだそうだ。

市場の店は、個人で行っている屋台に似たものだ。前世の日本のスーパーとは規模がまったく違うが、そうだとしても店一つ分を買い占める気はない。

「お母様、もっと小金を下さい」

金貨一枚の価値が重い。こんなものを小娘が持っていたらスリにあってしまいそうだ。そしてそんなに買うつもりもないことを遠回しに告げる。

「でもソフィー、お母様もお買い物をしたことがないから詳しくはないけど、それだとドレスも靴も買えないと思うの」

「……いいえ、ドレスや靴が欲しいわけではないので。お母様、ソフィーはただ買い物というものがしたいだけなのです」

嘘だけど。本当は市場でよい食材があったら買って、料理して母に食べさせるつもりだけど。

しかし、貴族の娘は料理などしない。料理したいから食材費をくれなどとは言えない。

（ふふ、買ってしまえばこっちのものよ！　あとはどうとでも理由をつけて料理すればいいわ）

まさか可愛い娘が悪徳業者のような思惑で頼んでいるとは知らず、母は侍女に頼んで金貨より下の貨幣、銀貨五枚を持ってきてくれた。

「銀貨五枚なら、どれくらい買えるのかしら？」

今度は母がリオにきく。リオは「銀貨一枚で家族四人、五日分の食材が買えるくらい」と答えた。

その家族が平民なのか、貴族なのかでかなり違いがあるんじゃないかとソフィーは思ったが、母は何も疑問に思わなかったようで「まぁ、そうなの。リオ君は物知りなのね」と喜んだ。

「小娘が銀貨五枚もってるってどうかしら？」

「護衛がいるから大丈夫だろう」

リオの言葉に、ソフィーは納得して銀貨を小さなポーチに入れた。

「じゃあ、行きましょうリオ！」

笑顔でリオを促すと、母も笑顔でいってらっしゃいと送り出した。

世間知らずな母と、この世界の基準も未だ十分には理解していないソフィーは、リオに『この親子、貴族なのに市場に買い物に出ることになぜ疑問を持たない。普通使用人に行かせるだろう……』と呆れられていたことにまったく気づかなかった。

ソフィーが意気揚々と外に出ると、馬車とそこに待つ男性が見えた。

最初は御者かと思ったが、よく見れば御者は別におり、男性はリオの護衛だった。

アルと名乗った青年は、リオより短いが同じ髪と瞳の色を持つ、これまた顔立ちの美しい男性で、思わずソフィーは、「ご兄弟?」と聞いてしまった。

「そんなわけあるか」

とても嫌そうにそっけなくリオが否定する。護衛と兄弟などと言われて不快というより、アルと兄弟と言われたことが嫌そうな感じだった。

「そんなリオ様、なんと切ないことを」

対して、アルの方はとても楽しそうな顔で笑った。アルは、花が飛ぶような錯覚を起こすほど楽しそうに笑う。

護衛という職業は、どこか剣のように鋭く、何にも動じない人間ばかりなのかと思っていたが、アルからはそんな緊張感がまったく感じられなかった。

「よく言う。どうせ、このガキ大人しく屋敷で本でも読んで過ごせばいいものを、ぐらいにしか思ってないだろう」

「そんなまさか!」

ははは、と朗らかに笑うアルに、ソフィーは二人の仲の良さを感じた。

先ほどまでのリオとは思えないほど口が悪いが、それだけアルに心を許しているように思える。

じっとアルを見れば、アルはその瞳をゆっくりとソフィーの方へ向けてくれた。

「はじめまして、可愛らしいお嬢様。どうぞ気軽にアルとお呼びください。犬のように従順にお返事させていただきます。もうお加減は宜《よろ》しいのですか？　リオ様から回復されたとお聞きしておりましたが、か弱い御身をどうか大切になさってください。リオ様も、こう見えて少し前までは体がか弱くありましたが、今やこんなに大きくふてぶてしくお育ちになられまして、アルは大変嬉しいです」

すごい、全体的にはとても優しいけど、言っていることがところどころすごい。

ソフィーが変に感心していると、リオがとても憎々し気に言う。

「ソイツ、普通の護衛と違ってよく喋《しゃべ》るし、うるさいぞ。護衛という仕事を理解していない三流だ。そして、絶対オレのことを馬鹿にしている。なんで父上はこんなヤツをオレの護衛にしたのか理解できない」

「そんな……、リオ様。わたくしは、リオ様のためなら我が身を犠牲にしてでもお守りする所存ですのに！　どうしてわたくしの想いが伝わらないのでしょう？」

「もうお前は喋るな」

「伝わらないと言えば、どうもわたくしの一番下の弟も、わたくしの愛を素直に感じてくれていないようなのです。男の子だからですかね？　うちの家系は男ばかりで、女性がいないのですよ。ソフィー様のような可愛らしい妹も欲しかったんですけどね。いや、勿論弟は弟で可愛いんですよ。二番目の弟はわたくしを慕ってくれているようで、それはそれで嬉しいのですが、なぜか心惹《ひ》かれるのは慕ってくれない一番下の弟の方で」

「おい、もう黙れ！」

リオの制止を無視し、アルはソフィーにまるで人生相談するように語りだした。六歳の少女相手に、アルはまるで世間話に興じる夫人のようにノンストップで止まらない。

「誕生日にプレゼントを贈っても、無表情で笑みの一つも見せてくれないのです。勿論、御礼は言ってはくれるのですが。わたくしが一生懸命選んだプレゼントも、一目見て『兄上のセンスは僕には理解できません』と、これまたつれなくて」

「はぁ……それは、なかなかさみしいですわね」

「アル、もう黙れと言っているだろう！」

「この前も抱っこしたら、死んだ魚のような目をするんですよ。まぁ、それが可愛くて！」

「可愛いですか？」

死んだ魚のような目なのに？

「ええ、もう全てを悟り切った顔で黙ってなすがままなんですけど、その目が死んだ魚のようでとても可愛いのです！」

「まぁ……」

弟君がいくつか知らないが、なんだかとても可哀想だとソフィーは思った。

そして、もう一人の可哀想な人を見て一言。

「リオ、貴方の護衛さんは変わった方なのね」

「……ああ、なぜかオレの周りは変わった奴が多いんだよ」

「あら、大変ねぇ」

リオは、お前もその一人だという目で見たが、ソフィーは無視して、もじもじとアルを見やる。

「あの、アル様……」

「アルとお呼びください。可愛らしいマイレディ」

「おい！　幼女相手に、口説《くど》くような声音《こわね》で話すな！」

「リオ様、女性にお年は関係ないのですよ」

「!!」

先ほど『女は六歳でも女なの！』と言われたことを思い出したのか、リオは悔しそうに押し黙った。言っていることは確かにソフィーが先ほど口にしたものに近いが、幼女相手にサラリと言えるのがスゴイ。

「では、アル……あのですね、お願いがあるのですが……」

「なんでしょう。なんなりと仰《おっしゃ》ってください」

「グルグ……」

「おい、ソフィー。グズグズしていると市場が閉まるぞ」

グルグルのお願いをする前に、リオから横やりが入った。

「なんですって！　それはいけないわ、急ぎましょう！」

ソフィーは慌てた。

今日、なんとしても食材を買いたいのだ。自分の欲望より、母の食事改善の方が先決だ。

「リオ様、『グルグ』とはいったいなんのことでしょう？」

「アル、お前はとりあえずオレがいいと言うまで一切喋るな。喋ったらお前の一番下の弟に、お前の兄は幼女を口説いた変態だと告げ口するぞ」

「そんなリオ様……。あれにそんなことを言ったら、『兄上の好みは僕には理解できません』と死んだ魚のような目で見られるじゃないですか。きっととても可愛いでしょうね！」

リオが苦虫を噛《か》み潰《つぶ》したような顔で小さく悪態を呟いた。ソフィーには聞こえなかったが、リオがとても苦労していることだけは理解できた。


やってきた市場はとてもにぎわっていた。

日本で言えば夏にあたる今の時期は、避暑地として有名なこの保養地にはたくさんの貴族が訪れており、そのせいか、市場は多くの使用人たちが新鮮な食料を求めて買い物に来ていた。

果物、野菜を売る商人はそのみずみずしさを声高らかに宣伝し、羽をむしられた鳥が何羽も吊されている肉屋は、焼くことによって香ばしい香りで客を誘った。

「ところでなぜ市場なのですか？　ドレスの仕立て屋などもこの先にありますが」

「お前、本当に黙る気はないいんだな」

「若々しいお二人の会話に、わたくしもお邪魔させてくださいい」

相変わらず笑みを絶やさないアルの返答に、リオは諦めのため息を吐いた。そんな二人を完全に忘れ、ソフィーは色々な店をのぞいて回る。

（ニンジン、カラーピーマン……うん、この辺の野菜は前世と同じだわ。あれはトマトかしら？　ちょっと形がリンゴみたいだけど、皮の艶《つや》やかさがトマトよね？　いえ、もしかして味はリンゴかも？）

どっちなの!? と疑いながら、陳列品を見てまわるのがとても楽しかった。

(あ、ジャガイモ、見た目そのまま! 味も同じかしら?………ん?)

市場の中でもひと際大きな店の前で、ソフィーは足を止めた。

「これ、ニンニク!?」

形、色どれをとってもニンニクによく似た形状のそれに、ソフィーは興奮した。

肉の臭みを消し、食欲をそそる香味をプラスしてくれ、そのうえ強壮・スタミナ増進効果も期待できる。

「お嬢ちゃん、それに興味があるのかい?」

「ええ、これはなんという食材なの?」

商人に話しかけられ、ソフィーはワクワクして問う。

「これはピーヤだ」

「ピーヤ……」

聞きなれない名前だが、匂いを嗅《か》がせてもらうと、確かにニンニクと同じ香りがした。

「これは匂いが独特なんだ。俺も、芋みたいだと思ってふかして食べてみたんだが、どうも奇異な味がして。まぁ、味はまだ我慢できるがとにかく匂いが臭い! 食べてから三日間ずっと口の中が臭いと、かみさんに言われたよ」

「薄くスライスして焼いてみたことは?」

「薄くスライス? これを薄くスライスしたら食いにくいだろう」

なるほど、売ってはいてもあまり食べ方は知らないらしい。

「これは他国からの流れもんで、結構高いんだ。それにこの匂いだから、買い手がいるとは思えなくて、俺も困っているンだが」

「おいくらかしら？」

「これ五つで銅貨一枚」

他の野菜で計算すると、ジャガイモなら銅貨一枚で四十個買える。

それで考えると確かに高いが、ソフィーの手には銀貨五枚があるから大丈夫だ。

「いただくわ。あと、この赤いのと、これとこれも！」

「おお、ありがとうお嬢ちゃん！　この白いのは売れないと思っていたからありがてぇ。このエピカをおまけするよ。お代は全部で銅貨三枚だ」

エピカという、これまた聞きなれない緑色の玉を貰った。

果物だろうかと考えながら、銀貨を出そうとした。だが、それをアルに止められた。

「ソフィー様、ここはわたくしが」

「え、でも……」

「こういう市場でそちらを出すと、商人がおつりに困ってしまいますから」

キチンとした理由を耳元でそっと言われ、ソフィーは持っていた銀貨を見る。

（そっか……、銀貨と銅貨の貨幣の価値を考えていなかったわ）

あくまで個人で行っている商店で、大きな貨幣を出されては、商人にとっても困るだろう。前世のように、銀行がたくさんあるわけでもない。

ソフィーがグダグダしていると、アルが会計を終え、そのうえ荷物まで持ってくれた。

「ありがとうございます。アル、代わりにこのお金を貰ってください」

両手で銀貨を差し出すが、アルは「お気になさらずに」と受け取ってはくれなかった。

「悪いソフィー、オレもそこまでは考えてなかった」

「リオ様もお坊ちゃまですからねぇ」

アルの、のほほんとしたからかいに、リオがとても嫌そうな顔をする。

（リオはお金に詳しかったから、貴族でもそんなに上じゃないと思ったりしたけど。お坊ちゃまってどのあたりのお坊ちゃまなんだろう？）

地位の高い貴族はお金の価値に疎い者が多い。リオのように、銀貨一枚で家族四人の五日分の食料などという言葉はすぐに出てこない。だが、考えようによっては、そう誰かに教わっただけなのかもしれない。一瞬、家柄を聞こうとしてやめた。

必要ならいつか教えてくれるだろう。そういえば、結局アルの星の数も、リオは口にはしなかった。口にしたくないのかもしれないし、せっかくできた友人の詮索に興味はない。

その後も肉屋で美味しそうなお肉を買った。お金はまたもやアルに出してもらうことになり、とても気まずかったが、アルはとても楽しそうだった。

（あとでグルグルをお願いしようかと思っていたけれど、ここまで迷惑をかけてしまっては、とても頼めないわね）

帰りの馬車で、こっそりと諦めのため息を吐く。

（まぁ、今日はもう日が落ちそうだし、またいつかお願いしてみよう）

でも、その前にアルに今日の御礼をしたい。だが、金銭だとアルは受け取ってくれない気がする。

「あ、そうだ！」

思いついた考えに声を上げると、家の中まで送ると一緒に馬車を降りたリオが驚いて足を止めた。後ろにはソフィーが買った荷物を持ってくれていたアルが、足を止めたリオとぶつからないように体を左に反らしていた。

「何だよ、突然。どうかしたのか？」

「リオ、明日また遊びに来てくださる？」

「……来ていいなら」

「よかった！　じゃあ、アルと一緒に来て！」

アルと一緒という言葉に、リオが不服そうな顔をする。

「どうされたんです、リオ様。わたくしはいつでもリオ様と一緒。護衛ですから。たとえ呼ばれずとも行きますよ」

今日一日、笑っていないところを見たことがないというほどよく笑う護衛は、とても楽しそうだ。

「リオ、アル、今日はありがとうございました。また明日、今日の御礼をさせてください」

ソフィーは、軽やかに淑女の礼を取る。とても可愛らしい笑みを浮かべたそれに、二人は同じように笑みを返してくれた。

まさか、次の日に、同じ少女から度肝を抜かされるとは思ってもいなかった。


「ソフィー？」

「なぁに、リオ」

次の日、約束通り遊びに来てくれたリオだが、その眉間《みけん》には皺《しわ》が寄っていた。

「これはなんだ?」

「これ? これはお肉と野菜を炒めたものよ」

テーブルに置かれた一枚の皿。

それには、ソフィーが言うように肉と野菜を炒めたものがのっていた。とても香ばしい香りがする。しかし、いつも食べているものとは違う、嗅いだことのない香りだった。

「これは昨日買った食材のように見えるが、料理人に作ってもらったのか?」

「確かに昨日の食材だけど、作ったのは料理人ではないわね」

その返答に、リオはなぜかとても嫌な予感がし、思わず普通の令嬢相手ならしない問いを口にしていた。

「……お前が炒めたのか?」

「ええ」

無邪気な笑顔で肯定され、一瞬の沈黙が落ちる。

「お前貴族だろう?」

「そうよ」

「貴族の令嬢が、料理を作るのか?」

「いやだわリオ、貴族のご令嬢は料理なんてしないわよ。料理より刺繍《ししゅう》、哲学より詩、当然でしょう?」

唇に手をあて、微笑む可愛らしい仕草に、リオは一瞬気を取られたが、すぐにコイツ誤魔化《ごまか》そうとしていると気づいた。

「……へー、じゃあ、これは？」

「これ？　これは科学よ！」

「か、かがく？」

「そう、これは実験を行った結果なの！」

実験であって料理ではないわと豪語するソフィーが、本気で言っているのか冗談なのかリオには分からない。

「貴族の女は、知識より作法なんじゃないのか？」

「私は商家の娘でもあるから、知識は必要なのよ」

「どう聞いても、言いわけだな」

「もう、いちいちうるさいなぁ」

舌打ちでもしそうな声で呟く少女に、リオは困惑した。

コイツ、本当に自分でこれを炒めたのか？　令嬢なのに？　という顔で、リオがソフィーを見る。

ソフィーはとにかく食べろと催促した。

「別に毒なんて盛ってないわよ。食べても死なないから大丈夫！」

「疑っているわけじゃないが、そう言われると怖いから止めろ！」

「では、わたくしから先に頂きますね～」

リオの横には、アルが座っていた。普通、護衛は勧められても椅子に座らない。だが、アルは普

通にリオの横に座って、目の前に出された料理をフォークで刺して食べだした。

「……これは、随分美味しいですね。肉の臭みがなく、食材に香ばしさが包み込まれています。この小さな欠片《かけら》、こんなに小さいのに食べると独特の香りが鼻を抜けます」

「まぁ、アル！　分かりますか！　このニンニ……じゃない、ピーヤがいい仕事をするんですよ！

ピーヤは調べた所、隣国で栽培されているモノらしいの。そこでは薬として使われるのが一般的なのだそうだけど、でもこうやって料理のスパイスにもなるのよ！」

「自分で料理って言ってるじゃないか……」

「もう、リオは黙ってて！　食べないならいいわよ。貴方の分はアルにあげるから」

「な！　食べないとは言ってないだろう！」

なぜかムキになってリオが食べだした。

咀嚼《そしゃく》し、飲み込むと唖然とした声で「うまい……」と呟いた。その賛辞に、ソフィーは満足した。

ちなみに、母には昨日すでに食べさせている。同じ言い訳を口にしたら、母はリオと違ってすぐさま素直に食べてくれた。そしてとても美味しいと喜んでくれた。少し天然の母は、常識常識と煩《うるさ》くなくて、とてもあり難い。

「しかし、この肉高いものではなかったのに、こうも臭みを感じさせずに美味しくなるものなんですねぇ」

「ピーヤだけじゃなくて、少々ワインに漬け込んで臭みを減らしてみました」

「ワインを、ですか……」

「ワインに漬け込む？　ワインは飲むものだろう？　漬け込むってなんだ？」

（うん、皆も同じ顔してた）

ワインに肉を漬け込めば臭みを軽減できるのに、料理人もそれを手伝う者たちも皆一様に怪訝《けげん》な顔をしていた。どうやら下ごしらえという概念が、この世界の料理人にはあまりないようだ。

（うーん、やっぱ異文化を感じるなぁ……）

普段、令嬢らしい口調を心の中でも心掛けているが、一つの料理を作るだけで世界の違いがこうもあると思うと、少しだけ祐が出てきてしまう。

今さらながら、前世とは違う、遠い世界に来たんだと実感した。

拝啓　天馬　私にも友人ができました

天馬、そちらはいま春なのでしょうか、それとも夏かしら？

夏ならクーラーのつけっぱなしには気を付けてくださいね。貴方は昔からクーラーを最低設定温度にするから、私とても寒かったです。

寒いと文句を言えば、上着やひざ掛けを持ってきてくれましたが、あれを優しさとは、私は今も思っておりません。電気代と温暖化の敵です。

あと『お前、男のくせに冷え性なのか？』と呆れた目で私を見ていましたが、普通の人間は寒いと文句を言う温度なのです。貴方の方がおかしいのよ。そう指摘しても、『はいはい』といつもおざなりな返事でしたわね。

なんか、思い出したら腹立ってきたな……。

あら、失礼いたしました。つい、昔の口調が。

そうそう、私にもこの世界に友人ができました。おかげでとても楽しく過ごしています。

相手の素性はよく分からないのですが。と貴方に言えば、きっと『危機感がなさ過ぎる。営業してたくせにリスクマネジメントをどこに忘れてきた』なんて嫌みを言われそうですわね。私もそこまで平和ボケしておりません。両親は懇意《こんい》にしている子爵様のご紹介だから、身元は大丈夫だといっておりました。それだけで私には十分です。

疑って、詮索して、人となりを重箱の隅をつつくように見ているだけでは、見えてこないものがありますでしょう?

例えば貴方が、昔の私を、祐をそういう風に見ていたなら、きっと友人関係は作れなかったと思うのです。貴方がそういう人ではなかったから、私もそうでありたいと思っています。

それでは天馬、また。


本当はもっと色々書きたいことがあるのだが、外から聞こえてくる馬車の音に、今日はここまでと書き終える。

きっと、馬車の主はリオだ。

今日はピクニックに行く約束をしていた。

日記を片付け、書き足りない気持ちを押して、椅子から降りる。毎日少しずつ書いていこうと思っていたが、最近は色々なことが起こっており、日記を書く時間がなかなか取れず、書ける時に書くと出来事が多くて、書いても書いても書き足りない。

ここ数週間のハイライトは、まずソフィーが作った料理を母が美味しそうに食べてくれ、朝の散歩や運動を一緒に行うことで、母の顔色や体調が良好になったことだ。

そして料理に関してだが、ついに父親のエドガーに料理をしていることがバレてしまった。

止めなさいと怒られると思ったが、娘を溺愛している父は、逆になんて母親思いなのだと感動していた。実際、母の体調が良くなっているのが、功を奏したようだ。

もし父が反対したら、前世の営業仕込みの言い訳と、論点すり替え法でしのいでやる！　と息巻いていたが、わりと簡単に解決した。

厨房を好きに使えるようになったのは大きい。使用人の買い物に一緒に同行し、あれからも色々な材料で試作を繰り返している。

今日はチーズケーキを作ってみた。砂糖が希少なので、かわりに蜂蜜で代用した。前世なら蜂蜜の方が高値だったが、こちらの世界では砂糖より蜂蜜の方がまだ手に入りやすかった。

「どうにか砂糖を大量に作れないかしら？」

蜂蜜という代用品はあるが、蜂蜜は価格が高騰することはあっても、低下することがなく、平民の口には中々入らない。

最近、ソフィーは平民の生活について考えるようになった。貴族らしいボランティア精神というよりは、自分が修道女になった時に、少しでもより良い生活を送りたいという希望があったからだ。

買い物に出ることによって今まで知らなかった平民の暮らしを見ると、やはり貴族とは生活の質が違っていた。

前世は、贅沢しなければ、それなりの生活はできた。

だが、この世界では前世の当たり前が、とてつもない贅沢になるのだ。

修道女が、貴族令嬢的な当たり前を求めれば、それはもう修道女とは言わない。いつか修道女の件を両親に話し、納得してもらった時、ソフィーは修道女になる。

それまでに、自分ができる範囲で平民の生活の質を向上したい。それが今のソフィーの目標だった。三種の調味料もその件に入っている。

(いま男爵令嬢として多少の権力が使えるうちに、色々対策を練らないといけないわね)

だが、ソフィー一人では限界がある。

できれば平民の生活を熟知している人間の助けが必要だ。

「――っと、いけない、リオのこと忘れてたわ!」

すでに家の前に止まっている馬車を思い出し、すぐさま外へ向かう。

ホールで待っていたリオと目が合うと、ほほ笑んであいさつをする。息を切らして走ってきたなど思わせないのが淑女だ。というか、走らないのが淑女だが、それは無視している。

「ソフィー様、こちらを」

侍女がラタンでできたバスケットを渡してくれる。今日作ったチーズケーキだ。

「これは?」

受け取ったバスケットを大切に持っていると、リオは自分が持つと代わってくれた。

「ありがとう。これは今日の実験の成果。チーズケーキよ」

「……ソフィー、料理したと言わなければ、許されると思っているだろう?」

「あら、ならリオには食べさせてあげないわ。どうせ最初からアルに作ったものだし」

「なっ! なんでアイツだけなんだよ!」

玄関の階段下で待機しているアルを指さし、リオが吠《ほ》える。二人の会話は聞こえていなかったのか、アルが首を傾《かし》げている。

「だって、これはアルへの賄賂《わいろ》ですもの」

小声で囁くと、目の前の青色の瞳が怪しむように細められた。

「ワイロ？」

「そうよ、これでアルにグルグルしてもらうのよ！」

アルに聞こえないよう、小さく宣言すると、リオが呆れたように黙った。

「……お前、まだ諦めてなかったんだな」

「当然でしょう！」

（今日こそ、グルグルを我が手に！）

ふふふふふ、と悪女のように笑うと、リオが諦めたようにため息を吐いた。


ピクニックの場所は、屋敷から少し離れた丘の上だった。

草の香りが風に吹かれ、鼻腔をくすぐる。

ちょうど木陰になりそうな一本の大きな木の下に、アルが持ってきた赤いビロードを敷いてくれた。その上に、バスケットを置く。紅茶は水筒代わりの瓶に入れてきたので、バスケットの中に入れておいたティーカップに注ぎ、二人に渡した。

ワイロのチーズケーキをバスケットの中から出そうとしていると、リオがあっさりとグルグルの件をアルに話してしまった。

「ちょっと、リオ！」

（前世で培った営業トークとワイロで懐柔しようとしていたのに！）

非難の声を上げるが、リオは淡々と告げ、その上、目は『お前、絶対やると言うなよ』という命令を含んでいた。アルは『なるほど』と力強く頷くと、人好きのする顔で微笑んだ。

「お任せください。僭越《せんえつ》ながら、このアル、弟たちへの愛情表現としてその手の行いは得意としております！」

「少しは躊躇《ちゅうちょ》しろ！　相手は令嬢なんだぞ！」

「レディの望みを叶えるのも、紳士の義務ですから」

胸を張って答えるアルに、リオは『コイツ今日クビにしてやろうか』と思う。だが、横に座っていたソフィーの嬉しそうな顔に押し黙った。

「本当に!?　本当にいいんですか、アル!?」

「ええ、ソフィー様の一人や二人、喜んでグルグルさせていただきますよ」

アルの言葉にソフィーの顔に花が咲く。それを面白くなく見守るリオ。

二人は座っていた場所から少し離れた、平らな所へ移動すると、アルはソフィーの両脇を持ち上げ、勢いをつけてグルグル回す。

きゃーきゃーと、喜んでいるソフィーのドレスが風に吹かれ持ち上げられそうでハラハラしてしまうリオをしり目に、アルは高低差をつけながら遠心力を利用し回し続けている。

やっと終わったのか、興奮気味にソフィーが声を上げながら戻ってきた。

「とても楽しかったわ！　アル、本当にありがとうございました！」

行いはまったく淑女らしくない点が多いが、いつも淑女を押し売りするソフィーが、今日はまるで幼い少年のような表情で破顔し、アルに礼を言う。

与えられなかったオモチャをやっと手に入れた、そんな充足感と達成感のある顔だった。

一瞬、ソフィーであってソフィーでない者のように見えた。

不思議な感覚は、次のアルの言葉で掻《か》き消える。

「リオ様にもして差し上げましょうか？」

「死んでもごめんだ！」

厳しい拒絶に、アルが悲しそうに手で顔を覆う。

「アルは平等にお二人を大切にしておりますのに……」

「お前と話すと疲れるから、もう黙ってソフィーから貰った菓子でも食べていろ」

「ソフィー様の新たな研究の成果をこの舌で味わえて、アルは光栄です」

この男は本当に口がうまい。自分と違って、料理、調理という言葉を使わないところが、ソフィーの扱い方を心得ている。リオは憎々しくそう思った。

「何度かの失敗を重ねて、ついに完成しました。チーズケーキです！」

「見たことのないお菓子ですね」

「へー、オレも見たことないな。どこの国の菓子なんだ？」

「さぁ？　私も本で読んで、こんな感じかと思って模索しながら完成させたものだから。でも、味は美味しいと思うの」

適当にはぐらかしながら、切り分けて皿にのせて渡す。

一口食べて、リオとアルがいつものように美味しいと呟く。

「チーズの風味と、ほのかな甘みが美味しいですね。フワフワとしていて、口の中で溶けるようです」

相変わらず具体的に感想と賛辞をくれるアルに、ソフィーは笑みを零す。

アルと違って、うまい口上は言わず基本黙って食べることが多いリオも、頬のゆるみが美味しいと告げていて、それが嬉しかった。

「蜂蜜で甘さを調整しているのですけど、もっと蜂蜜が安くならないかと最近考えることが多いの。できれば民全員に行き渡るくらいに」

ソフィーが不満を口にすると、アルが同意する。

「仰る通りです。ですが、養蜂は定置養蜂が主なので、我が国での出荷量はこれ以上となるとなかなか難しいですね」

定置養蜂は、移動せず、同じ場所で異なる種類の花の蜜を集めることだ。その他に移動養蜂があり、これは花の咲く時期にその場所へ移動して蜜を集める。オーランド王国の養蜂は基本が定置養蜂だった。

「民全員に行き渡るくらいとは、またお前は変わったことを言うな」

「変かしら？」

「まぁ、夢物語だな。貴族が口にするものと、平民が口にするものは違うだろう。甘い食べ物は、その最たるものだ」

「リオは同じだとイヤなの？」

「嫌というか、違うのが普通だろう？」

（違うのが、普通……）

そうか、これがこの世界の普通の考え方なのか。

ソフィーは頷き、そして口を開いた。

「ならば、絶対に民に行き渡るくらいにしてみたいわ」

「は？」

「甘いものが貴重だということは、他国でもそうでしょうから。たくさん作れば、王国の民だけではなく、他国との貿易商品にもなるでしょう？」

ポカンと口を開いているリオの横で、アルがそれは素晴らしいと笑みを濃くした。

「蜂蜜ではなくて、砂糖は作れないのかしら？」

定置養蜂では限界がある。しかし、移動養蜂を同時に行ったとしてもまた同じく限界があった。ならば、やはり砂糖を作るしかない。

「年間を通して気温の高いダクシャ王国などでは、砂糖となる作物が採れるそうですが、我が国は年間を通しても寒い時期が多いですからね」

アルが考察に参加してくれた。

オーランド王国は夏の期間が短く、そして冬の寒さが応える。昼は陽《ひ》の光でまだ暖かいのだが、夜になると冷え、寒暖差で栽培されるものも限られてくる。暑い国の果物や野菜は海を渡って運ばれるが、船旅は長期間かかるため、運ばれてくる物は、これまた限られていた。

（サトウキビは気候的に無理だろうけど、テンサイなら作れそうなんだけどなぁ）

一応それらしきものがないか、父親にも頼んでいるのだが、なかなか見つからない。

けれどニンニクのようなピーヤがあったのだ。決してあきらめたくなかった。

「ないかなぁ、テンサイ……」

心の声が漏れ出ていたようで、リオがその声を聞きつけた。

「テンサイ?」

「あ、いえ……」

「わたくしにも商人の知り合いがおりますから、なにか入用があれば頼めますよ」

「本当ですか!?」

「アル、お前はいつもいつもいつも!」

いつもソフィーの関心を奪う護衛に、リオが憎々し気に声を低くする。

爽やかな風が吹くそこは、暖かい陽だまりに包まれ、とても幸せな時間が過ぎていった。

拝啓　天馬　私、七歳になりました

天馬、私、昨日で七歳になりました。

身長も少し伸びました。

貴方はさすがにもう身長は伸びないでしょうけど、私はまだまだ成長期なので今から楽しみです。

ところで、……私の胸、大きくなると思いますか？

お母様を見ていると大丈夫だと思うのですが、なぜかしら、あまり大きくならない気がするの。

――いえッ、そんなことはないはず！

きっと、前世、未知の物体だったものへの憧憬が、恐れ多さに変わり、自分には持てないものだと畏敬《いけい》の念を抱いているだけよ！

ええ、きっとそうに違いないわ！

ええ、きっと……。

でも、もし大きくならなかったら……


恐ろしい可能性に、羽根ペンをもつ指が震える。そのせいで、インクがにじんだ。

まるで恐れの形のように、しみて広がるのを見ていると、扉をノックする音が部屋に響いた。

「ソフィー様、リオ様がいらっしゃいました」

「あら！」

リオはあれからも何度も訪問してくれている。しかし、最近はその数が減っていた。今日も三カ月ぶりの訪問だ。

胸問題を一先《ひとま》ず置いて、リオの所に急ぐと、しばらく見ないうちに少し身長が伸びた友人と、その護衛がホールで待っていた。

「リオ、アル久しぶり！」

「ああ。先ぶれも出さずに悪い」

「必要ないわ。リオとアルならいつでも歓迎よ」

そう言って、遅ればせながら淑女の礼を取ると、リオがほほ笑む。けれど、その顔は少し疲れているようにも見えた。

(今日は外に出るより、家でゆっくりしてもらった方がいいわね)

ふむ、と判断すると、ソフィーは二人を来客用の応接室へ案内した。

応接室には優しい色合い青の絨毯《じゅうたん》が敷き詰められており、その青より濃い色のビロードを張った椅子が置かれている。金銭的には裕福であるリニエール家の調度品は、質の良いものばかりだ。

人並み外れて美しい少年とその護衛が座ってもまったく見劣りしない辺り、父の趣味は大変素晴らしいとソフィーは思った。

侍女がお茶とお菓子を出し、退出するとリオが口を開いた。

「このクッキーは、ソフィーが作ったのか？」

「ええ。木の実がたくさん入っているから硬いけど、栄養豊富よ」

説明すると、リオは嬉しそうにそれを口にした。

最近は、もうソフィーが料理をすることに慣れてしまったのか、お小言《こごと》を言わなくなった。逆に、嬉しそうだ。よし、完全に餌付《えづ》けした！　という謎の達成感がソフィーに芽生えた。

「そういえば、ソフィー。お前、最近孤児院に出向いているそうだな」

「情報が早いのね。どこで聞いたの？」

いま自分が話そうと思っていたことを先に言われ、ソフィーは持っていたティーカップを、音を立てぬようソーサーに置いた。

「保養地に来ている奴らは暇だからか、噂話ばかりだ。耳をふさいでいても聞こえてくる。それに、貴族の慈善活動は平民の話題にもあがるからな」

「慈善活動？」

「孤児院で慈善活動を行っているんだろう？」

「私は別に慈善活動なんてしてないわよ」

キッパリと告げると、リオが顔を不思議そうにゆがめた。

「じゃあ、孤児院には何しに行っているんだ？」

「商品開発と人材育成よ」

「……なんだって？」

「いま、孤児院にいる子たちと、商品開発を行っているの。それに伴って人材も育成しているのよ」

「……なんだって？」

「リオ、貴方さっきから疑問符ばかりよ？」

「お前が予想外のことばかり言うからだろう！」

リオが声をあげる。横で、相変わらず護衛らしくないアルが、もくもくと黙ってクッキーを食べているのがシュールだ。しかし見慣れた光景なので、ソフィーは穏やかに言った。

「リオ、私はまだ幼い子供だわ。欲しいものも一人では手に入らない。無力なか弱い可愛い女の子なの」

「ツッコまないからな。愚か者はアルだけで十分だからな」

愚か者と言われても、アルは黙ってクッキーをカリコリと食べている。普段よく喋る護衛なのに、どうやらクッキーがかなりお気に召したようだ。

「そう、だからお金が欲しいのよ。お金があれば欲しいものが手に入るわ」

「欲しいものがあるのか？」

「とりあえず、お給金」

「は？」

ドレスか宝石、いや少女らしく可愛らしい靴だろうかと思っていたリオは、少女の口から出された言葉とは思えない単語に、我が耳を疑った。

「お金があれば、お給金を払えるわ」

ソフィーの翠玉の瞳は真剣だった。

そういえばコイツ、行きたい所に市場をすぐに挙げる女だったと今更ながら思い出す。

「お給金が払えるということは、つまり、人が雇えるということよ！」

「お前、何言っているんだ？」

当たり前と言えば当たり前のことを言っているのに、何を言っているのかさっぱり分からない。

「逆に、お給金がなければ人は雇えないの！　つまり、お金のない私は、人が雇えないのよ！」

「父親に頼めばいいだろう！」

「もちろんお願いしている点は多いわ。この前もお願いしたら商会の新入社員を派遣してくれて、とてもあり難かったわ。でも、あまり多くなると言いづらいのよ。それなら、自分でなんとかした方が心苦しくないことに気づいたの！」

リオは納得しかねる顔で、それでも冷静になろうとしたのか、お茶を一口飲む。

「孤児院の子たちは、私の考えに賛同してくれたのよ。彼らは、お金のない私の将来を買ってくれたの。私の将来に出資してくれたのよ、無賃金で働くという行為で！」

胸熱く語るソフィーは止まらなかった。

「無賃金よ！　彼らは無賃金で私のために働いてくれているの！　これは一刻も早く一発当てないと、彼らのお給金が!!」

拳を握りしめ、まるで無賃金の辛《つら》さを知っているかのように呻《うめ》くソフィーに、リオは完全に引いていた。

「と、いうわけで、今お金を得るための商品開発を行っているというわけよ！」

「全体的に意味が分からない。……アル、お前分かるか？」

「リオ様が、ソフィー様には絶対勝てないだろうことは分かりました」

優雅にお茶を一口飲み、アルがにこやかな笑顔で言う。

「お前に聞いたオレが愚かだった」

右を見れば変な女、左を見れば変な護衛。わりと自分が可哀想だとリオは思った。

だが、その変な女も一応は貴族だ。そうなれば自然と当たり前の心配が口から零れた。

「その……、大丈夫なんだろうな？　子供とはいえ、持たない者の考えは、持っている者とは違う。お前は一応男爵令嬢だ。騙《だま》されているんじゃないか？」

なぜ〝一応〟なのだろう。こんなに言葉遣いに気をつけている立派なレディに対して。

「リオ、騙されて泣かされて身ぐるみはがされそうに見える、か弱い淑女な私を心配してくれているのは分かるわ。でも、大丈夫よ。心配しないで」

「……ああ、悪い。オレは色々見誤っていた。その孤児院の子供たちは大丈夫か？　お前の奇天烈《きてれつ》さに戸惑い、怯えていないか？」

「なにそれ、どういう意味よ？」

自然と声が低くなる。リオが視線を逸《そ》らした。

相変わらず分が悪くなると視線を逸らすのがリオらしい。

「まあ、心配してくれるリオの気持ちは嬉しいわ。そうだ、心配なら皆に会ってみる？」

冗談で言ったのだが、リオは意外にも頷いた。


王国でも有名な保養地であるここも、市場や、仕立て屋が立ち並ぶ一角から離れると、いっきに雰囲気が変わる。

一部崩れ落ちた屋根や、朽《く》ちた階段を見て、リオが驚いた顔で固まった。護衛のアルはいつも通りのにこやかさだが、たまに興味深く辺りを見回していた。

「あ、ソフィーさまだ！」

ある建物前まで来た時に、ソフィーより幼い男の子が、元気よくソフィーの名を呼んだ。

「ほんとだ！　ソフィーさまだ！」

所々、ヒビ割れたひなびた建物の中から数人の子供たちが出てきた。

「はい、パンとオヤツを持ってきたから、皆で仲良く食べなさい。ケンカはしないのよ」

優しく言えば、皆が「はーい」と元気よく返事を返した。

「バートはいる？」

「バート兄ちゃんなら、畑の方にいるよ！」

「そう。ありがとう」

礼を言うと、ソフィーは二人を連れて、裏の方へと回る。

「バートとは？」

「バートはこの孤児院の一番上の子で、皆のお兄ちゃんみたいな子よ」

「年は私より三つか四つくらい上よ」と説明していると、畑が見えてきた。小さな孤児院の土地は狭いので、すぐに着く。

「バート！」

手を上げて呼ぶと、しゃがんで収穫をしていたバートがゆっくりと立ち上がる。

衣類はツギハギで、薄汚れた格好ではあるが、バートは孤児院のリーダー役という立場だけあって、利発そうな顔立ちをしていた。

「あれ、ソフィー。親父さんが来るからって、当分来れなかったンじゃないのか？」

「お父様なら、今日の朝帰られたわ」

ソフィーの誕生日を祝うため、王都から来ていた父は、本日名残惜《なごり》しそうに帰っていった。ちなみに、ソフィーの部屋には山ほどのプレゼントが置いてあり、まだ開封していないものもある。

「それより、貴方に紹介するわね。私の友人のリオと、その護衛のアルよ」

「……なに、コイツも貴族なのか？」

派手ではないがキレイな服を着ている二人に、バートは大層嫌そうな顔でリオたちをにらむ。

「え？　ああ……そう、なんじゃない？」

貴族かと聞かれると分からないため、疑問形で答えると、バートの眉間に皺が寄り、二人を危ぶむように見る。

「よく分からない奴と一緒にいて、大丈夫なのか？」

「なッ！　ソフィー、こんな無礼な奴といつもいるのか!?」

まさか孤児の方から、自分が怪しい奴だと言われるとは思わなかったのだろう、リオが眉を逆立てる。リオとバートがにらみ合い、バチバチと火花を散らす。

「あら、なぜ皆そんなに心配性なの？」

「「お前がそんなだからだろうが！」」

貴族かもしれないリオと、孤児のバートの声がそろうなんてとても不思議な光景だ。言われたことは大変失礼だが、それには気づかず感心してしまう。

「ソフィー帰るぞ。こんな所にいたら品位が疑われる！」

「なんだよ、品位って。ソフィーに品位なんて、そもそもないじゃないか！」

「それは……」

言いよどむリオに、さすがにソフィーの唇が引きつる。

「あらあら、貴方たちとても仲が良いわね。私の悪口が言いたいなら、お茶でも飲みながら聞きますけど？」

淑女らしく、怒りを露《あら》わにせずに笑みを浮かべて言えば、二人が同時に視線を逸らした。

リオ同様、バートも怒るソフィーが苦手だった。口は達者だと自負している彼も、ソフィーの弁には勝てたことがないのだ。

「私に品位がないかどうか、お話をすればきっと分かってもらえると思うのよ……アル？」

ふと横を見ると、よく喋る護衛が、土の上に置かれている収穫物をじっと見つめていた。バートが掘り起こした、今日の皆の食料だ。

「随分と不作ですね」

実りの少なさと、収穫物の小ささをアルは指摘した。大人の、いかにも護衛という恰好をしたアルだからか、バートも先ほどの生意気さを消し、答えた。

「ああ、数年こんな感じだよ。昔はもっと丸々としたのが採れたんだけど」

「数年？　ここで同じものをずっと作っているの？」

ソフィーの問いに、バートは頷く。

「それは連作障害を起こしているのよ」

「れん……さく？」

「耕地で同じ作物をずっと栽培し続けると、土の力が減って、収穫が落ちるのよ。葉も萎《しお》れてしまったんじゃない？」

「うん、萎れた」

バートが指さす先には、緑色だが、くたびれた葉が並んでいた。

「同じ場所に同じものを植え続けないようにするとか、土に栄養をあげればいいと思うけど」

「でも、農作できる土地はこれだけしかないし、作れるのもグルルしかねぇよ。栄養って何？」

「そうね……」

確かに孤児院の土地は狭い。耕地は田舎の家庭菜園レベルしかなく、作れるものもグルルというジャガイモに似た野菜しかない。

気候的に作れないのもあるが、まず苗を買うお金も、土の栄養不足を補う肥料を買うお金もないのだ。

「お父様に頼んで、耕地としてお借りできる場所がないか相談してみるわ。ゆくゆくは育てたい作物もあるし。肥料についても検討しましょう」

唇に指を当てながら、先の考えを口にしていると強い視線を感じ、目線を上げれば、じっとこちらを見ているアルと目が合った。

「アル？」

「ソフィー様は本当に博識でいらっしゃる。ぜひリオ様にも見習っていただきたいものです」

「おい、サラッとオレを愚弄《ぐろう》するのは止めろ」

流れは、二人のいつものやり取りに変わり、アルの、あの、まるで観察されているような視線も止んだ。少しだけ不思議に思いながらも、ソフィーはバートに向き直る。

「耕地が増えたら、貴方も手伝ってね、バート」

「いいけど、オレに難しいこと言うなよ。れんさく、とかさ。オレは、力仕事はできるけど、ソフィーの言っていることは理解できねぇもん。まだエリークの方がそういうの好きみたいだし、難しい話はアイツに言ってくれよ」

「そうね。エリークにも話してみましょう」

エリークはバートの二つ下の男の子だ。いつも黙っていて、自分から会話をするタイプではないが、話をじっと聞き、字は書けないのに、一字一句ソフィーの言葉を脳に入れ、忘れないという才能があった。

「あと、サニーにこれを渡しておいて」

布袋を渡す。中には絵本が入っており、字を書けない、字を読めない子供用のものだ。

サニーはバートの妹で、年はソフィーより一つ上なのだが、エリーク同様字の読み書きができない。読み書きを習いたいと言っていたので、ソフィーが昔使っていた絵本を持ってきたのだ。

「いまは院長先生と出かけているけど、もう少ししたら二人とも帰ってくると思うぞ」

「今日はこれを持ってきただけだから、また明日くるわ」

別れを告げ、馬車に戻ろうとすると、バートがソフィーを呼び止めた。

「なに?」

「今日は来ないと思ってたし、その辺に咲いてる花一輪くらいしか、やれるものなんてなんにもないけど。おめでとう」

バートはそう言って、可愛らしい花を一輪ソフィーに差し出した。

ぶっきらぼうな言い方だが、誠意は伝わり、笑顔で受け取る。

「まあ、ありがとう！　部屋に活《い》けるわ。その後は押し花にして栞《しおり》にするわね」

具体的な言葉に、バートが安心したようにはにかむ。

内心、『ああ、前世の祐も、花一輪をはにかみながら渡せる男だったらよかったのになぁ、そしたらきっと可愛い彼女ができただろうに……』と少しバートに嫉妬してしまったことは内緒だ。

両手で大切に持っていると、馬車に戻る道中リオが問う。

「その花は？」

「誕生日プレゼントよ」

とても面白くないという顔だ。

「は？」

「だから、バートが誕生日プレゼントに、ってくれたのよ」

「誕生日……プレゼント？」

呆然しているリオを置いて、ソフィーは馬車に乗り込む。すると、すごい勢いでリオが馬車に乗り込んできた。

「お前、今日誕生日だったのか!?」

「いいえ。誕生日は昨日よ」

「なぜ早く教えない！」

「久しぶりに会ったのに、いつ教える機会があったの？」

「それは……だが、開口一番に言ってくれても良かっただろう！」

「開口一番におめでとうを強要するほど、私がめつくないわよ」

失礼ね、と続けると、リオは真っ青の顔で叫んだ。

「なにか、プレゼントを！」

仕立て屋でも帽子屋でも靴屋でもと行き先を御者に伝えようとするのを、ソフィーは止めた。

服も帽子も靴も全て父親がプレゼントしてくれた。これ以上増やす必要はない。

「リオ、なにもいらないから。それより、来年またお祝いしてちょうだい」

貴方がおめでとうと言ってくれるだけで十分よ、と続けると、リオは憑《つ》き物《もの》が落ちたような顔でソフィーを見つめた。そして、ゆっくりと大切そうに祝いの言葉を贈ってくれた。第三者がいると、いつもよりは口数が減る様子のアルも、にこやかに祝言をくれた。

馬車の中では、第三者がいないのでよく喋るアルがとても嬉しそうに、リオは紳士として女性を喜ばす手腕がかけていると小言が始まった。

自分が原因で、アルから小言を受けているリオを少しだけ可哀想に思ったが、将来的には必要なことだと思い、心を鬼にして黙るソフィーだった。

拝啓 天馬 男同士の友情、私にも覚えがあるわ

天馬、最近なぜかリオが孤児院の話を聴きたがります。

バートとは仲が良いのか悪いのか分からないけど、よくバートの話を強要されるので、仲が良いということなのでしょう。

前世、男だったので分かるわ。拳で語り合う。そんな感じなのでしょう。

さすがに、二人とも暴力行為は行わないけど、口ではよく争っているわ。

そうそう、貴方ともたまに喧嘩をしたわね。

まあ、大半、私の怒りは無視されたけど。

……そういえば、昔、オレたち大きな喧嘩を一つしたよな？

でも、大きい喧嘩だと思い出しても、どんな理由だったかどうしても思い出せないんだ。

ただ、いつも冷静な天馬が、あの時だけは声を荒らげて……その後は悲しそうな顔をしていた。

それだけは覚えているのに、内容だけは思い出せない。

あの時、どんな理由で喧嘩したんだっけ？

オレ、なんか大事なことを忘れている？

羽根ペンが止まる。

「頭いてぇ……」

祐であった時の口調が思わず出てしまった。

書きながら、前世を思い出そうとすると、ズキズキと頭が痛んだ。

気分を変えようと、コッソリと部屋を抜け出し、外階段の二段目に座り込み、ボーッと外を眺めた。

青く、雲一つない空だが、その空気は冷たかった。

祐の記憶を思い出してもう一年以上が過ぎ、季節は冬へと近づいていた。

母の体調も健康的といっていいほど回復し、それに伴ってか、噂好きでよくお喋りをしていたメイドたちの仕事ぶりも良くなっていった。

調味料の方も完成させるほどではないが、一人で試行錯誤の実験は行っていた。

最近は孤児院のエリークも調味料作りに興味を持ってくれ、実験を二人で行うことも増えた。

着実に、ソフィーは『ソフィー・リニエール』として地に足を着けて歩いている。

とても嬉しいことなのに、ふと、前世のことを思い出して寂しくなる時もあった。

(こんなにもお父様からも、お母様からも愛されて……貪欲にもほどがあるわ)

仕事が忙しいであろうに勉強を見てくれた、天馬の父。

息子と色違いのマフラーを作ってくれた、天馬の母。

誕生日には大きなケーキを焼いてくれた、天馬の姉。

そして、誰よりも長い時間を共有してくれた、親友。

過ぎた時間を思い出し、じんわりと目に涙を浮かべてしまう。

(ソフィーは、私は女の子だから、思い出して泣くくらい許されるわよね？)

ギュッと、慰めるように自身を抱きしめた。

冷たい風が、これ以上心まで冷たくしないよう、守るように身を縮こめ、顔を埋める。

(もっと、ソフィー・リニエールに居場所を作ろう。広い世界を見れば、きっと寂しいなんて気持ちもなくなるわ)

でも、今だけは。今だけは中村祐の気持ちを引きずっていたい。

目をつむり、気持ちを落ち着かせていると、馬の蹄《ひづめ》の音と、車輪の軋《きし》む音が聞こえてきた。

「ソフィー！　どうかしたのか!?」

顔を上げれば、リオが心配そうに自分を見ていた。

「あら、遊びに来てくれたの。ありがとう」

いつもの声と、いつもの笑顔で接することができていることに、内心ホッとして立ち上がる。

「どうして外に？」

「少し、外の空気が吸いたくて、でも眠くなってしまって寝ていたわ」

「はぁ？　外で寝るなよ。……まったく、心配させて」

文句を言うリオに謝罪すると、いつものお喋りな護衛がいないことに気づいた。

「アルは？」

「今日は休みだ。代わりにアイツ」

馬車の横に、黒い服に身を包んだ背の高い男性が、こちらを見てお辞儀をした。

「アイツは護衛できる範囲なら、あまり近づかないから」

「まぁ、変わった護衛さんね」

「いや……変わっているのは、距離感ゼロのアルの方なんだが……」

「なら、今日は孤児院ではなくて、うちでお茶でもする？」

「アイツの景気の悪い面はもう見てきた。当分見たくないな」

「一人で行ってきたの？」

「ああ」

実際には護衛がいるので一人ではないが、アルがいないせいか、つい一人でと言ってしまう。

「……ソフィーが寒くないなら、少し歩かないか？」

「いいわよ。ちょうど体を動かしたかったし」

冷えた体を温めるにはちょうど良い。

ソフィーが軽やかに階段を降りると、リオも横に並んで歩き出した。

「最初は、あんなところ危ないから行くなって言っていたのに」

「……別に、アイツはオレに危害を加える気はないし。いや、気持ちを害する意味では最悪だが」

「やっぱり男の子は男の子同士がいいのね。そんなに仲が良くなって」

「オレたちのどこが、仲がいいんだ？」

「男の子ってそういうものでしょう？」

サラリと答えると、どういうものだよ……という顔をされた。

「私が知らない所で、たまに孤児院に行っているのは聞いているのよ。食料や生活用品の差し入れまで下さったって、サニーが言っていたもの」

「口止めしていたのに！ ……ただの偽善だ」

吐き捨てるようにリオが言う。まるで自分が卑小《ひしょう》であるかのように。

「まぁ、リオってば可愛いことを言うのね。持たない善意より、持っている偽善よ。パン一つ、お菓子一枚でも、口に入れなければお腹は空くわ。偽善者のパンだからマズイなんてことはないのよ。まずはお腹いっぱいになること。それが第一よ！」

「お前、可愛い顔で、わりとゲスなこと言うな」

「あら、何か間違っているかしら？」

「いや……。でも、アイツは貴族のお恵みかよ、と言っていたし」

「それはバートのお約束よ。私も最初は同じことを言われたわ」

「――――アイツ！」

自分だけならともかく、ソフィーにも言っていたとは許せない。

憤慨しているリオに、ソフィーは口角を上げた。

「でも、〝その貴族のお恵みで、お腹が空いた子供たちが助かるのは事実でしょう？ 黙って受け取りなさい。貴方の一言が原因で、今日お腹が空いたと泣く子供が増えてもいいの？ 栄養をきちんと取らなければ衰弱して病気にもなるわ。お医者様でもない貴方が、その子たちの面倒をみることができるのかしら？ それとも偽善者のパンは腐っているとでも思っているの？ 愚かね〟と言ったら黙ってしまったけれど」

「……怖い」

「お邪魔するのだからお土産を、と思ってパンとお肉を持っていった私に対して喧嘩を売ってきたから、買ってあげただけよ」

「初めてアイツに同情した」

貴族などあまり近くで見たことなどなかっただろうバートが、思わずボランティア精神と憐れみで来ただけであろうご令嬢だと思い、つい口さがない態度を取ったのだろう。まさか嫌みを倍返しするとは、誰が思うだろうか。

だが、それもまたソフィーらしいといえる。

強い少女の横顔を見て、リオはつくづく自分が弱い人間だと思った。

バートの言葉に少しだけ傷ついていた自分は、本当に小さな人間だと。

ソフィーと出会い、孤児院の子供たちと出会い、リオの心には変化が生まれていた。

前の自分はもっと傲慢で、その傲慢さを自身でも気づいていなかった。

そして、変化は疑問を生んだ。この疑問をどうしてもこの目の前の少女に相談したくて、リオはいつもの護衛がいないことをいいことに、ソフィーのもとへと向かったのだ。

「なぁ、ソフィー。この国をどう思う？　他国を含めてもそうだが、どうして王族や、貴族階級なんてあるんだろうな」

なんの前置きもなく、口から零れる疑問をリオは問う。

「王族だ、貴族だとそんな階級なくなってしまえばいいと思わないか？　そうすれば、自由で平等で、もっと良い国になるんじゃないかって、そう思う時があるんだ」

真剣な目で問われ、ソフィーは突然のリオの言葉に黙る。

風でリオの黄金の髪が舞う。

男性で髪は長く伸ばすのは、貴族の証なのだと、ソフィーは最近知った。

地位が高ければ高いほど、伸ばしていい髪の長さは長くなるそうだ。

例外で、貴族でも騎士団に入っている者は髪を切るそうだが、髪の長さは地位の表れ。

出会った時から、リオは髪が長かった。その長さは、男爵の地位をもつ父親よりも長い。

「ソフィーは、そうは思わないか？」

地位の高さに、リオは自分の居場所を見失っているのかもしれない。

だからこそ、ハッキリと告げた。

「いえ、とくに」

「……お前も貴族の女だな」

ソフィーの否定に、リオは残念そうに吐き捨てた。

ソフィーなら、きっと自分の気持ちを分かってくれる、賛同してくれると思っていたのだ。

「そうね、否定はしないわ。でも、無理でしょう、どうしたって」

人間は生まれながらにして不平等なのだ。

この世界よりもずっと治安の良い日本ですら、不平等は当然あった。

前世、父親がおらず、母親にも捨てられた祐の記憶を持つ自分だからこそ、余計にそう思うのかもしれない。

前世の世界だから暮らしていけることができたが、この世界で、親に捨てられたら路上生活か、女なら身を売るしか生きるすべがない。孤児院で暮らせることは、とても運が良いことなのだ。

世界は美しく、そして残酷だ。どんなにキレイごとを並べても、それが全て。

「私は階級がない社会を作る努力より、人がより住みやすくする努力の方が先だと思うの」

「……同じことだろう?」

どこに相違があるのか、リオが問う。

「私は同じだとは思わない。階級に対して不満を持つということは、その人がより良い生活ができていない証拠だもの。食べるものがあって、住むところがあって、仕事があって、平穏に過ごせる日々があれば。住みやすい生活があれば、皆大きな不満なんて持たないものだと思うの。生活の質を高めることは、難しいことだけど、それでも貴族階級を安易になくそうとして、大きな争いが起きるよりもいいと思うわ」

階級のない社会など、いったいどこの世界に存在しているのだろう。人は生きながら優劣をつけたがる生き物だ。人だけでなく、動物だって優劣はある。

「この世界で、王族や貴族階級が絶対的悪だとは、私は思わないわ。動物だって、群れをつくりその頂点をつくる。彼らは敵が来れば追い払う役目を持ち、何か発生すれば対処する役割を有している。持つものは栄光と名誉だけではなく、義務と責務も同時に持つことになる。それさえ忘れずにいれば、決して悪ではないと思うの」

貴族だからこそ口にするキレイごとかもしれない。

けれど、前世の自分も同じように思っていた。

祐は平凡な青年だった。自分が金持ちになりたいとも、大臣になりたいとも思わない。

ただ、明日の生活のために働いて、日々の楽しみを噛みしめる普通の男だった。

テレビを見れば、難しい情勢にメディアから非難を受ける政治家。とても自分はあんな所に立てないし、立ちたいとも思わなかった。難しいことはお願いします、自分は納税をするから。典型的な平和ボケの日本人だと思うが、平和ボケできた生活を、祐は愛していた。

「近隣諸国には、戦で我が国の領土を奪おうとしている国もたくさんあるわ。王族も、階級もなくなった時、それを誰が指揮し、誰が外交を行えばいいの？」

オーランド王国は、今は平和だが、半世紀前は大きな戦を行っていた。

いまの平和は、その時代の王が勝ち取ったものだった。現在まで平和でいられるのも、王とそれに従う者たちがいたからだ。愚王ではこうはいかないだろう。

「平民がそれを行う？　彼らは明日の生活を生きるのに精一杯よ。生活の水準も、教育も平等ではない。まずは国同士の戦がなくなり、生活の質も上がれば、王族や貴族階級も大きな役割を持たなくなる。完全になくなることは難しいと思うけど、役割がなくなれば、自然とその権限も薄れていくと思うの。世の情勢と、質の向上次第で」

リオは、ソフィーの話を黙って聞いていた。その瞳は、凪《な》いだ海のようだった。

「でも、貴方の想いは正しいわ、リオ。どんなに世界は不平等だと知っていても、平等である世界を目指すことを忘れてはいけないものね」

「……王に、貴族には、今はまだその役目があると？」

「ええ、少なくとも私はそう思うわ」

「……」

「リオ？」

「役目、か……」

黄金のまつ毛が、まるで憂えるように震えている。育ちの良さを感じながらも、たまに傲慢な所もある友人。

けれど、どんな言葉にも耳をふさぐではなく傾けてくれる友人を、ソフィーは黙って見つめた。

その瞳に気づいたのか、リオは誤魔化すように笑った。

「ソフィーは頭がいいな。賢く、着眼点がいい」

「あら、そんなに褒《ほ》めてもなにも出ないわよ」

「どこでそんな達観した価値観を育てたんだ？　お前まだ七歳だろう」

リオの言葉が、一旦切られ、じっとソフィーを探るように見つめた。

「本当に……、お前はいったい何者なんだろうな？」

まるで、知らない女を目の前にするような声だった。

確かに普通に考えても七歳のご令嬢が口にする自論ではなかった。

だんだんリオには自分を隠さなくなってきたせいで、つい考えずに発言をしてしまう。

だが、そんな時はいつも冗談で流す。そしてこの優しい友人は流してくれるのだ。

「あら、私を忘れてしまったのかしら。ソフィー・リニエール。ご令嬢として、これ以上にないくらいの努力をして輝く淑女よ！」

「……ソフィーは、頭はいいが自分のことは分かってないよな？」

「こんな立派なレディに対して失礼だわ、リオ！」

むくれてズンズン先にいくソフィーを、リオは追いかけることなく、その後ろ姿をひどく眩《まぶ》しそうに見つめ、呟いた。

「ソフィー……お前に出会えたことは、オレの宝だよ。まるで、愚者なオレのために用意してくれたかのような縁だった……」

弱く囁くそれは風に邪魔され、ソフィーの耳には届かなかった——。

拝啓　天馬　私、八歳になりました

天馬、今日は私の八歳の誕生日です。

誕生日は嬉しいのだけど、最近は友人のリオとまったく会えなくて寂しいわ。リオも色々忙しいみたい。

私はと言えば、念願の調味料開発が順調なのです。

スゴイでしょう！

バートたちのおかげよ！

バートは、お勉強は好きではないみたいだけど、体力と処世術にたけているみたいなの。

だから、私の前世の営業トークを色々教えたら、サラサラと覚えて実践しているわ。今じゃ大人にも負けない話術をもっているのよ。

エリークもスゴイ勢いで才能を開花させているわ。

本を貸したら、恐るべき速さで全て読み切って、その知識の深さたるや私を凌駕《りょうが》しているわ。私と出会うまで、字を読むことも書くこともできなかったなんて誰が信じるかしら。

サニーも侍女見習いの教育を受けていて、とても大変なのに商品開発の方も手伝ってくれているの。

孤児院の皆も三人を見習ってか、優秀な子ばかりよ。

皆、前世の私より大変な環境だったというのに、強く、誇り高いわ。

……天馬がいなかったら、自分一人では這い上がれなかったであろう前世の私は、弱かったのだと再認識して、なんだかとても恥ずかしいです。

いけないい、話が脱線したわ。そんなわけで、私も皆も頑張っています。お父様も、商会の人材を多く派遣してくれて、とても賑やかになりました。もっともっと大きなことができそうな気がするわ。

そうそう、貴方に重大な発表があります。

私、お姉様になりました！

弟が産まれたのよ！　弟よ！

前世は兄弟なんていなかったから、弟が産まれた時はとても感動したわ。

小さな指で、私の指をギュッと握りしめるの。とっても可愛いのよ。

今ならアルの、弟が可愛いという発言に激しく同意するわ！

でも私は絶対に死んだ魚のような目で見られることのないお姉様になってみせるわ。大丈夫よ、自信があるわ。

天馬……恥ずかしくて言えなかったけど、前世でのオレの兄弟は天馬だったよ。まぁ、天馬はイヤだろうけどさ。

——っと、さて祐時間は終わり。淑女時間よ！

それでは天馬、また。

この日記をつけだして、もうすぐ二年になろうとしていた。

分厚いものを選んだが、書くことが多くてもう一冊書き終わってしまった。たまに料理のレシピなどでページを埋めてしまったことも原因だろう。

今度から料理のレシピは別のノートに書くことにしようと決めると、侍女がリオの来訪を告げた。

すでに応接室に案内しているとのことだったので、すぐさま応接室へ急ぐ。

扉を開けると、リオがゆったりと椅子に腰かけていた。

護衛のアルは、今日は椅子に座っておらず、護衛らしくリオの後ろに控えていた。

「リオ、アル！」

「元気そうだな、ソフィー」

「御無沙汰しております、ソフィー様」

久しぶりに会ったリオは、また少し大人になっていた。身長が驚くほど伸びたというわけではなく、顔つきが変わったのだ。

未だにソフィーはリオがいくつなのか知らない。そう変わらない、少し年上くらいだろうと思っているが、実際はいくつなのだろう。

優雅に椅子に座っているリオが、なぜだか知らない男の子に見えた。女の子の成長も早いというが、男の子の成長もこんなに早いのだと初めて知った。

弟も、こんな風に成長するのだろうかと思うと、心が躍った。

「聞いて、私に弟ができたわ！」

「へー、おめでとう」

「アル、貴方の言っていた弟が可愛いという意味が、よく分かるようになったわ！」

「ご理解いただけましたか。アルは大変嬉しいです。まぁ、うちの弟は、もう抱っこさせてくれないんですけどね」

涙ながらに訴えるアルに、リオが吐き捨てるように言う。

「あの年まで好きにさせてやっただけ、弟にあり難く思えよ」

アルの弟はいったいいくつなのだろうという疑問を口に出そうとしたが、それより先にリオが口を開いた。

「まあ、それもおめでたい話だが」

一旦切り、ポケットの中から木箱を取り出し、ソフィーの目の前に差し出した。

「八歳の誕生日おめでとう、ソフィー」

一年前の約束をしっかり覚えていたらしいリオに、逆に忘れていたソフィーは驚きに目を見開いた。

手渡された木箱をゆっくりと開けると、中には銀細工でできた髪飾りが入っていた。

薔薇《ばら》の形に模《かたど》られた銀細工は、真珠と、空色の宝石が散りばめられた美しいものだった。

「綺麗……」

思わず感嘆の声が漏れる。

「リオの瞳と同じ色ね。ありがとう、大事にするわ！」

一目見て高額なものだと分かったが、返すのもそれを口にするのもマナー違反だ。その代わり、淑女らしく笑顔で感謝を伝えると、リオの頬が赤く染まった。

「お前、それワザと言っているのか？」

「はい？」

言っている意味が分からず頭をひねる。横で、アルがクスクス笑っていた。

この国では、想い人や婚約者に自分の髪や瞳の色と同じものを贈る習慣があることをソフィーは知らなかった。二人も結局話してくれなかったため、なぜリオがそんな困った顔をしたのか分からずじまいで、話は別の方向へ進んだ。

「ソフィーももう八歳だろう、貴族のお茶会には出ないのか？」

「出た方がいいことは分かっているのだけど、保養地にいる間はいいかと思っているの」

いずれはソフィーも保養地から、王都に戻らなければならないだろう。

母はもう十分健康状態はいいし、弟も産まれたのだ。いつまでも王都の本邸で寂しく仕事をしている父を、一人にしておくわけにもいかない。

「ソフィーは……婚約者はいないのか？」

「いないわ」

なぜならその手の話になると『ソフィーはお父様と離れたくありません……』と、か弱く泣いて、話を誤魔化すからだ。この年で修道女の話はまだ両親にはできない。

「貴族なら、いてもおかしくはない年だろう？」

「そうね。でも、私には必要ないわ」

「そうか……。じゃあ、オレの嫁にならないか？」

意を決したかのように告白するリオに、一瞬ソフィーは呆気にとられたが、すぐさま可愛らしい笑みを浮かべて答えた。

「丁重にお断りしますわ」

「即決かよ……、少しは考えてくれてもいいだろうが！」

「だって、考えても結論は変わらないもの。私の人生設計は、お父様の事業を手伝うの。そして、ゆくゆくは弟が跡を継ぐでしょう。そしたら、晴れて修道女になる予定なのよ」

両親にはさすがにまだ言えないが、リオは大事な友人だからいいだろうとサラリと口にした。

「はぁ？　お前、男爵令嬢だろう。修道女って……なんで？」

「神様に、その操を立てる約束をしているのよ」

「誰と？」

「神様と」

「お前……変わった女だと思っていたが、本当に変わった女だな」

失礼な言いようだと、ソフィーは頬を膨《ふく》らませる。

すると、リオがスッと表情を消して、まるで挑むかのようにこちらを見た。

「……操を立てているのは、本当に神になのか？」

「そうよ。修道女だもの」

「〝テンマ〟じゃなくて？」

「へ？」

今世で、その名を聞くとは思わなかったソフィーは内心動揺した。

どうしてリオがその名を知っているのか。

「……なぜ？」

「オレが助けた時に、その名を呼んでいたから」

リオが、ぶすっとした顔で呟く。

そういえば、リオと初めて出会った時、溺れていたところを助けられた時、ソフィーはその名を呼んだ。

あの時は、水を少し飲み、朦朧《もうろう》としていた意識の中で、前世の親友が自分を助けてくれた錯覚に陥っていたのだ。

――ああ、お前無事だったんだな。オレのこと、助けてくれたんだ。ありがとう。

そう思って触れようと手を伸ばし、その名を呼んだ。嬉しくて、涙が零れた。

「…………」

リアルに思い出すと、少し……いや、かなり恥ずかしい。

「あの時のソフィーの瞳は、愛する者をみる目だった」

（いや、まぁ大切な親友ですけど……）

しかしこう聞くと恥ずかしくて仕方ない。

生まれ変わった身なのに、前世の祐の黒歴史が増えたような気がして辛い。

「〝テンマ〟はお前の想い人か？」

「へ？」

どうやら、好きな男に操を立てていると思われているようだ。

驚きでひっくり返りそうだった。

(……まぁ、いまは女の子だからそう思われても仕方ない? えー?? とりあえず否定はしておこうかしら)

「あのね、リオ」

言葉を紡ごうとしたが、リオは遮《さえぎ》るように話を続けた。

「ソフィー、オレはもうお前とは会えない。でも……ソフィーが、オレの嫁になるなら連れていくこともできる」

真剣な口調で言われ、ソフィーは目を瞬《しばた》く。

リオの瞳は陰っていて、いつもの冗談で言っているようではなかった。

「会えない?」

「ああ……」

応えるリオの視線が床に落ちる。

いつも真《ま》っ直《す》ぐに自分を見てくれるリオが、視線を合わそうとしない。

二人の中に流れる、重い沈黙を破ったのは、ソフィーの間の抜けた声だった。

「リオ、死ぬの?」

「……はぁ!? なんでそうなる!」

「だって、会えないってそういうことでしょう?」

「どういうことだよ!? 死だけが別れじゃないだろう!」

「へー?」

キョトンとした顔で首を傾げると、リオは大きなため息を吐いた。

「お前、頭いいくせにたまに本当にバカだよな」

「失礼ね！　──なら、また会えるでしょう」

「……いや、会えなくなるんだよ。話聞いてたか?」

「会えるわよ。貴方が生きていて、私が生きているなら」

キッパリと強い口調で言うと、今までそらされていたリオの瞳がやっとソフィーを見た。

ソフィーが素《す》っ頓狂《とんきょう》なことを言って、事を分かっていないわけではないと気づいたのだろう。

「……会えないと思うぞ。住む世界が違うからな」

「リオ、貴方がいま目の前にいて、私がいまここに存在していて、住む世界が違うなんてことないのよ。……本当に住む世界が違う人とは、一生会えないのだから」

「ソフィー……?」

リオは思う。お前、いま誰のことを言っているんだ?

いつも好奇心旺盛な瞳が、先ほどの自分のように陰っているのはなぜなんだ?

お前、いま誰を思っている?

そんな顔をさせているのは誰だ?

訊《き》きたい、けれど、訊きたくない。訊くのが怖い。

ソフィーの中にいるのはきっと〝テンマ〟だ。その事実をソフィーの口から聞きたくない。

リオはグッと拳を握った。

「リオ、私たちはきっとまた会えるわ。どんなに時間がかかっても、きっと会える。貴方は、私の、初めての友人よ。その縁を私は忘れない」

大人びた笑みを浮かべ、ソフィーがそっと手を差し出した。

その白く細い指を見て、リオは自分がそれ以上にはなれないことを知る。この可愛くて、賢くて、そして可笑《おか》しな少女の友人以上にはなれないことを。

正直、キツイな……と思った。

リオにとって、ソフィーは初恋だった。

何もかもを忘れさせてくれる面白くて、愉快で、そして愛おしい存在だった。

もっと早く出会っていれば、〝テンマ〟より早く出会っていれば、彼女の一番は自分であったのだろうかと、詮《せん》ないことを考える。

けれど、自分はソフィーが六歳の時に出会った。遅かったわけじゃない。

それなのに、彼女の特別である〝テンマ〟はもっと早くに出会っていて……なぜか、なぜだか〝テンマ〟より早く彼女に出会える気がしなかった。

「――――ソフィー！」

振り切るように声を上げて、その名を呼んだ。伸ばされた手をやっと握って、リオは笑った。

「ソフィー、お前、いい女になれよ！　王都に、その名を馳《は》せるぐらいのいい女に！」

次に彼女の名を呼べるのは、いつになるのだろう。数年後、数十年後？

その時はもう、彼女に愛を囁くことはできないだろう。

恋をするのもこれが最初で最後。

そういう身なのだと自分でも理解している。後悔はない。

穏やかな森の色を持つ少女の瞳を目に焼き付けたくて、リオは瞬《まばた》きもせず見つめた。

見つめ返す瞳は、リオの挑発にすぐさま蠱惑《こわく》的な形で返した。

「当然よ、私はソフィー・リニエール！　どこにいっても聞こえるほどに、この名を轟《とどろ》かせてみせるわ！」

胸に指をあて、自信ありげに豪語する少女に、リオは笑った。

それがただの空威張りでないことを、リオは一番分かっていた。

◆◇◆◇◆

走る馬車の中、アルはいつもの笑みを浮かべてリオに話しかけた。

「いや〜、ものの見事にフラれましたねぇ。あまりの爽快なまでのフラれっぷりに、このアルもさすがに口を慎《つつし》んでしまいますよ」

「本当に慎め！」

大打撃を受けている身を、少しは考えろと吠えても、アルはニコニコと笑うだけだ。

「まぁ、ですがフラれて良かったですね！　貴方様には歴とした婚約者がいらっしゃる。これは気持ち一つで揺るがせるほど小さなことではありませんから」

「お前に正論を言われると本気で腹が立つ！」

睨んでも、アルはどこ吹く風だ。

だが笑みを一つ浮かべると、次の瞬間その笑みを消し、淡々と告げた。

「貴方様の地位を盤石にするための、大切なご結婚です。誰もが認める女性を娶ることが、貴方様の義務であり役目です。貴賤《きせん》結婚などお互いを不幸にするだけですよ」

始終ゆるい男が、生真面目な顔で言う。ソフィーには見せなかった一面だ。

リオは自分の護衛が、本当はとても優秀で恐ろしいほど有能だと知っている。だからこそ、その言葉を否定することなどしない。

「分かっている……」

そう分かっている。

ソフィーに愛を伝えながらも、一緒に来てほしいと切に願いながらも、ソフィーはきっと断ると分かっていた。

自分でも嫌になるくらい卑怯だと思う。

断られることが想定できていたから、告白できたなんて……。

もしソフィーがこの手を取ってくれたとしても、自分には引く力などないのだ。

それなのに一緒に来てほしいなどと……。

(卑怯者がッ！)

己の卑劣さと、愚考さに吐き気がした。

力などないくせに。何も守れないくせに。その手を伸ばそうなどと、恥知らずだと自分を呪った。

「ッ……！」

強く奥歯を噛みしめても、漏れ出る嗚咽《おえつ》を我慢できなかった。

いつもよく喋る護衛が、今この時ばかりは茶化すことなく、視線を窓へ逸らした。

「今日は、いいお天気ですねぇ」

下肢に落ちる滴を、何も見なかったフリをして、そう呟いてくれた。


屋敷から遠ざかっていく馬車を、ソフィーは見えなくなるまで見送った。

「会えない……か……」

去っていく友人に、寂寥《せきりょう》感で少しだけ胸が苦しくなる。

(嫁になるなら連れていける、なんて。何よそれ)

別れがツライから出たのであろう少年らしい、可愛らしい発言だ。

離れがたいと思ってくれたリオの気持ちが嬉しくて、ソフィーはフフっと笑った。

「嫁じゃなくても、また会えるでしょう、リオ」

また会える。生きていればまた会える。

それは確信にも似た想い。

同時に、もう会えない親友を想う。

「会いたくても会えない人間に会うには、どうすればいいんだろうな……」

呟いて、いかんいかんとソフィーは首をふった。

つい祐の気持ちで呟いてしまった。

「よし！　私もあんなにリオに豪語しちゃったし、約束を果たすためにも頑張ろう！」

勢いよく踵《きびす》を返すと、ソフィーは屋敷へと走り出した。

リオを驚かせるほどに、ソフィー・リニエールの名声を轟かせてみせると誓いながら。

しかし、美しく別れを告げた友人と、数年後、憎っくき敵となって再会するなど、この時のソフィーは思いもしなかった――。

拝啓 天馬 私、前を向いて走り出します!

色々ありまして、仲良くしていた友人とお別れいたしました。

いえ、別に愛想を尽かされたわけではないのですよ。大人の事情というやつなのです。たぶん?

私なりに推測すると、やはり、貴族の中でも男爵の地位は低いのだと思います。

きっと彼は伯爵様とかそういう方のご子息だったのでしょう。

高位貴族は高位貴族としての生き方があるものです。

こう見えて、知識と見聞だけは前世を足すと三十を超す私です。

そんな大人の理《ことわり》というものも分かっています。

寂しいと思う気持ちも勿論あるわ。

でも、今世は後ろを振り返るよりも、前を向いて歩きたいと思っているの。

リオには色々偉そうなことを言ってしまったけど、口にして、やっと自分のやりたいことに気づいたの。

私、これまでは自分の今後のために、生活の質を上げようと思っていました。

でも、もう私は自分のために、というだけではなくなったわ。

私ね、世間では、なぜか慈善活動を行っているご令嬢だと噂されているようなのです。

実際は、無賃金で人を使うという鬼娘なのに。私自身にはなんの力もない、何もできない娘が慈善活動など、笑ってしまうわ。

それなのに、なぜかそんな鬼娘に、色々な方が期待をしてくれているのです。

お前なら、きっと王都に、その名を馳せるぐらいのいい女になれると、言ってくれた友人と、私を頼りにして、そして同じくらい頼りにしている孤児院の皆。

市場で働く店主さんたちも、私が買い物ついでに見慣れない食材の食べ方などを伝えたりしているうちに、仲良くなったの。

食材をおまけで貰って、いい食べ方を教えてくれよって、言われるようになったわ。

ソフィー・リニエールの目の前に、大きな世界が広がっているのを感じるの。

私にいったいどれだけのことができるか分からないし、できることは本当に小さいことかもしれない。でも、もし目の前に唇を噛みしめ耐えている方がいるのなら、この手を差し出せる人間になれる努力をしてみようかと思うのです。

だって、それが令嬢の嗜《たしな》みというものですわよね?

私は、私ができることを一つ一つ積み上げていきます。

そしたら、いつかソフィー・リニエールの名が、リオにも届くのではないかと思うのです。

天馬も、ぜひ期待していてね!


ソフィーは、父にお願いして借りた耕地を視察しながら、バートにリオのことを伝えた。

すると、バートの瞳は驚きに大きく開き、そしてすぐにスッと細められた。

「アイツ、もう来ないのか……」

「ええ。貴方にもよろしく伝えてくれって、言っていたわ」

「そうか……」

少しだけ残念そうな声音で、バートが呟く。

「寂しいわね」

「別に」

そっけなく答えるが、その顔はやっぱり寂しそうに見えた。

「どうせ、ソフィーともいつかはそうなる。今さら……」

「そうなるって、どうなるの？」

「別れが来るってことだよ。アンタはご令嬢で、俺たちは孤児だ。住む世界が違う。いつまでも一緒にいられるわけがない」

「まぁ、バート。切ないことを言うのね」

「事実だろう！」

声を荒らげたバートに、先に耕地の土を確認していたエリークとサニーが、驚いたように腰を上げた。

「どうしたの？」

オロオロしているサニーの代わりに、エリークが問う。

表情も声も淡泊な彼だが、兄貴分のバートの強い語気に、その栗色の瞳を揺らした。

バートとエリークは兄弟ではなく赤の他人だが、二人とも栗色の髪と瞳を持っていた。バートの妹であるサニーもだ。平民に一番多い色なのだ。

勿論貴族の中にも双方栗色をもつ者は多いが、貴族と平民では衣服からして違う。

そのため、質素な服を着ている栗色の髪と瞳を持つ者は、すぐに平民だと分かる。

簡素ではあるが、質の良いドレスに身を包み、黒の髪と緑の瞳をもつソフィーが並ぶことは、本来とても奇異なこと。

それを、誰よりもバートは分かっていた。

「アンタは貴族の女だ。いつか王都に帰る身だ。本当だったら、アンタもリオも会って話すことなんてできない身分なンだよ、オレたちは！」

バートの言葉に、聡《さと》いエリークはなぜバートが激昂《げきこう》しているのか分かったのだろう。

辛そうに、目を伏せた。彼が手に握りしめていた土が、サラリと下へ落ちる。

目の前の怒りに気づかないかのように、ソフィーは小さく笑った。

「まぁ、バート。貴方、バカね」

「だれがッ――！」

続く言葉は喉の奥で滑り落ちた。白い指が視線を外すことを許さないように、バートの頬を優しく拘束した。見慣れているはずのソフィーの大きな瞳が、まるで大人の女のように蠱惑的に見える。

「貴方たち、私と離れられると思っていたの？　愚かね」

「……だって」

「貴方たちに読み書きを教えて、処世術、礼儀、礼節、全てを叩きこむのに、いったいいくらかかっていると思っているの?　人を育てるのが、一番お金がかかるのよ。ましてや素質があるならなおのこと、貴方たちを私が手放すわけがないでしょう?　私が王都に行く時は、貴方たちも王都へ行くのよ。もちろん、耕地にも人材は必要だけど、貴方たちにその才能はないわ」

連作も知らなかった三人に、農作物を作る知識、技術はない。

エリークは実験が好きなので、品種改良などには興味があるようだが、そもそも体力がない。

いずれ耕地については、それ相応の人材を育成するか探すつもりだった。

この三人の才能は別にある。

「バートは営業担当、エリークは商品開発担当、そしてサニーには私の侍女になってもらう予定なのだから、勿論王都に連れていくわよ!」

先ほどの豊艶《ほうえん》な笑みとは違う、子供っぽい笑みで、ソフィーがエリークとサニーにほほ笑んだ。

二人は目を輝かせて喜んだ。サニーなど「もっともっと頑張って勉強します!」と嬉しそうにソフィーに宣言している。

◆◇◆◇◆

だが、一番の年長者であるバートだけは気づいた。

この恐ろしく賢い貴族の令嬢は、絶対に普通ではない。令嬢など、ソフィー以外には見たことも会ったこともないが、絶対に貴族の令嬢というカテゴリーの中に収まる女ではない。

とても、一筋縄ではいかない女に魅入られてしまった、――――と。

それから数カ月後、孤児院に届け物があった。

「これは？」

習い事がない日は日参しているソフィーの目の前に、大きな木箱が運ばれた。

運んできたのは、父に頼んで最初に派遣してもらったリニエール商会の新入社員だ。

新人故に、遠い保養地まで飛ばされ、我儘《わがまま》娘の小間使いになってしまった彼だが、意外に保養地での生活が快適らしく、日々楽しそうだ。

「今朝、こちらに向かっている時に、これをソフィー様にお渡ししてほしいと、お預かりしました」

なぜ、自分の所ではなく、孤児院に向かっていた社員に預けたのだろう。

それに、預けた人間は、彼がリニエール商会の社員だと知っていたことになる。

不思議に思いながらも箱を覗《のぞ》き見ると、そこにはたくさんの種と、少し乾燥しやせ細ってはいるが、カブに似た作物が入っていた。

「これ……」

すぐに一つを取り出し、観察する。泥などついておらず、キレイな状態で入っていたそれを、ソフィーは小さく切り、口に入れた。甘かった。

「テンサイだわ！」

ソフィーが知っているものよりやせ細ってはいるが、それは確かにテンサイに近い食べ物だった。

「これ、送り主は!?」

「カードをお預かりしています」

「見せて!」

真っ白なカードには、達筆な文字でこう書かれていた。

親愛なるマイレディへ
こちらがご所望の品に近いものかと存じます。ルーシャ王国で栽培されているもので、名は〝アマネ〟。葉を食用とする野菜だそうです。貴女の力になれることを、主共々祈っております。

送り主の名はなかった。けれど、誰が送ったかなんてすぐに分かる。

ソフィーは口元がうずうずする感覚を引き締めた。

でも、やっぱり笑みはどうしても零れてしまう。

「これを下さった方は、よく笑う方じゃなかったかしら?」

「あ、はい! 身なりはとても上品な方でしたが、私のような者にも笑顔で接してくださいました」

「そう……」

カードを大切に胸に当て、ソフィーは感謝の気持ちを込めた。

横で、エリークが苗をとても興味深そうに見ている。

「エリーク、このアマネをもっと品種改良しなければならないわ」

「品種改良?」

「もっと、大きく甘くさせるのよ。ルーシャ王国では、葉を食用としていると書かれているけど、これの本当の価値は根部にあるの」

品種改良をし、良質な根部が取れるほどにさせなくてはならない。

その後は、砂糖として完成させるのだ。

一言で言えば、簡単だ。しかし、そこに行きつくには長い年月がかかるだろう。

こんな時、涼香の言葉を思い出す。

『祐。お砂糖も、お醤油も、そのままの形で昔から存在しているわけじゃないの。人が長い年月をかけて、求め、試作してこの形があるのよ。私たちはその恩恵を受けているだけなの。だから、当たり前だと思っては駄目よ』

(うん、涼香姉さん。今頃になって、その言葉を重く感じています)

『このお砂糖だって、私たちが作るとなったら、とっても大変なんだから。サトウキビなら細かく切ったものを搾《しぼ》って、煮詰めて、水分を蒸発させるの。てんさい糖なら、カットしたものを温水に浸して糖分を溶け出させてから、煮詰めて不純物を濾過《ろか》して取り除いて……』

『ケーキ作るのに、いちいちそんな講義いるか？』

『ちょっと、うるさいわね、天馬。アナタの誕生日ケーキでもあるんだから、手伝いなさいよ！』

『いや、なんで自分の誕生日ケーキを自分で作らないといけないんだよ』

『祐は手伝っているでしょう！』

二人の姉弟は、いつも口論をしていた。

物事は多方面から見るべきだという姉と、お前は理屈がうるさいという弟。

とても仲の良い二人だからこそできる会話だった。

それをいつも羨ましく見ていた……。

「ソフィー様?」

エリークが黙ってしまったソフィーの顔を覗き込む。

バートとサニーもなぜか心配そうな顔をしていた。

自分は今、どんな表情をしていたのだろう?

(祐の気持ちを引きずってはいけない。私はソフィーなのだから……)

ソフィーは気を引き締めた。

時間はそう多くはない。いつか王都に帰らなければならないその時までに、なんとか形にしなければならないのだ。

(大丈夫よ、できるわ。私は一人じゃないもの)

助けて、助けられて。

そんな人たちがソフィーの周りにはいてくれるのだ。

一点の陰りもない微笑を浮かべ、ソフィーは思い定める。


――――さぁ、ソフィー・リニエール。道は照らされているわ。貴女は、貴女の歩く道を、ただ真っ直ぐに進むのよ!

ソフィー・リニエールというご令嬢～ある午後のお茶会～

――王都、ある貴族のサロンにて。


「ねぇ、皆さんお聞きになりました？　長く王都を離れていたリニエール男爵家のご令嬢が、本邸に帰ってきていらっしゃるそうよ」

「あら、リニエール男爵にご令嬢なんていらっしゃったかしら？」

「ずっと保養地にいらっしゃって、お茶会にも出ていらっしゃらない方だから、皆さんが知らないのも当然ですわ。確か、十三歳になられるご令嬢とか」

「まぁ！　そのお年まで保養地に？」

「ええ、タリスの保養地に長く滞在していらしたそうよ。ほら、あそこのリニエール男爵夫人は、お体がか弱かったから」

「でも、リニエール男爵夫人は数年前から本邸にいらっしゃったわよね？　なぜご令嬢だけ保養地に？　それに、私が聞いた話では、リニエール男爵夫人は最近女の子を出産されたそうよ」

「ではリニエール家には、お二人のお子様がいらっしゃるの？」

「いえ、三人よ。真ん中に男のお子様がいらっしゃるわ」

「ま！　あの方が、三人もお産みになったの？　確か、ご病気のせいで、まったくと言っていいほど社交界に出ていらっしゃらなかったわよね？」

「私もそう聞いておりますわ。リニエール男爵が心配して、保養地に別荘を建てられたと」

「タリスに別荘をなんて、本当に資産が有り余っておいでですこと」

「タリスと言えば、今や〝食のタリス〟と言われるほど美味しいお店が多いとか」

「噂では、タリスを〝食のタリス〟として有名にしたのが、かのご令嬢だという話よ」

「イヤだわ、まさか！」

「田舎でずっとお過ごしになった可哀想なご令嬢のために、リニエール男爵がおかしな噂でも流していらっしゃるのではありませんの？　リニエール家と言えば、今やこの王都で平民も知らぬ者がいないほどの商家。他国との貿易も目を見張るほどの手腕とか。あれほどの豪商ですもの。可愛いご令嬢のために、そのような噂を流されたのでしょう」

「ですが、流すにしては変わった噂ですわよね？」

「ほかにも、農作物や調味料の開発に尽力されているというのがありますの」

「それこそおかしいお話ですこと！　ご令嬢がそのようなことをなさるわけがありませんわ。リニエール家も大丈夫なのかしら。そのようなおかしな噂を放置されるなんて」

クスクスと笑うご婦人たちの囀《さえず》りは、午後のティータイムが過ぎても終わることはなかった。

ソフィー・リニエールというご令嬢～地獄に落ちた少年の話～

少年は必死に石畳の上を走っていた。

服の中に隠し持ったパンを、どうしても無事に届けたい。それだけを願い、息を切らして走った。

だが、後ろから怒りを爆発させて追いかけてくるパン屋の主人にもう追いつかれそうだった。

捕まれば、きっと痛い目にあうだろうがそれは我慢できる。悪いのはパンを盗んだ自分だから。

けれど、奪ったパンを取り返されるのだけはどうしても避けたい。

（これがなかったら、あいつ死んじゃう！）

帰りを待つ妹のために、彼は走った。

恐怖に取りつかれたように走る少年は、角を曲がった瞬間、後ろを向いていた男に衝突した。はずみで、石畳に体を打ち付ける。

「なんだ？」

ぶつかった男が振り返った。倒れたまま目をやれば、体の線にフィットしたフロックコートに身を包んだ青年と目が合った。少年はギョっとした。見たことのない上質なものを身にまとった男など、少年にとっては畏怖の対象にしかならない。

「コイツ！　やっと捕まえたぞ！」

パン屋の主人についに追いつかれ、少年は怖気《おぞけ》立つ。

ああ、もう駄目だ。もう駄目だ。

目に涙を浮かべ、それでも必死に噛みしめ耐える。怒りに振り上げられた腕が、当たると思った。

くるであろう衝撃に目を閉じたが、いつまでたってもそれは来なかった。

恐る恐る目を開くと、振り上げられたパン屋の主人の腕を、青年が摑んでいた。

「――なッ！　いっとくが、コイツは盗人で、オレは！」

「分かっている。だが、うちのお嬢様が買い物中だ。騒動は困る」

青年は淡々と落ち着いた声で制した。

「そう言うがな、アンタっ」

振り上げた怒りが収まらないのか、パン屋の主人はなおも声を荒らげた。

「あら、随分と賑やかね」

そんな殺伐とした空気の中で、この場に相応《ふさわ》しくない可愛らしい声が響いた。

「バート、どうかしたのかしら？」

大きな声量ではないのに、耳に心地よく通る声だった。

手縫いの刺繡とフリルが美しいドレスに身を包んだご令嬢が、可愛らしいリボンが付いた靴をコツコツと鳴らしながら、少年たちの前に立つ。

滑らかな黒い髪と、新緑の時期だけに見られる若葉のような瞳をもつ可憐な少女に、少年も、先ほどまで怒りを露わにしていたパン屋の主人も息を止めた。

少女は、白い指で持っていたフリルのついた華やかなパラソルを隣に控えていた侍女に渡すと、もう一度「あら……」と声を零す。

「ソフィー様、申し訳ございません」

可憐な少女に、青年が耳打ちする。事を理解した少女は、同情するかのような顔で、パン屋の主人の前に立った。

「ご挨拶《あいさつ》が遅れました。わたくしエドガー・リニエールの娘、ソフィー・リニエールと申します。大切な商品を盗まれたとか。ご主人、災難でしたわね」

「……え？　は、は、はい！」

パン屋の主人は慌てた。リニエール家と言えば、男爵家。貴族だ。しかも豪商であり、自分もリニエール商会から小麦を買っている。リニエール商会から買い受ける小麦はとても上質な物だ。それだというのに価格は抑えられており、王都の店という店がリニエール家の慈悲の恩恵を受け、商売を行っている状態であった。

もしもリニエール家のご令嬢を怒らせるようなことがあれば、王都ではもうより良い商売はできない。

「お気持ちは分かりますわ。精魂を込めて作られたものを盗まれることは、とてもお辛いことでしょうから」

「は、ははい！　ご理解いただきありがとうございますっ！」

「ですが、わたくし争いはあまり好みませんの。どうか、これでこの場のお怒りはお納めいただけないかしら？」

新緑の瞳を細め、少女はそう言って金貨を一枚手渡した。

「き、金貨!?　おおおおおお、恐れ多いです！」

金貨一枚など、とてもいただけない。盗まれたパンは、銅貨一枚でも十分なものだった。冷や汗と脂汗でぐっしょりと濡れたパン屋の主人は、強く首をふる。

「どうか、お受け取りくださいませ。わたくしの我儘を、お聞きくださいませ」

その瞳も、声も、強制など感じず、優しげだ。しかし、有無を言わさない力があった。パン屋の主人は壊れたオモチャのように、軋んだ動きで金貨を受け取る。少女に感謝の言葉を口にすると、まるで逃げ出すようにその場を離れた。

「――さて、コイツはどう致しますか、お嬢様」

「そうねぇ……。とりあえず馬車でお話ししましょうか。ここは人の目が多いわ」

あれが、噂のリニエール男爵のご令嬢だと噂する人々を後に、少女たちは馬車に乗り込んだ。それに、なぜか少年も乗せられた。

二頭立ての豪華な馬車に乗るなんて生涯ないだろうと思っていた少年は、緊張のあまり吐きそうになった。

豪華な馬車は二台あり、少女と青年、そして少年以外の人間はもう一台の馬車に乗っていた。

チラリと視線を上げれば、目の前には輝くような白い肌をもった少女。

その少女が自分を見ていた。

「き、貴族の施しに感謝なんかしないからな！」

恐怖が変な方向に振り切られた少年は、少女と目が合うなり、そう叫んでしまった。

先ほどのパン屋の主人同様、変な汗が頬を伝っていたが、少年は必死だった。

見たこともない可憐で可愛らしい少女が、少年は恐ろしかった。

花のような美しい香りと、ただ座っているだけで、同じ人間とは思えない雰囲気に完全に気おされ、虚勢を張っていないと今にも気絶しそうだった。

少年の不敬に、少女は怒るかと思いきや、なぜかおかしそうにクスクスと笑った。

「まぁ、可愛らしいこと。バート、貴方と同じようなことを言っているわよ。あれは、一度は口にしないといけない通過儀礼なのかしら？」

「自分のバカさ加減は重々承知しておりますから、あまりいじめないでいただけないでしょうか」

「クレトも昔、同じようなことを私に言っていたわね」

「あんな痴《し》れ者と、同じ扱いはご容赦いただきたいです」

やり取りに、少女がまたクスクスと笑う。笑う顔も美しかった。一度だけショーウィンドウから見た、自分には一生縁のない高価なお人形のようだ。

「お前みたいなキレイな女いるわけがない！　魔女め！」

「あら、褒められているのかしら、貶《けな》されているのかしら？」

「くそガキが……」

今の今まで怒りなど少しも表さなかった青年が、舌打ちするかのように睨む。

品格のある青年だと思っていたが、まるで街のチンピラのような言葉遣いで「うちのお嬢さんに色目使ってンじゃねーよ」と、宣《のたま》った。

「バート、口調が昔に戻っているわよ」

「……申し訳ございません」

青年が、表情と口調を戻す。

「さて。貴方は、なんというお名前なのかしら？」

「カミロ……」

「そう。ではカミロ。分かってはいるでしょうが、盗みはいけないわ。前科が付けば貴方は投獄されるのよ」

「貴族の説教なんてッ！」

「貴方が投獄されて、困る者はいないの？」

「……っ」

少年は目を伏せ、唇を震わせた。

「……ねぇ、カミロ。貴方、魔女にその魂を売る覚悟はある？」

「え？」

「魔女に魂を売るほどの覚悟があるなら、貴方にも、貴方を待つ人にも居場所をあげるわ。食べるものには困らず、着る服も暖かい物を、雨にも風にも怯えない寝床を。ねぇ、――――貴方に、魔女に魂を売る覚悟はあるかしら？」

白い指が、汚い頬に触れる。どうして、この目の前の少女は汚い自分に触れるのだろう。触れられるのだろう。分からない。

少女とは思えぬ息を呑むほどに妖艶な雰囲気は、まるで魂まで抜かれそうだ。

「あ……」

自然と、涙が零れた。恐怖ではなく、緊張の糸が切れたわけでもなく、ただ涙が溢れた。

「た……」

喉が張り付いたように動かない。握りしめていた拳は震えている。けれど、必死に少年は言葉を紡いだ。

「助けて……お願い……あいつを助けてッ。それなら、おれ、魂だって売るから！」

少女が、悪魔でも魔女でも縋《すが》りたかった。縋るなら彼女が良かった。

ボロボロと零れる涙で必死に叫んだ。助けてほしかった。親のいないストリートチルドレンなど、誰も助けてくれないと分かっていた。けれど、彼女に助けてほしかった。どんな代償を払ってでも。

どうか妹を助けてほしいと。

「バート」

「案内しろ」

少女の言葉を受け、青年は短く命じた。少年は頷き、口を開いた。


狭い路地に、隠れるように妹は横たわっていた。

熱に浮かされ、息も絶え絶えの薄汚れた妹を見て、少女は呆れたような声を出した。

「バカね、この状態でパンなど食べられるわけがないでしょう。盗むべきは薬か、せめてスープだわ。まず盗むべきものを見誤っているわ」

「……ソフィー様」

「失礼、お口が過ぎたわ」

唇に手を当て、少女が笑う。

青年が、妹を抱き上げる。すると、少女が細い肩に羽織っていたモスグリーンのショールを取り、そっと妹にかけてくれた。美しい光沢をもつショールを、泥と垢で汚れた妹になんの躊躇もなくかける行為に、少年はギョッとした。

「ドクターの所へ連れていきます。ソフィー様はサニーたちの馬車へお乗りください。これより先は、私が対処いたします」

「クレトには、また約束を破ってごめんなさいね、と伝えておいて」

「口だけの謝罪ですね」

「まぁ、手厳しいこと」

意に介さず答える少女は、少年を見て赤い唇で囁くと、颯爽《さっそう》ともう一台の馬車に乗った。馬車は軽やかに走り去る。

――貴方は、私に魂を売ったのよ。これから、リニエール商会の社員として精進なさい。

確かに、可憐な少女はそう言った。

「しゃいん？」

意味が分からず、少年は言葉を反芻《はんすう》する。

「地獄へようこそ、カミロ。あの魔女に魅入られたら、そうそう幸せにはなれないぞ。普通の女じゃ物足りなくなるからな」

「え？」

少女がいなくなってからの青年の口調はもう完全にチンピラだった。

どういう意味なのか分からず困惑している少年を置いて、青年は妹を連れて馬車へと急ぐ。必死に追いかけながら、発言の意味を考えるが分からない。

しかし、少年がその発言の意味を理解するのに、そう時間はかからなかった。

拝啓 天馬 私も、もう十三歳。立派な淑女になりました!

天馬、貴方に見てほしいわ、立派に成長した私の淑女ぶりを。

でも、こんなに可愛らしい淑女なのに、なぜか一部から魔女と言われてしまいますの。

とても悲しいわ。なぜかしら?

バートもクレトも二言目には私に説教。私、これでも男爵令嬢のはずなのですが?

ああ、クレトのことは前にも書いたわよね。自国を逃げ出した移民の男の子よ。年はバートと同じくらいかしら。

自国では、朝から晩まで休みなく農作業をさせられ、少しでも手を抜けば、鞭《むち》を振るわれていたらしいの。私、とても恐ろしくて震えたわ。

そんな私を見て、バートはこの震えている淑女な私になんて言ったと思う?

――ソフィー様、目が怖いですよ。殺してやろうかその野郎という目をしておりますよ。

ヒドイと思わない!?

震える少女に気遣いもせず、私がそのような怖い顔をしていたというのよ!

バートとはもう何年にもなる付き合いだというのに、私のことを誤解しているわ。

なんて悲しいことなのかしら。

でもいいの。エリークやサニーは、私のことを至上のお嬢様と言ってくれるから。バートとクレトからは異端のお嬢様と言われるけれど、エリークとサニーは至上のお嬢様と言ってくれるから、互角よね？

さて、では今日も元気に働いてきます！

早朝の日記を書き終え、侍女のサニーと共にリニエール商会の扉を開くと、社員が皆起立して頭を下げる。

父ならともかく、小娘であるソフィーに対しては、そんな敬礼はいらないと何度も言っているのだが、皆聞いてくれない。それどころか「いえ、お嬢様のお顔に一礼してからでないと朝が始まりません」と真剣に言われてしまった。朝は起きた時から始まっているものよ、とか冗談でも言える雰囲気ではなかった。

当初、令嬢のくせにリニエール商会に顔を出すソフィーに対して難色を示していた社員も多くいたが、なぜか今や『私たちはソフィー様の下僕です！』みたいな態度になっている。

不思議に思い、バートに聞いたことがあったが、笑って誤魔化された。しかし、「アンタが異端だからだよ」と小さく呟いたのを、ソフィーは聞きのがさなかった。

（まったく、こんなに栄養にも美容にも気をつけている可愛らしいご令嬢に対して、ヒドイ言いようだわ！）

思い出すと頬が膨らむ。その顔のまま、ソフィーが個室として使わせてもらっている部屋の扉を開くと、怒りを露わにしている男が、客用に設置している革張りのソファーに座っていた。

「おはようございます、お嬢さん」

「おはよう、クレト」

怒りのオーラを発しながらも、朝の挨拶はきちんとするクレトに、ソフィーはほほ笑みで返すが効果は薄く、挨拶が終わるとすぐさま説教へと移行した。

「お嬢さん、言いたかないけどね。ちょっと増やし過ぎなンじゃないですか!? なんで王都に来てすぐに、あんなに孤児を拾ってくるンだよ!」

クレトの目の前に座ると、サニーが黙って後ろに控える。サニーもいつもの光景なので、顔色一つ変えない。

「あら、クレト怒っているの?」

「ええ、怒っていますよ。小汚いガキばっかり拾ってきて!」

「まぁ。貴方だって行き倒れていた時はキレイではなかったわよ?」

「その話は、今はいいでしょうが!」

クレトは、ルーシャ王国で行き倒れていたところを保護した男の子だった。

アルから貰った〝アマネ〟を改良していくうえで、どうしてももっと苗とアマネの育て方を熟知している人間が欲しくなり、ソフィーはルーシャ王国へ赴いた。

その途中で拾った少年がクレトだ。

今や青年という年になり、背も伸びてスーツが似合う男になった。

「だって、皆私にその魂を売ると言ってくれたのよ。買うでしょう、普通?」

「いや、普通のお嬢様はそんな無慈悲なことを口にしないですし、あと絶対に買いません」

断言され、ソフィーは驚いたように「まぁ」と口元を押さえた。

白々しいお嬢様に、クレトは頭を掻きむしる。

「だって、クレトも人材不足だと言っていたでしょう？　お勉強より体を動かす方が好きな子もいるから、その子たちに農作物の正しい育て方を教えてあげてほしいわ」

クレトは普段、ソフィーが長年過ごした保養地でアマネや多くの農作物を栽培、管理している。

ルーシャ王国で、朝から晩まで畑を見て育てていた彼は、そちらの方面で博識だった。

肥料の質や使う量、栽培の仕方、そして品種改良においても十分な働きをしてくれていた。

管理責任者として、これ以上にない適任者だ。

「お嬢さんが週に二日の休みとか作るから人が足りないンだよ！　なンで週に二日も休む必要があるだ!?　働く時間も短いし、交替制ってなンだよ!?」

クレトの祖国でよく見られる、黄土色の髪は短く整えられ、同じ色の瞳は切れ長で、見た目は十分清涼感のある青年なのだがその口調は乱暴だった。

しかし、慣れているソフィーは笑顔で対応する。

「クレト、タリスは夏の保養地としては素晴らしいけど、冬は王都よりも寒いわ。その凍える寒さで皆を長期間働かせるなんて鬼の所業よ。週に二日のお休みも体を回復させ、リフレッシュするには必要なもの。体を壊したら、働きたくても働けなくなるのよ？」

ソフィーとしては当然の雇用条件だと思っているし、人材育成とその維持には相当の資金を確保していた。

ソフィーの下に集まる者は孤児が大半で、それを引け目に感じている者も多い。

自分が孤児であるというレッテルを自分で貼がせるほど成長させるには、知識と技術だけではなく、当然報酬も必要だ。

お仕着せもその一つで、管理責任者であるクレトはバート同様、上質なスーツが何枚も支給されていた。今も支給されたものを着用しており、一見すると、一流企業の若きエースだ。

「魂を買ったンなら、魂抜くくらいに働かせろよ」

「まぁ、魂を抜いたら蛻《もぬけ》の殻よ。私は奴隷を使役しているわけではなく、社員を雇っているの。人材を一から教育するにはお金がかかるのよ。引き抜きにあったら悲しいし」

「いや、これ以上の好条件、世界中探してもねーよ!」

とくに子供は、午前中は読み書きと計算を習わせ、午後から数時間働くという徹底ぶりだ。その数時間の働きにも、給金が発生する。勿論、それはリニエール商会全体の話ではなく、あくまでソフィーの下についている社員だけの話だ。

ソフィーが手掛けた事業は全てにおいて成功しており、その資産は計り知れない。

たかが十三歳の少女が、有り余る資産を持っているのだ。

その資産を、彼女は次の事業と、維持費と、そして人件費に充てていた。

彼女が欲するのは高価な宝石でも、絹のドレスでも、最先端の靴でもない。

彼女はもっと貪欲だったのだ。

彼女の欲しいものは〝発展〟だ。

この国の、この国の民の発展を望んでいるのだ。

そんな面白い女が、いったいどこの世界にいるだろう。彼女の下にいて、職場を移りたいなどと思う者はただの一人もいなかった。

「力作業を得意とする子たちが数人、農作業をしたいと言っていたから、クレトに面接を任せたいのだけど」

「えぇー。アイツら、俺が毎回連れていくとなると不満げだから面倒なンだけど」

「まぁ、雇用形態になにか不満があるのね。どういった不満かしら？　すぐに対処するわ。ああ、でも王都から離れたくないという想いなら、難しいわね。王都ではあまり農作物は作りたくないし」

王都は長年暮らした保養地に比べ、水も土も汚れている。

とても大切な農作物を育てる環境にはない。作るならやはりキレイな場所でなければ。

「こんな薄汚れた王都、とっとと離れたいに決まっているだろう。だけど、皆アンタから離……」

「おい、そろそろその煩い口を閉じろ」

扉が開くと同時に、入ってきたバートの叱責が飛んだ。

クレトが小さく「うるさいのがきた」と、呟く。

「バート、ちょうどよかったわ。あの子は大丈夫だったかしら？」

「熱がひくのはもう少しかかりそうですが、薬を飲ませておりますので大丈夫だとドクターからもお墨付きを頂きました」

「そう！　よかったわ」

「また拾ってきたの!?」

クレトの声が部屋に響く。

「あら、知らなかったの？　バート、クレトに謝っておいてと言ったじゃない」

「その男が、昨夜寄宿舎に帰ってこなかったんですよ。どこで遊んでいたんだか」

「あら……！」

「なッ！　お嬢さんに適当なことを言うなよな！　昨日は研究所でエリークと品種改良について話していただけだ！」

「もう、仕事熱心なのは歓迎するけど、クレトもエリークもちゃんと休んでいるの？　貴方たちは管理者なんだから、ちゃんと私が決めた雇用時間で働いてちょうだい。下に付く子たちまで真似しちゃうじゃない。過労なんて絶対に許さないわよ」

「なんで俺が怒られる流れに……」

不満を口にするクレトを無視し、バートは一枚の手紙をソフィーに差し出した。

「ソフィー様。ハールス子爵様から、今夜食事会をと招待状が届いております」

「今夜？　随分と急なのね」

「旦那様と奥様もご招待されているということなので、お断りは難しいかと」

「元よりお断りする気はないわ。ハールス子爵様には、耕地のことでも随分便宜を図っていただいたもの」

ハールス子爵にはアマネを作るための、広大な耕地を融通してもらっている。

その礼は勿論しているが、それだけではなく礼儀を常に尽くすのが貴族の嗜みだ。

ソフィーは食事会の装いをどうしようかと考えながら、本日の業務に取り掛かった。

食事会のことを考慮し、早めに帰宅したソフィーに、小さな紳士が一輪の薔薇を差し出した。

「姉上、おかえりなさい！　はい、今日おにわでさいたお花です！」

「ミカル、今日も素敵なお花をありがとう」

毎日一輪、一番大きく美しい花を姉に届ける弟に、ソフィーの頰が緩む。

数年早く王都に帰ってきていた弟、ミカルはもう五歳になる。

王都に帰る際も、タリスに残るソフィーと離れたくないと大泣きし駄々をこねたほどに、お姉ちゃん子に育った彼は、やっとまた一緒に住めることを誰よりも喜んでいた。

父に似て、母と姉が大好きなミカルは、ソフィーにベッタリと張り付き、ニコニコといつも笑っている。本邸にいる間はもう一時も離れたくないというほどに。

半年前には可愛い妹、モニカも産まれ、ソフィーは可愛い弟妹に囲まれ大変幸せだった。

しかし、五歳になるミカルの幼さを見て、時折反省することもある。

記憶を思い出した六歳からのソフィーの発言は、やっぱり今のミカルをみても異常だった。

いくら成長が早い女の子でも、あの大人じみた言動の数々は、やっぱりマズかったかしら？　と思わなくもないのだが、今さらすぎてもうどうしようもない。

（ふっ、過去に囚われては駄目よ。真っ直ぐに前を見なければ！）

都合のいい言い訳をすると、ソフィーはミカルから貰った薔薇の香りを嗅ぐ。

甘い花の香りに、ソフィーがほほ笑めば、ミカルも嬉しそうだ。

リオから貰った薔薇の形の髪飾りを毎日つけ、バートが初めてくれた花を押し花にして栞を作り、それをいつも本を読む時には使っているせいか、この可愛い弟は、姉が大の花好きだと思っているのだ。こうして毎日庭で咲く花をプレゼントしてくれるのもそのためだ。

特段花がとても好きというわけではないのだが、可愛い弟の日課を奪うことはせず、いつも喜んで受け取っている。

「今日もぼく、母上とモニカをおまもりしました！」

紳士然と報告するのは、母と妹を守ったから褒めてくれということだ。

勿論、これでもかというほどに褒めてやるのが、ソフィーの姉としての大事な日課だった。

嬉しそうに姉に引っ付いて歩く弟も、愛らしい赤ん坊の妹も、髪の色は母譲りのやわらかい黄緑色の髪をしているが、瞳はソフィーと同じ色。そして何より三人の姉弟は、全員母親に似て可愛らしい顔立ちをしていた。体は弱かった母だが、遺伝子は強かったらしい。体格がよく、三日徹夜しても元気な頑丈さを持ち、見た目も鬼軍曹な父だが、遺伝子は完全に打ち負かされていた。

夫婦の子を見て、皆が母を称えた。あのか弱かった母が可愛らしい子を三人も産んだのだ。

最近ではあやかりたいと、母のもとには招待状が毎日山のように来ていた。

しかし、ソフィーが記憶を取り戻すまでは体の弱かった母は、社交界にほぼ出たことがなかったため、元気になってからも昔から交流のある方のもとへしか訪れない。

上流階級は社交界で成り立っていると言ってもいい。社交界に夫婦で出ないのは、噂の的になりやすく、軽んじられる。だが、もともと体が弱かったことと、今や豪商といわれるリニエール家を軽んじることは自分たちの首を絞める行いになるため、黙認されていた。

それでも母が懇意にしている家もいくつかあり、その一つが本日訪れるハールス子爵家だった。結婚する前は同じく子爵家であった母の、姉のような大事な方の夫がこのハールス子爵で、色々便宜を図ってくれる大事な方だ。

父もその恩恵を受け、そしてそれと同じくらいの礼を尽くしている。

そのハールス子爵家に訪れるのだから、今日のドレスは華美ではないが上等なものでなくてはならない。

(髪もマーガレット形にして、つける宝石は真珠が無難かしら?)

「姉上、今日は本をよんでほしいのです!」

キラキラとした目でミカルに催促される。ソフィーが早く帰ってきたのは、仕事が終わったからなのだと勘違いしているようだ。

可愛い弟に事情を説明して、今日は一緒に遊べないことを伝えると、ミカルは泣きそうな顔で頷いた。涙がもう零れる寸前だったが、それでも我慢しているのがいじらしい。

(ああ、もう! アル、貴方と弟の可愛さについて語れないのが辛いわ!)

幼い時に出会った風変わりな護衛を思い出し、無性に会いたくなる時がある。

そう、主に弟の可愛さが爆発した時に。

後ろ髪を引かれる思いで自室に入ると、サニーと本日のドレスの吟味をする。湯あみして、髪型を決め、ドレスを着るだけでかなりの時間を有するため、あまりゆっくりはできない。

「女性って、本当に大変……」

やっと整った自分を、大きな姿見で確認しながら、思わず祐目線で呟いてしまう。

マズいと慌てたが、サニーは美しく装うソフィーに見惚れ、聞いていなかった。

最近思うのだが、サニーを筆頭に、昔なじみのバート、エリーク、クレトはわりと過保護で、そして両親に負けないくらい身贔屓《みびいき》だ。

こうやっていつもより美しく着飾れば、真顔で『うちのお嬢様はやっぱり世界で一番可愛い』と口にする。

たとえ異端のお嬢様でも、可愛さは世界一らしい。ソフィーも、母に似た可愛らしい顔立ちだと自覚しているが、さすがに世界一可愛いというほどの感情はない。前世の平凡男に比べたら月とスッポンの美少女！　と第三者的に思ってはいるが。

「サニー？」

「え？　あ、はい！　申し訳ありません！」

失態とばかりに謝るサニーだったが、応接間で待っていた両親と弟も、従者として同行するバートとクレトも同じような反応だった。

普段も淑女として頑張っているのだから、そっちも褒めてほしいと思うソフィーだった。


訪れたハールス子爵家では、夫婦で出迎えてくれた。もともと仲が良かったハールス子爵夫人と母は、すぐになごやかに談笑が始まる。

バートとクレトは護衛と違って同じ部屋までは入れないが、別の部屋に案内されている。

耕地を借りていることもあり、その話になった場合を考え二人にも来てもらったが、話は始終内輪の世間話だった。

だが、時間も過ぎた頃、ハールス子爵が真っ直ぐにソフィーを見て口を開いた。

隣に座っていた夫人がとても嬉しそうに笑っているのが、なんとも言えず不思議な気持ちになる。

夫人の笑顔が、姉を喜ばせようと花を後ろに隠して近づいてくる弟の顔に、なぜか被るのだ。

「ソフィー嬢、貴女は〝薔薇の選定〟をご存知ですか？」

「はい」

王都での生活は短いが〝薔薇の選定〟については聞いたことがあった。

オーランド王国には、ご令嬢のみが入学できる女学院、通称〝女王の薔薇〟と呼ばれる場所がある。〝薔薇の選定〟とは、そこに入学を許される者を一人、推薦できる権利だ。

〝女王の薔薇〟は、貴族なら誰でも入学が許されているわけではない。地位、品格、知性、全てに優れたものだけが、選定者によって推薦され、初めて入学が許されるのだ。

「では、私が〝薔薇の選定〟を許された貴族であることは？」

「いえ、申し訳ございません。それは存じ上げませんでした」

〝薔薇の選定〟を許される貴族は、それだけ他の貴族より優れていることと同義。同じ子爵の地位を持っていても、格が違うという証でもあった。

「〝薔薇の選定〟を許された貴族は、一人のご令嬢を推薦することが義務付けられているのですが、私は貴女以外にふさわしい方はいないと思っています」

「……わたくしが、ですか？」

夫人の笑顔の理由がやっと分かった。そして、この急な食事会の理由も。

（いやいやいやいや、普通のご令嬢なら歓喜するところなのでしょうけど、私にはそんな学院に行っている暇なんてないんです！）

ソフィーには、まだまだやりたいことも、やらなければならないこともたくさんあった。

王都での民の生活が、どんなものなのか何が足りないのか、買い物と称して現地調査している途中だが、その中でも、王都の貴族街といわれる場所以外の地区の不衛生さは見逃せない。

汚物を川に流しているため、水の汚染は酷く、いつか病気が蔓延《まんえん》するのは目に見えている。

郊外にある農地地区の生産物もその水を使って作られている。正直、恐ろしさしか感じられなかった。

それは他国でも同じで、水を浄化する設備が国民の数にまったく足りていないのだ。

貴族は飲用する水を買うことができ、貴族街は美しく保たれるような設備があるが、平民にはそれがない。上水道、下水道の整備はかなり早急に行わなければならない。

水に関わること、それはソフィーだけではなく、祐の描いた未来の一つでもあった。

前世で勤めていた営業職を辞めたのも、水の研究をするため大学に行くことを決めたからだ。

祐は、六歳の時に実の母親に山に捨てられた。母親はきっと祐に死んでもらいたかったのだろう。

けれど、自分の手を汚すことはできず、山に捨てたのだ。

誰もいない山の奥に捨てられ、六歳の子供はただうずくまって待った。動いては駄目と言われたから、動くこともできなかった。

愚かにも、捨てた母親の言うことを必死に聞こうとしていたのだ。そしたら、迎えに来てくれるのではないかと願って……。

結局、一日たっても母親は迎えに来てくれなかった。

季節は夏だったため、寒さに凍えることはなかったが、ただ喉が渇き、お腹が空いた。

少しだけと思って、おぼつかない足取りで歩くと、山からしみ出る水を見つけた。チロチロと流れるそれを必死に手ですくい、飲んだ。一口飲み、祐は涙を零した。

水は生きる源だ。

源を体に取り込み、祐は生きたいと思った。

母親から捨てられた事実も、本当は死んでほしいと思われていることも分かっていた。

祐は同年代の子供よりもずっと聡かった。

そうでなければ生きていけない環境だったから、無垢《むく》では生きていけなかったから。

だから知っていた、母親の願いを叶えるのなら生にすがってはいけないことを。

それでも、山水を何度も飲み干し、生きたいと願った。

ボロボロと泣きながら、必死に水を飲む。お腹が水で膨れても、ひたすらに飲んだ。

――生きたい。生きたい。死にたくない!

まるで神様が見ていたかのように、数時間後たまたま訪れた山の所有者に発見され、祐は命を繋《つな》いだ。もう何年も山に踏み込んでいなかった山の所有者は、近隣の土地所有者の立会いのもとで、境界線を確認するために訪れていたのだという。

人間は食べるものがないと生きていけない。けれど、水がなければもっと生きていけない。

山水を飲み、生かされた命。水に生かされた命を、水に捧げたかった。

尊敬できる教授を見つけ、貯めたお金で大学に通い研究する。

その願いは叶わなかったが……。

水に生かされた命は、結局、海難事故にあうという死に方で終わった。

あっけなく、水の力によって散らされた恐怖は、記憶が戻る前のソフィーを苦しめていたが、記憶が戻ってからはなぜか恐れはなくなった。

水死した記憶がハッキリしている今の方が、水への恐怖がないというのも不思議な話だった。

もう二度と溺れまいと、貴族御用達の水場で一人泳ぐ練習を何度も行った成果もまた、恐怖心を減らす手伝いをしていた。

（私には、やりたいことがたくさんあるのに、貴族の女学院に行っている暇なんてないわ！）

〝女王の薔薇〟は十四歳から十七歳までの三年間と決まっている。

しかも、貴族の子息が多く通う〝王の剣〟が王都にあるのとは違い、〝女王の薔薇〟は郊外の山の方に建てられていた。つまり、寮生活だ。〝王の剣〟も寮生活が強制されているが、王都にある学院と郊外の山にある学院とでは距離が違いすぎる。

（せっかく準備万端で王都に来たというのに、三年も離れるなんて……）

ここは、良かれと思って推薦してくれようとしているハールス子爵に、恥をかかさぬようにお断りするしかない。

学生時代は人見知りが激しすぎて天馬以外に友人と言える人間はいなかった祐だが、就職してからは違う。給料の高さで選んだ職場で実績とボーナスを上げるためにも、事前に数十冊という自己啓発本や書籍を読み、天馬の姉、涼香の人タラシの技術を真似した結果、学生時代の祐を知っている人間からすれば『誰？』レベルに笑顔と話術を磨き上げたのだ。

天馬からも『気持ち悪っ……』と呟かれた営業トークを、いま存分に発揮する時だ。

「なんて光栄なことでしょう。思わず夢か現実か戸惑ってしまいましたわ」

まず、喜びを存分に表現する。表情も少女らしくうっとりと呟くように。

「……ですが、ロクに世間も知らず、年頃のご令嬢とお茶会もしたことのないわたくしでは、とても力不足ですわ。ハールス子爵様のお名前に傷をつけてしまうのではないかと、胸が震えてしまいます……」

次はまつ毛を震わせ複雑な思いを吐露し、怯えるように身を震わせる。今は前世と違い少女の身なので、少女らしさを忘れないのは大事だ。

可憐な少女の震える仕草に、ハールス子爵夫人が心配そうに指を口元にあてた。だが、当のハールス子爵は男性特有の鈍感さで、それを謙遜だと受け取ったようだ。

「いいえ。貴女が耕地の件を携え、私の所へ訪れたあの時から、貴女の聡明さ、洞察力、行動力の全てにおいて、私は称賛しています。失礼を承知で言うが、貴女が女性であることが悔やまれる。男児であったなら、私の養子にしたかったほどです」

養子という言葉に、父の頬が一瞬こわばった。

妻と子供が命より大事な彼にとっては、冗談でもいただけない言葉なのだろう。

しかしそこはさすがで、一瞬のこわばり以外は態度には出さなかった。

(それってご令嬢としては失格の行動ばかりなのだけど、良いのかしら?)

さすがに、普通の令嬢は行動力を発揮して商売なんてしないだろう。バートとクレトに異端のお嬢様と呼ばれる所以《ゆえん》を、ソフィーだって理解している。

ハールス子爵は馴染《なじ》みの方だから好意的にとってくれているが、他の貴族はそうは取ってはくれないだろう。

記憶が戻った時から、淑女として日々を生きると決めたが、結果ちょっと脱線しているのは否めない。そんな自分が、真のご令嬢たちの花園へ飛び込んで、やっていける気などまったくしない。

「ハールス子爵様……」

総攻撃をいま仕掛ける！　と、意気込んで唇を開くが、カチャリと鳴る食器に止まる。

音の方へ視線を移せば、茫然とした母がナイフとフォークを皿に落としていた。礼儀作法が完璧な母にしては珍しい。

「お母様？」

思わず声をかけると、我に返った母がわななく唇に両手を重ね、歓喜した。

「なんて素敵なの。〝女王の薔薇〟に、ソフィーが入学できるなんて……」

「お、お母様？」

うっとりと夢見るように囁くその瞳は、まるで少女のようだ。

「〝女王の薔薇〟に入学を許されることは、オーランド王国全てのご令嬢の夢ですもの！　わたくしも夢のようです！　ソフィーが、ミリアお姉様と同じ学院に入学できるなんて！」

ミリアは、ハールス子爵夫人の名だ。

「わたくしもよ。本当は貴女と同じ学び舎で過ごしたかったけど、貴女は、資格はあっても体調がすぐれなかったから……。わたくし、いつもここに貴女がいてくれればと願っていたわ」

ハールス子爵夫人の言葉に、母は「まぁ……」と喜びと悲しみを帯びた瞳で夫人を見つめる。

(え? ……え?)

「わたくしも、旦那様からこのお話を聞いた時、なんて素敵なと思ったのよ。貴女の娘が、わたくしの学び舎であり、貴女の夢でもあった〝女王の薔薇〟で日々を過ごす。そう考えるだけで、わたくし、まるであの時代に戻ったようで」

過去を慈しむように話すハールス子爵夫人と母は、もう完全に少女時代に戻っているかのような顔で会話を繰り広げている。

目の前には紳士的笑みを浮かべるハールス子爵と、少女時代に思いをはせているハールス子爵夫人。横には、娘の入学を心から喜び、まるで自分の夢を叶えてくれたとばかりに喜ぶ母、そしてそれを涙交じりで見守る父。

(あ、やばい……これ断れないやつだ)

◆◇◆◇◆

夜も更ける頃、リニエール家の一室にバートはいた。

バートとクレト、そしてエリークには寄宿舎の部屋が各々一室与えられている。だが、それとは別にリニエール家の本邸にも部屋を貰っていた。

今夜は帰りが遅かったため、本邸の方へ泊まることにしていた。

本邸は広く、そして豪華だ。リニエール家の資産を考えれば当然なのだろう。しかし、リニエール家の主人は仕事で忙しく、そして奥方もあまり派手なことを好まないため、あまりパーティーなどを開かない。毎夜開く貴族もいるというのに。

バートのいる部屋は、リニエール商会の役職持ちか、執事だけが使用できる従業員専用の部屋だ。薄茶色の絨毯を敷きつめ、木彫り職人が施した彫刻が美しいテーブルとソファーが設置され、部屋にはバーカウンターと蔵書まであった。下手すればどこかの貴族の応接室でもいいほどの広さとそれに相応しい調度品が置かれている。部屋には暖炉もあり、メラメラと誰もいない部屋を暖めていた。

バートはこげ茶色のビロードが貼られたソファーには座らず、暖炉の前に立つと上着の内ポケットに入れていたカードを、火の中に投げ入れた。

「なんだ、返事してやらねーの？」

「お前か……」

後ろから声をかけてきたのは、クレトだった。クレトもまた内ポケットからカードを取り出すと、同じく火に入れた。

カードは、本日訪れた子爵家のメイドたちが先を争うように渡してきたものだった。カードには名前と住所、そして甘い言葉が書かれていた。

リニエール商会の役職持ちというだけで、彼女たちにとって、二人はこれ以上にない好条件の結婚相手となる。しかも二人とも顔立ちが整っている。収入も容姿も兼ねそなえた男にはそうそう出会えない。メイドたちが必死なのも仕方がないことだった。

「リニエール商会ってだけで、相手してくれンのはあり難い話だけど、俺が行き倒れていた孤児だって聞いたら、どんな顔するのやら」

「今がいいなら、過去は気にしない女は多いんじゃないか」

逆に、過去の不幸を憐れみ、今の出世を物語のように感じて素敵だと口にする女性も多いだろう。

クレトからすれば、ソフィーに拾われなかったら確実に死んでいた。とても笑えない話なのだ。

拾われる前のことなど、正直思い出したくもない。

暖炉で燃えるカードを見ながら、ハッ……と、うつろな笑いが零れた。

孤児院で育ったバートよりも過酷な幼少期を過ごした男に、バートは貯蔵庫から持ってきたワインを出し、グラスに注いでやる。

「これ、飲んでいいやつなのか?」

どっかりとソファーに凭《もた》れ、渡されたグラスとワイン瓶を見る。

「ああ。ソフィー様が飲んで感想を聞かせろと」

「ふーん」

クレトは慣れた仕草でグラスを傾け、香りを嗅ぐ。その時点で、すでにそれが他のワインとは一線を画すものだと気づいたようだ。一口飲み、目を見開いた。

「うわ……これ、すげーいいやつだろう。他国のか?」

「ダクシャ王国の希少な果物を使って作られたフルーツワインだそうだ」

「今日子爵様が飲んでいたモノより、ずっといいやつだぞ」

「王都では王族クラスしか飲めないそうだ」

「……なんでそんなモノを、俺たちが飲んでいるンだろうな?」

二人に沈黙が流れる。

答えは簡単で、男爵夫妻は酒をさほど好まず、ソフィーはまだ酒が飲める年ではないからだ。そのせいで、二人は酒の良し悪しをみる係に任命されていた。

当家の執事も管理はするが、ソフィーが買い求めたものや、彼女に贈答されたものは二人がみることとなっている。だが、王族クラスのワインを、元孤児が気楽に飲んでいる。我に返ればかなり奇妙だと、今さらながら感じてしまうのだ。

「本当に全部飲んでいいのか?」

「ソフィー様は質が確かなら、貿易商品の一つにしたいそうだ」

「買える貴族はかなり限られると思うぞ?」

これを買うとなると、かなりの金額だ。それこそ、かなりの高位貴族でないと簡単には買えまい。

「あちらは、対価は金ではなく、砂糖で欲しいそうだ」

「ダクシャ王国には砂糖の原料となる作物が採れるだろう? 砂糖も他国より多いはずだ」

「ああ。確かに砂糖はある。だが、ソフィー様が抽出した砂糖はより不純物が少なく上質だ」

価値が違うのだと説明するバートに、なるほどと納得する。

「あちらも上質なものを対価に選ぶ辺り、お嬢さんの機嫌は損ねたくないようだな」

「当然だ」

クレトを拾ったルーシャ王国の他にも、ソフィーは灼熱の国、ダクシャ王国にも足を運んでいた。その時知り合った商人は、まだ幼いソフィーの慧眼《けいがん》を見抜き、始終、下にも置かない対応だった。

「さすがお嬢さん」

見た目は可憐な妖精のような少女の顔を思い出し、感嘆の声を上げると、バートから睨まれた。

「お前はソフィー様に対する口調をそろそろ直せ」

「はいはい」

バートからは、もう何度もソフィーに対する話し方を改めろと言われている。

しかし、それを直さないのは勿論ワザとだ。

ソフィーは時と所と場合を考えさえすれば、砕けた口調を嫌がらない。逆に、昔からの対応で接することを嬉しがっている節もある。だからこそ、改めないのだ。

それくらいしなければ、敬愛する少女の一番近くにいる男、バートと差別化が図れないという思惑もあった。決してソフィーを軽んじているわけではない。

クレトが王都で支給されたスーツを着るのも全てソフィーのためだ。クレト自身は、もっとラフな格好で畑の土を触っていたいのだが、王都でそのような恰好をして、お嬢様に恥をかかせるわけにはいかなかった。一応外では、ソツのない好青年を演じている。

バートは、クレトの気持ちを全て分かっていて、小言を言ってくるのだ。

名を呼び捨てて、敬語もなかった時代を、バートは先に捨ててしまった。

友人という関係を捨て、仕える者として接する。少しだけ寂しそうだった少女の顔を見なかったことにして、膝をついた。それは正しい。彼女の傍にいつまでもいるためには、それが正解なのだ。大切な少女のために一線を引いた男は、あえて引かない男が羨ましく、妬ましかった。

また二人の間に流れた沈黙を、大きな音で破ったのは、二人が敬愛する少女だった。

「負けたわ！　この私が、長年で培ってきた話術を駆使しても勝てなかった！　全て、あのお母様のキラキラとした瞳には無力だったのよ！　自分の無力さを痛感したわ！　ええ、自分でもガッカりよ！」

夜も更けたというのに元気が有り余っているのか、早歩きで二人の前に来ると、勢いよくソファーに沈んだ。

「ソフィー様……」

「お嬢さん、お行儀が……」

「いま注目すべきはそこではないのよ！」

いや、大事だろう、と二人は思った。

ここは使用人専用の部屋であり、ご令嬢が入るべき部屋ではない。この屋敷全ての持ち主である当主ですら、使用人の部屋には入らないというのに。

「サニー、悪いけどお茶を淹れてくれないかしら。エリークも呼んだからあの子と、貴女の分もよ。今から作戦会議をするから。貴方たちは……、あら、そのワイン美味しかった？」

テーブルに置かれたフルーツワインの瓶を見て、ソフィーが先ほどまでの沈んだ態度を一変させ、ワクワクと感想を聞いてくる。

「あのね、お嬢さん」

クレトがお説教だとばかりに口を開いたが、それより先にバートがサニーに二人分のお茶の追加を求めた。こうなったらどうせ言っても無駄だと、どうやら付き合いの長いバートは早々に諦めてしまったようだ。クレトは、まだ開いたままの口を閉じ、一つため息を吐いた。

「貴方たちはワインでもいいのよ？」

「作戦会議をなさるのでしょう。飲んでいる場合ではありません」

「でも、そのワインの感想は聞きたいわ」

ソフィーの言動に、もう十分慣れたバートは余計なことは言わず、淡々と感想を口にした。

「大変美味しかったですよ。ライトな飲み口なので、これならご婦人にも大層受けるかと」

「クレトは?」

「……不純物、色、香りともに申し分ないですね。使われている果物の栽培方法を知りたいくらいです」

二人の言葉に、ソフィーは頷く。先ほどまでは幼い子供の癇癪《かんしゃく》のような態度だったが、今は実業家の顔だ。その変り様には、慣れていても驚く。

「二人がそこまで言うなら、取引を始めてもよさそうね」

本当にこのお嬢様は、御年十三歳の少女なのかと疑ってしまう。

初めて出会った時から変わっていたお嬢様を目の前に、二人は黙ってグラスを片付けた。


しばらくしてから、エリークを連れてくるよう使いに出していた御者が扉を開いた。

開いた扉から入ってきたエリークは、夜遅くに呼び出されたというのに嬉しそうだ。

どんな時間でも、どんな場所でもソフィーに呼ばれることが大層嬉しいらしい。

ソフィーは夜遅くに馬車を走らせエリークを連れてきてくれた御者に礼を言い、ワインを一本渡した。先ほど飲んでいたフルーツワインとでは価値がまったく異なるものだが、平民ではそう口にできない上等なワインを貰い、御者はとても喜んでいた。

妻のいる彼は、非番の日にでも夫婦であれを味わうのだろう。つまみに高価な菓子を渡すあたり、本当にこのご令嬢は抜け目がない。明日も早い時間から働く御者を、遅い時間に拘束してしまったことへの配慮を忘れないのだ。

そのお嬢様に拾われた四人の元孤児は、拾われた幸せを噛みしめながら、誰よりも敬愛する少女の言葉を待った。

ソフィーは座り直し、今夜の一連の出来事を話す。

「由々しき問題が発生したわ。私は、あと数カ月で女学院に行かなければならなくなったのよ！」

自分が〝女王の薔薇〟に入学することになってしまった経緯を説明すると、もっと驚くと思っていたが、四人には不思議と戸惑いや不安の表情はなかった。

「……皆、驚かないの？」

「想定内ですから」

「なぜ!?」

バートの返事に、ソフィーの方が驚く。

「なぜって、〝女王の薔薇〟は、優れたご令嬢が通う学院ですよね。なら、うちのお嬢様が行かずして誰が行くというのですか？」

断言され、ソフィーは唖然と口を開いた。

まさかここまで身贔屓だったなんて、さすがのソフィーも想像していなかった。

「バート……、貴方、普段私のことを異端のお嬢様と言っているじゃない！」

「ソフィー様は異端ですが、素晴らしいお嬢様であることは間違いありません」

何だ、このイケメン発言は……。

思わず、前世ではそんな発言一言もできなかった祐がヒョキッと出てきて『イケメン発言は慎むように！』と嫉妬してしまう。

「でも、三年よ！　三年は長いわ！」

この世界では学校への入学は全て秋にあたる。秋になればソフィーはもう十四歳となり、そこから卒業するまでは三年の時間を有することになる。時間の長さを指摘しても、四人の表情に変わりはない。

「実際、ソフィー様に指示さえ出していただければ、今いる人材だけで十分回していけます。現状維持でしたら、指示がなくても滞りなく行えますし。まったくの新しい事業となると難しいですが、それは三年後でも宜しいのではないでしょうか？　ご不在の間も、できるだけ準備はしておきますので」

淀みなくバートが言う。

「そうそう。〝アマネ〟も他の農作物に関しても量産できているし、砂糖の方も十分良質な物が作れている。販売元も定着しているし、こちらは心配しないでいい」

タリスを管轄しているクレトも、難なく言い、紅茶を一口飲む。

「ソフィー様の念願だった〝黒の珠〟〝黒の滴〟も納得できる味になりました。タリスでもその味は絶賛されていましたし。王都でも、実演販売で使用例を提示しながらなら、十分な利益が見込めます」

普段あまり喋らないエリークも、商品開発のこととなるといつもより饒舌《じょうぜつ》だった。〝黒の珠〟〝黒の滴〟は味噌と醤油のことで、味噌を珠と名付けたのは、丸い珠状にして売っているからだ。みそ汁のようにたっぷり使う方法ではなく、あくまで隠し味として定着させ、その味に慣れさせてからみそ汁などを展開していく戦略だった。

「貴方たち……」

感動したように目を潤ませるソフィーは、男三人を見つめ、声を上げた。

「もっと、私を惜しんでよぉおおお!! ばかぁああああ!」

ワインを飲んだわけでもないのに、なぜか酔っ払いみたいな絡み方をするご令嬢に、バートは「はいはい」と、とても杜撰《ずさん》な返事で返す。

こっちはアンタの顔を見られないだけで結構ツラいんだよ、と本心では思っているが絶対に言わない。言えるはずもない。

「ソフィー様、サニーはいつまでもソフィー様のお傍におりますから!」

笑顔で宣言するサニーに、男三人の視線が一斉に集まる。

〝女王の薔薇〟にも、侍女は数人連れていくことができる。

サニーは仕える場所が変わるだけで、ソフィーの傍にいつでもいられる立ち位置は変わらない。

それが羨ましい男たちは、ちょっとだけ面白くなかった。サニーの言葉に、ソフィーが感動して打ち震えているのを無視し、バートは口を尖らせた。

「それよりソフィー様、絶対に〝女王の薔薇〟では大人しくなさっていてくださいね。あの時のような騒動はごめんですからね」

「あの時？」

ソフィーが首を傾げると、バートは憎々しげにある盗賊団の名を口にした。

「まぁ、あれはあちらに非があったことじゃない」

数年前、外国からタリスへと帰る道中、ソフィーたちは盗賊団と遭遇したことがあった。周辺では名の知られた賊だったため、出没するだろうことを見越して、自衛のために護衛も数多くつけていたが、運が悪いことに、その中に頭の切れる男が一人おり、苦戦を強いられた。

「このままでは皆が危ないと思ったから、ちょっとエイッ！　ってしただけよ」

「そんな可愛らしいものではなかったでしょう、アレは！」

ソフィーがエイッ！　としたものは、エリークと共に作った試作品の黒色火薬だった。

「少し脅かしただけじゃない。人に投げたわけではないわ」

火薬が一般的に知られていないこの世界では、それは未知の異物だった。

その音と威力に驚いた盗賊団の大半が逃走したことで、ことなきを得たのだからよいだろうというソフィーに、バートはこれみよがしにため息を吐き、ボソリと呟いた。

「盗賊団をビービー泣かせておいて、なにがちょっとだ……」

「え？　なにか言った？」

あくまで素《す》っ惚《とぼ》けるつもりらしい。ソフィーのこれはいつものことなので、バートは早々に諦めた。しかし、念を押すことだけは忘れない。

「とにかく、本当に面倒事は起こさないでくださいよ！」

「そんなに心配しなくても大丈夫よ。〝女王の薔薇〟は女学院よ。女学院でそんなことになるわけがないでしょう？」

「私は、そういう意味では貴女を信じていません」

「まぁ、バート。貴方やっぱり私のことを誤解しているわ。一度ちゃんと話し合いましょう。きっと分かってもらえると思うの。ええ、きっと」

「洗脳されるのは御免です」

洗脳と言い切るバートに、ソフィーは悲しいわとサニーに泣きついた。誰よりもお嬢様第一のサニーは、兄を睨んだが、睨まれた兄の方はどこ吹く風で、妹の淹れた紅茶を飲みほした。

そうやって、夜は更けていった。

ソフィー・リニエールというご令嬢～とあるサロンでの密談～

扉が開く音と共に、室内で談笑していた男たちの空気が変わった。

本来なら入室することが許されない彼らの聖域に、一人の青年が悠々とした足取りで入ってきたのだ。夜の礼装に身を包んだ青年は、底の知れぬ笑みで先客たちに一礼を取ると、軽やかな足取りで奥の部屋へと進む。

この部屋に入室できる者は、同じ色をもつ、一握りの選ばれた人間のみ。

けれど、青年は同じ色を持たぬ者だった。

しかし、この場に同じ色を持たぬからと青年を咎《とが》める者はおらず、皆、なにごともなかったかのようにまた話に戻る。

床に隙間なく敷き詰められた毛の長い絨毯。深い青色の緞帳《どんちょう》には、一刺しの狂いもない金刺繍。シンメトリーに設置されたテーブルとソファー。備え付けられた棚には、歴史と風格全てを併せ持つ選ばれた調度品だけが置かれる。

ここはそういう場所だった。

置かれる調度品が一流品なら、その場にいる人間もまた一流でなくてはならない。

それが〝彼ら〟の流儀であり、崩れることのない均等だ。

部屋の奥には、その最たる人物がゆったりとソファーにもたれていた。

「おや、珍しい賓客だね」

物柔らかな声は、特段驚いた風もなく迎え入れてくれた。

「ご無沙汰しております。皆様方のサロンに、資格もない身で乱入致しまして申し訳ございません」

深く礼を取ると、整えられた口髭の下から、貫禄と柔和さを混ぜた笑みが返ってくる。

「なにか面白い話でも持ってきてくれたのかな？」

対面のソファーを進められると、すぐさま彼の執事が音もなくテーブルにワインを置いた。グラスを持ち上げ乾杯を交わす。一口飲むと、ほのかな甘さが舌から喉へと流れていった。

「フルーツワインですか」

「ダクシャ王国の品だよ。希少性が高いと、今までどの商会とも一切商取引に応じようとしなかった品だが、ここ最近は頻繁にある商会と取引を始めたようで手に入りやすくなったよ」

「とても純度の高いワインですね」

「私はどちらかというと、ワインはドライな口あたりを好むのだけどね。だが……」

彼は腑《ふ》に落ちないという顔で、言葉を続けた。

「本来なら数倍の値段で王都に流れてもいい物が、随分抑えられた金額で出されているのが不思議でね。ついグラスを傾けては考察してしまうのだよ」

そのせいで、ここ数日同じ物ばかり飲んでしまうと、彼は言う。

父親と変わらぬ年である彼の子供っぽい発言に、唇を上げた笑みが、次の一言で直線に戻る。

「何を対価に払ったのだろうね。リニエール商会は……」

ワイングラスから透けて見える液体を見つめながら、彼の目は真剣にその対価を探ろうとしていた。

（ああ、なるほど……）

――――彼女、か。

あえて蠟燭《ろうそく》の数を減らし、室内に静寂な光と影を作り上げているシャンデリアの下、笑いが抑えきれず唇の笑みが深くなる。

「どうかしたかい？」

「いえ、お話ししようと思っていた要件を思い出しまして。以前、貴殿にご尽力いただいたルーシャ王国のアマネのことです」

「ああ、君から頼まれたあの作物か……。まさか本当にプレゼントしたのかい？」

彼は、自国だけでなく、世界に足を運ぶ知識と情報が誰よりも豊富な男だった。世界中の全ての情報が、いち早く彼のもとに集まる。

だからこそ、可愛らしい人が所望した品を彼に頼んだ。

あるご令嬢が甘みのある苗を所望している、と。

「女性は真顔で冗談を言うことが上手な生き物なのだよ。それが分からない君ではないと思ったから、私も面白半分で手を尽くしたが」

「そんな風に想われていたのですか？」

詮索されることなく了承し、いち早く探し出してくれたのは、どうやら戯れの一種だと思われていたようだ。

「女性にプレゼントするなら宝石にしておきなさいと、何度も忠告したというのに君は……」

本当にアレを渡すとは思っていなかった。

そう、彼の顔には呆れと驚きが滲《にじ》んでいた。

「あんなものを貰って喜ぶ女性はいないと思うがね。君のセンスは幼い頃から独特だ」

「随分な言われようです。心が痛みます。――――ですが、可愛らしい方は、とても喜んでくださいましたよ。今やアレを品種改良し、砂糖の精製にも成功したようです」

「――砂糖の？」

彼の瞳の色が変わる。先ほどまでは子供に接するような瞳で穏やかだったそれが、今は実業家のものへと変化した。

「驚いたな……。あれほど瘦《や》せた作物から砂糖が精製できるとは思いもしなかった。君は知っていたのかい？」

「いえ。そのようにしたいと彼女が願っていたのは知っておりましたが、実は私も半信半疑でしたが、可愛らしい方は、とても才知にたけたご令嬢のようです」

〝ご令嬢〟という言葉に、彼の瞳が細められる。

「おやおや、随分と面白い話だ。詳しく聞きたいものだね」

「気になられますか？」

「それはそうだろう。気にならない方がおかしい」

「私も知りたいものです。一体、彼女が何者であるのか……」

グラスの中の液体は本来出回ることの難しかったものだ。

それを可能にする英知。その源を。

「ですが、古来よりレディーにはいくつもの嘘と秘密がつきものです。暴くのは、紳士の行いではありません」

「……なるほど、確かに。いけないね、どうも私はすぐに秘密を暴きたがるのが癖になってしまっているようだ」

無理に聞き出そうとしない所が彼らしかった。

けれど、すでにその頭の中では見聞きした情報から該当する欠片を集めているのだろう。しばしの沈黙の後、彼はまるで試すように「そう言えば……」と、口を開いた。

「先ほどのリニエール商会の話だが、リニエール男爵家のご息女が、〝女王の薔薇〟に入学するそうだよ。また一つ、我が王国に美しい薔薇が咲き誇るのだろうね」

「────プッ！」

世間話のように交わされる話に、自分がどう返すのか、彼はしっかり見定めるつもりだったのだろう。

本来なら、いつもの笑みで対応し「とても素晴らしいことですね」と当たり障りのない言葉を選ぶはずだった。しかし、堪《こら》えられず吹き出してしまう。

「……君はいつも笑っているが、それは本気の笑いだろう。今の話の何がそんなにツボに入ったんだね？」

「い、いえ……ッ！」

手のひらで口元を抑えるが、笑いの衝動は中々消えてはくれなかった。

確かに年齢、その出自、聡明さを考えれば相応の場所だ。

彼女が普通のご令嬢ならば——の話だが。

「相変わらずよく分からない男だね、君は。紳士らしい礼節を見せたかと思えば、これからより美しい教養を身につけ、咲き誇ろうとする女性に対して吹き出すとは」

「ふふ、最近一番の傑作でした。では、そろそろお暇《いとま》させていただきます。私はここでは部外者ですから」

「堂々と入室しておいて、よく言うね」

「貴殿にはお力を賜りましたので、ご報告しないのも失礼かと思いまして」

いつもの笑みで答えると、彼は呆れたため息を吐く。嫌みのつもりなのだろうが、意に返さず礼を取って席を外した。

室内から一歩出ると、夜気をまとった風が足を通りぬけた。

長い大理石の廊下を歩きながら、ふふっと笑みが零れる。

(行かれるんですねぇ、あそこへ。見合う箱ではないでしょうに)

彼女には、もっと広く、難解な場所こそが相応しい。

けれど————、それもまた面白そうだ。

色とりどりの薔薇は美しいだろうが、薔薇には鋭い棘《とげ》がある。

棘は、彼女の指を傷つけるだろうか？

そしてその時、彼女はその棘を切り落とすのだろうか？

それとも――

考えた所で、自分に彼女の思考は理解できない。

初めて出会った時から、彼女は不可解な少女だった。

けれど、一つだけ分かることがある。

（きっと、どこへいっても楽しく過ごされるのでしょうね、あの方なら）

口元に笑みを浮かべながら、来た道を戻る。

その足取りは、音楽を刻むかのように優雅でどこか楽し気だった。

拝啓 天馬 私、女学院に通うことになりました

女学院ですよ。女学院！

女の園。秘密の花園です！

ええ、貴方も驚くでしょう。

前世では、涼香姉さん以外の女性とはロクに話もできなかったこの私が、女学院に行くのですから。しかも、名立たるご令嬢が集まる〝女王の薔薇〟に入学するなんて……。

本当に入学していいのでしょうか？　正直、捕まらないか心配です。

いいえ、私はこの十四年間をご令嬢として、淑女として清く正しく生活してきました。

ですが、前世は二十五歳のおっさんですよ！

十四歳から見たら、二十五歳っておっさんですよね!?

前世おっさんが、秘密の花園に入学して、逮捕されないでしょうか!?

今更ながら不安になってきたわ！

ああ、でもこんなこと誰にも話せない。天馬、なぜ貴方はここにいないのでしょう!!

――あ、やっぱいいや。どうせいたらいたでせせら笑われるだけな気がするから。

馬車が大きな開門を通り、中の全貌を窺《うかが》い見ることができる。

そう、女学院〝女王の薔薇〟の中を。

「さすがですね。とても大きく立派な建物です」

サニーが感動するように窓から外を窺っている。

山の上にそびえ立つ城塞にも似たそれは、中に入るとまた一変する。

外は重々しい厳重な雰囲気であったが、中は白亜の城だ。

壁は白一色で、幾つかの異なる高さの尖塔が見られる。

前世で海難事故に会う前に天馬と見た、有名な白亜の城に似た建物だと、ソフィーは思った。

違う点は、遠くからでも見える時計台だろうか。

大きな時計台は、学校という感じがして、一気に学生感が高まった。

（これからここで生活するなんて、なんだか嘘みたい）

目の前に座る、サニーのウキウキとした空気に救われる。

結局侍女はサニー、一人だけを連れてきた。兄や幼馴染と離れ、寂しくないのだろうかと心配していたが、当の本人はとてもあっけらかんとしていた。

（やっぱり、女の子って強いわ……。前世は男だったせいかしら、私、女の子が持つ独特の環境適応能力が弱いのでは？　いえ、誰でも最初は戸惑うものよね！　これからよ、これから！）

気持ちを切り替え、ソフィーは見据えるように白亜の城に視線を移す。

これから三年間、今までとは違う挑戦が始まるのだ。

学院に入るなり、ソフィーは教師に呼び出された。

なんと、ソフィーは首席の挨拶をしなければならないらしい。

名立たるご令嬢がいるのに、男爵令嬢の私が挨拶をするのかと慌てても、慣例で首席が挨拶をすることが決まっているらしい。

早く知っていたら試験だって手を抜いていた。

試験は形式的なもので、〝薔薇の選定〟で選ばれた者は試験でどんな点数を取ろうが入学できると聞いていたから、ハールス子爵に恥をかかせないよう試験も真面目に受けただけだ。

内容も至極簡単で、あんなもの誰だって満点だろう。前世、奨学金全額免除を手に入れるために必死に勉強してきた祐の記憶からすれば、小学生低学年の学力テストレベルだ。

（そうだった……。前世も要領が悪いと、自分でも反省していたじゃない）

前世の祐も、毎回こういう役目が回ってきて、不本意な敵を作った。

高校の時も首席になったのだが、後から何かと生意気だなどと言われたものだ。

同じ高校だった天馬は、祐より頭が良かったくせにこういう時とても要領がよく、手を抜くのだ。

高校受験で手を抜く芸当など持ち合わせていない祐は常に全力なのに対して、天馬は合格ラインを狙って答案を埋める。首席を務めるなど、面倒なので絶対になりたくないらしい。

（あああ、前世の失敗がまったく活かされていないわ！）

ここでもまた同じ失敗をしてしまった。

前世で同級生に睨まれたように、今世でも、またご令嬢を敵に回すのだろうか？

大きなため息が思わず零れた。

「はぁ……」

正直、億劫だった。

アマネの品種改良にも成功した今、今度は大規模な砂糖作りへと移行するため、耕地の規模をこれ以上ないほどに拡大したかったのに。大誤算だ。

もっと他の商会の力も借りて、砂糖の生産を増やし、オーランド王国にとって砂糖は貴族だけではなく平民にとっても生活の必需品となるまでに、あと一歩だと思っていたのに。

それでも沈んだ気持ちを隠し、ソフィーは日々を淡々と過ごし、入学式のその日まで大人しくしていた。入学式での首席の挨拶もソツなくこなした。

皆、ご令嬢だけあって、堂々と文句を言うような者はいなかった。

もう、地味に生きるしかない。目立たず、騒がず、空気のように三年間を過ごし、シャバに出たら思いっきり事業を拡大できるよう緻密な計画を日々練って暮らそう。

そう決意したソフィーの目の前に、一人のご令嬢が立った。

げんなりと地面を見て歩いていたソフィーだったが、最初に目に入ったのは美しいドレスだった。

艶やかな赤いドレスの生地は最高級の物で、なかなか手に入らない生地だと一目で分かる。

ドレスに施された金の刺繍は見事で、職人の魂が込められていた。それに映えるようにフリルもボリュームたっぷりで、気品と共に可愛らしさを十分に発揮している。

思わず顔を上げれば、そこには見たこともないような美しい女性がいた。

「はじめまして、ソフィー様。わたくしはクリスティーナ・ヴェリーン。わたくし、貴女にずっと会ってみたいと思っておりましたの」

目もくらむような女性が挨拶を口にしながら、小首を傾げると、黄金のような髪がキラキラと煌《きら》めいた。カールのかかった金色の髪には、真珠の飾りを絡ませており、彼女の美しい髪とよく合う。瞳は、心を癒す空の色をしていた。文句など一つもでないほどの、完璧な金髪碧眼の美女だ。

「先ほどの首席の挨拶も見事でしたわ。さすがね」

赤い果実が口を開くたびに、柔らかそうな舌が見える。

「ソフィー様？」

呆然としていたソフィーに、クリスティーナが声を今一度かける。

そこでハッとした。完全にクリスティーナの美しさに魂を抜かれていた。

「申し訳ございません、ヴェリーン様！　わたくしはエドガー・リニエールの娘、ソフィー・リニエールと申します。このような若輩者の名を覚えていただき、光栄でございます！」

慌ててソフィーは淑女の礼を取った。

「まぁ。そんな堅苦しく考えないで、クリスティーナと呼んでちょうだい」

「恐れ多いお言葉です」

親しくもない間柄で、しかも初対面のどうみても年上を名で呼ぶなど失礼にあたる。

「わたくしも、貴女のことを名で呼びたいのよ」

固辞しようとしたが、優しく微笑まれ、美しさに目が蕩《とろ》けるかと思った。

「ですが……」

「どうか、クリスティーナと」

微笑まれ、妖艶な声でせがまれる。

「はい、……クリスティーナお姉様」

〝女王の薔薇〟では、先輩をお姉様と呼ぶのだという情報はハールス子爵夫人から聞いていた。それに倣《なら》い、ソフィーもお姉様と呼ぶ。

すると、まるで甘美な花が咲き誇るような顔でクリスティーナがほほ笑んだ。

また、目が蕩けるかと思った。

「今日からわたくしの可愛い妹になる貴女へ、これを贈るわ」

クリスティーナは金色の指輪を取り出すと、ソフィーの右手の小指にそっとはめた。

「貴女に幸運が訪れ、そしてそれを逃がしてしまわないように」

指輪を贈られ、こんなものを貰っていいのかと焦ったが、クリスティーナはまた微笑を一つ浮かべると、

「ソフィー、それではまたお会いしましょう」

優雅な挨拶と共にドレスを翻《ひるがえ》し、去っていってしまった。

先ほどの様付けから一気に砕けて呼ばれたことに、魂まで抜かれそうになる。

クリスティーナの姿が見えなくなるまで見送ったソフィーは思った。

（え？　いまの白昼夢？　私、白昼夢をみたの？）

夢か幻かと疑う美女に、夢だったのかもと結論付けようとしたその瞬間、周りにいたご令嬢たちが一気に騒ぎ出した。

「あのクリスティーナ・ヴェリーン様が指輪を与えられたわ！」

「そ……そんな……」

「嘘でしょう、なぜ姉妹の契りをあの子と!?」

「あの子、男爵家でしょう……？」

悲鳴にも似た声は大きく、何人かがショックのあまり失神するという事態になり、ソフィーは大いに慌てた。まったくどういうことなのか分からない。

「あの……、この指輪を頂いたのが悪かったのでしょうか？」

でも、あの場では断ることもできなかった。

思わず隣にいたご令嬢に問えば、

「貴女知らないの?! 公爵令嬢クリスティーナ・ヴェリーン様が指輪を贈る意味を。姉妹の契りを！」

「え？」

（姉妹の契り？ なにそれ？）

いや、それよりも今とんでもない家柄が聞こえてきた気がする。そういえば、クリスティーナは自分の身分を口にしていなかった。

「公爵家？」

「そうよ、あの方は第一王子の婚約者であらせられる公爵令嬢クリスティーナ・ヴェリーン様よ！」

「公爵……令嬢？」

驚きのあまり失神しなかった自分を、誰か褒めてほしいと思う。

(なぜ?! どうしてそんな方が、私に指輪を???)

まったく意味が分からない状況に、ソフィーは人生で初めて絶句し、立ち尽くしてしまった。

拝啓 天馬 楽園はここにありました!

天馬、日々をどうお過ごしでしょう?

涼香姉さんと、好みの髪型のことで揉《も》めていませんか?

高校生の時、何気なく皆で見ていたテレビから、そんな話になりましたね。

涼香姉さんはふわふわパーマの可憐な髪型が至上だと豪語していたその横で『ふーん、俺は黒髪ショートカット以外に興味ない』と空気を読まない発言をして激怒されていた記憶が、なぜか今頃になって思い出されます。見た目似ている姉弟なのに、好みはまったく似ていませんでしたね。

ちなみに、どちらの肩も持てなかったから、あの時は言えなかったけれど、私はどちらかというと涼香姉さんと同じ好みでした。

ふわふわパーマの可憐な少女たちが目の前にたくさんいたら、きっと天国だろうなぁと昔はよく思っていました。

私、どうやら見つけたようです、楽園を。

天馬――――楽園はここにありました!

美しい花が咲き誇る庭園で、それは行われていた。

真っ白なテーブルクロスの上には、可愛らしい色とりどりのお菓子。

淹れたての紅茶は香り豊かなローズティー。

ティーカップは大輪の薔薇が描きつけられており、庭園でのお茶会に相応しい絵柄だ。

「あら、このお菓子はじめて見るわ」

赤みがかった黄色の髪と橙色の瞳をもつ、愛らしい顔立ちをした一学年上のお姉様、伯爵令嬢ラナ・バラークは、白い指で焼き菓子をつまむ。

焼き菓子の中央には、フルーツの砂糖漬けが入っており、花弁が包み込むような形をしているそれは薔薇菓子とよばれるものだ。

「本当、とても素敵な色のお菓子ね。まるで本物の薔薇を食べているようだわ」

鈍色の髪と同じ瞳をもち、気位の高さが美貌にも現れている侯爵令嬢セリーヌ・ベネシュが、ラナの言葉に同意する。セリーヌはクリスティーナと同じ、二学年上のお姉様だった。

「それはソフィーが用意してくれたものなの。わたくしが、薔薇が好きだといったら、お菓子にティーカップまで薔薇でそろえてくれたのよ」

美に愛された女神、公爵令嬢クリスティーナ・ヴェリーンが、どこか誇らしげに言う。

相変わらず、本日も黄金の髪の煌めきが美しい。その美しさは、時間を忘れていつまでも見ていたくなるほどだ。

クリスティーナの言葉に、セリーヌの鈍色の瞳が鋭く尖る。

「嫌だわ。姉妹の契りを交わした途端、この体たらく。氷の美女の名が泣くわよ、クリスティーナ」

入学当初は、姉妹の契りと言われてもピンと来なかったソフィーだが、今は少しだけ理解している。姉妹の契りは〝女王の薔薇〟で交わされる先輩と後輩の約束だ。

先輩が〝姉〟となり、後輩が〝妹〟となる。

それはまるで結婚の約束のように、一生の愛を誓うもので、〝姉〟は〝妹〟を想い、〝妹〟は一途に〝姉〟を慕う。

前世、男のソフィーにとっては不思議な約束だが、同時に美しい絆に興奮してしまった。

ましてや、ソフィーを〝妹〟に選んでくれたのが美しい女神クリスティーナだからこそ、余計にそう思ってしまう。

セリーヌの嫌みにも、クリスティーナはその美しさを損なわず、艶然とほほ笑んだ。

「あら。悔しいのなら、貴女も早く〝妹〟を探せばいいのではない、セリーヌ」

笑顔で対応する二人の間で、静かな雷がゴングを鳴らす。だが、無用な争いをしないのが淑女の嗜みだ。笑いあうだけで、醜い言葉の応酬が始まるわけではない。

「そうだわ、ラナ。貴女、セリーヌと姉妹の契りを交わしなさいな」

「嫌よ。ラナは言うことを聞かなすぎるもの」

クリスティーナの提案に、セリーヌが難色を示した。

「わたくしもご遠慮いたしますわ。わたくし、〝妹〟になるより〝妹〟が欲しいのです。せっかく学年が上がったことですし、わたくしを全肯定して話を聞いてくれる、そんな〝妹〟が欲しいのですぅ」

「わがままな貴女を全肯定してくれる方なんて、貴女に騙されている可哀想な殿方以外にいるわけがないでしょう」

「まぁ、セリーヌお姉様ヒドイですわ！　それに、わたくしは殿方を騙してなどおりません。勝手にあちらがわたくしに理想を押し付けているだけです！」

クリスティーナと違い、こちらは言葉の応酬が始まるようだ。

だが応酬といっても、頬を膨らませてぷんぷんしているラナの表情は可愛らしく、見ているだけで砂糖を口に入れているような気分になる。

三人の美しくも可愛らしいご令嬢をテーブル越しに見られ、ソフィーは幸せに酔いしれていた。

その美しさを魂に刻むことに必死過ぎて、まったく喋らないソフィーに、クリスティーナが不安げに眉根を寄せた。

「ソフィー、つまらなかったら言ってちょうだい。次からは二人でお茶会をしましょう」

「ちょっと、クリスティーナ。わたくしたちがつまらない存在かのように言わないでほしいわ。ソフィーが黙っているのは、貴女が怖いからなんじゃないの」

「……まぁ、わたくしのどこが怖いというのかしら？」

「貴女は雰囲気が刺々しいのよ。その青い瞳が、人を見下しているわ」

「面白いことを言うのね、セリーヌ。今回の試験でも、わたくしに負けたことをまだ根に持っているのかしら？　そんな取るに足りないことを気にするなんて、器が小さいわ。……あら、これは失礼」

「ほら見なさい。クリスティーナは本来底意地が悪いのよ！　ソフィー、貴女も気をつけなさい」

セリーヌの忠告にも、ソフィーは目を潤ませるだけだ。

(女神と天女と天使は、争っていても美しい。なんて神々しい光景……)

完全にご令嬢ソフィー・リニエールを捨て、中村祐の思考が全面全開だった。

「あら、このお砂糖とても粒子が細かくて均一だわ。それに不純物がまったくないのね。とても上等な物だわ」

紅茶に砂糖を足そうとしたラナが、気づいたことを口にする。

「それはリニエール商会が扱っているお砂糖なのよ。ソフィーがわたくしのために用意してくれたの」

「だから、なぜ貴女が誇らしげなのよ!」

ソフィーが黙っていても滞りなく続くお茶会は、侍女たちが迎えにくるまで続いた。

ソフィー・リニエールというご令嬢〜お姉様たちの自由時間〜

女学院〝女王の薔薇〟には、有名な三人のご令嬢がいた。

伯爵令嬢ラナ・バラーク。

侯爵令嬢セリーヌ・ベネシュ。

そして、第一王子の婚約者である公爵令嬢クリスティーナ・ヴェリーン。

三人は、その美しさと家柄の高さで、社交界では敵なしのご令嬢だった。パーティーにその姿があれば、輝き、華やぎ、男女問わず皆その美しさの虜《とりこ》になる。

それは〝女王の薔薇〟のご令嬢たちも一緒だった。誰もが、美しい三人のご令嬢の〝妹〟になりたがっていた。

だが、家柄が高ければ高いほどに、契りを交わさずに卒業することは多い。

公爵令嬢であるクリスティーナ・ヴェリーンは、その家柄故に相応しい〝妹〟がおらず、このまま卒業してしまうのだろうと皆が思っていた。

まさか、今年入学してきたばかりの男爵家の令嬢と、姉妹の契りを交わすなど、いったい誰が予想していただろうか。

クリスティーナが、男爵令嬢ソフィー・リニエールと姉妹の契りを交わしたことによって、学院内には激震が走った。

驚いたのは、一般生徒だけではなく、クリスティーナの友人である二人も同じだった。

その日、クリスティーナの自室で、セリーヌとラナは優雅に読書をしていた。

夕食が終わり、就寝前の自由時間を三人はこうして過ごしていることが多い。

家柄だけでない関係がそこにはあるのだ。

だからこそ、自分たちになんの相談もなく、姉妹の契りを交わしたクリスティーナが、セリーヌは不思議でならなかった。

テーブルを挟んで、目の前で書き物をしているクリスティーナに、セリーヌが話しかける。

「ソフィーは今日もまったく喋らなかったけれど、あの子はああいう子なの？　可愛いだけのお人形さんかしら？」

しかしセリーヌの問いに、クリスティーナではなく、ラナが口を開いた。

「確かにソフィーは大人しいですが、話すと変わっていますわ。この前は、ダクシャ王国の話をしてくれたけれど、あれは本当に本で得ただけの知識なのかしら？　とても詳しかったですわ」

「そうね。わたくしもそれは思ったわ。本人は本で読んだと言っていたけれど、あの知識はダクシャ王国を訪れた者だけが得られるものよ」

多くの書籍を読むセリーヌが頷く。

膨大な量を読みつくした彼女だからこそ、断言できるのだろう。

「あの子は、面白い子よ」

サラサラと流れるように動かしていた羽根ペンを止め、クリスティーナが静かにほほ笑む。

「……解せないわ。貴女、ソフィーをどこで知ったの？　男爵令嬢が出席するようなパーティーに、貴女が行くとは思えないし。聞いた話では、あの子はずっとタリスの保養地にいたというじゃない」

「タリスって、あの〝食のタリス〟ですの？」

ラナの瞳が輝く。ラナは美味しい物が大好きだった。

「ええ、そのタリスよ。王都から離れたことのないクリスティーナが、いったいどこでソフィーを知ったのか、まったく分からないわ。わたくし、分からないことがあるのは嫌いなの」

「セリーヌったら、そんなにわたくしのことが気になるの？　心配しなくても、貴女はわたくしの大切な友人よ」

「ッ、そんなことは心配していないわ！」

ムッとして言い返しても、クリスティーナはただ笑うだけだった。そして、何事もなかったかのように、また白い紙を麗筆で黒く埋めていく。

長年一緒にいるセリーヌでも、時折この美しい友人の思考は分からないことが多い。

今回はその最たるものだ。入学式早々に、右も左も分かっていないであろう男爵令嬢と姉妹の契りを交わすなど、正気の沙汰とは思えない。

まず家柄が合わないうえに、交わすのは普通、もっと相手を知ってから慎重に行うものなのだ。

姉妹の契りは何度もできるものではなく、一度してしまえば相手が死ぬまでそれは続く。

〝女王の薔薇〟を卒業しても、契りは続くのだ。

姉は妹を想い、妹は姉を慕う。その関係は、一生のもの。

だからこそ、家柄が高い者はとくに慎重に相手を選ばなければならない。

「貴女があんなに早く姉妹の契りを交わしたせいで、あの子イジメられていてよ」

セリーヌの言葉に、クリスティーナの指が止まる。

「あら！　なら、わたくしたちに相談すればよろしいのに。あの子いつも笑顔だから、まったく気づかなかったわ」

「ラナ、貴女も鈍いのね。普通分かるでしょう。公爵令嬢クリスティーナ・ヴェリーンが姉妹の契りを交わした相手よ。嫉妬の的になることくらい予想できるでしょう？」

「わたくし、そういう意地の悪い女ではありませんから、考えも及びませんわ！」

ぷんと横を向くラナに、セリーヌが『だから貴女は子供なのよ』と説教が飛ぶ。

いつもの二人の応酬を見ながら、クリスティーナはほほ笑んだ。

「いいのよ。あの子はそのままにしておけば」

「…………」

「まぁ！　クリスティーナお姉様、ソフィーが心配ではありませんの？」

「ソフィー・リニエールがその程度のご令嬢なら、わたくしは姉妹の契りなど交わしていないわ。違うと思っているからこそ、契りを交わしたの」

二人をゆっくりと眺め、クリスティーナが冷たく笑う。

その凍りつくような微笑が、彼女が氷の美女と言われる所以だ。

「……もし、その程度のご令嬢ならどうするの、クリスティーナ？」

「そうね、その時は……」

――――自由時間は静かに過ぎ、交わされる会話は闇に溶けていった。

拝啓　天馬　私、今とても落ち込んでいます

ああ、なんてことかしら。

クリスティーナお姉様から、姉妹の契りといわれる指輪を貰い、お茶会などにも呼ばれるせいか、他のご令嬢から嫌がらせを受けているのです。

教科書は破かれ、机の中にゴミを入れられ、たまに肩をぶつけられたり。

そして、毎日遠目に悪口。

本当に落ち込んでいるの。いえ、正直嫌悪していると言ってもいいわ。

なんてことなの、私、私は…………

ご令嬢の嫌がらせに対して、喜んでいる自分がいるのよ!!

自分の中に、こんな性癖があったなんてショックだわ!

待って、呆れないで天馬!　これにはさすがの私も驚いたのよ!　本当よ、そしてとても落ち込んだの!　天馬、信じてくれるわよね!?　ちゃんと理由があるのよ!!

だって、まだうら若き乙女のご令嬢たちが、可愛らしいお顔を歪ませ、憎々しげに見るあの瞳の数々。早々見られるものではないと思わない!?

腕力がないせいで、なかなか教科書が破れずにプンプンしているあの頬。これはハムスター級の

可愛らしさがあると思わない!?

ゴミを入れる時も、一応生ゴミなどは入れないように配慮してくれているみたいなの。

あ、でもこの前は生きた蛇が入っていたのだけど、これはどうやって用意したのかしらと気になって仕方ないの。まさかご令嬢が自ら探してきたとは思えないのだけど、頑張って蛇を捕まえようとしたのなら、その努力に、私泣きそうになったわ。いじらしいと思わない!?

もし侍女に頼んで見つけてきてもらったのなら、侍女はとても大変だったと思うの。主人の命を必死に遂行するなんて、なんて素敵な侍女なの。ぜひ、最高級のお菓子を贈りたいわ!

………目の前にいないから、きっと気のせいだと思うけど。天馬、もしかして私のことを馬鹿だと呆れてないわよね?

言っときますけど、私、前世では貴方を好きな女の子から、よく嫌がらせを受けていたのよ。

――なんでアンタみたいなのが、天馬君の傍にいるわけ?

ええ、わりと日常茶飯事でした。美人に虫けらみたいな目で見られる。結構ツラかったのよ。

でも、祐だった時はツラかったのに、今は癖になりそうなの。

なぜかしら?　なにが違うというの?

やはり、男のプライドがなくなってしまったせいかしら?

そう思うと、男ってやっぱり大変ね。今世は女の子でよかったわ!

ソフィー・リニエールに生まれて本当によかった!

私、いまとっても幸せです!!

「ソフィー・リニエール、貴女は自分の身分をわきまえなさい！」

声高く叱責するのは、同学年のご令嬢、リリナ・セルベルだった。

彼女の鮮やかな黄色の瞳が、きつく吊り上がる。

伯爵令嬢であるリリナもまた、クリスティーナをお姉様と崇拝している生徒だ。

そのせいか髪飾りは違うが、クリスティーナと同じ髪型をしている。クリスティーナと違い、その髪は黄金ではないが、赤みがかった黄色の髪は一つ年上の伯爵令嬢ラナ・バラークと同じ色だ。

ラナと同じ色の髪であることは、リリナの自慢らしい。ラナは伯爵家でも上位貴族なので、同じ伯爵でもリリナとは格が違う。そのため、ラナも、リリナにとっては崇拝対象のお姉様だった。

「リリナ様、ごきげんよう。本日もいいお天気ですわね」

叱責をサラリと無視し、ソフィーは淑女らしく挨拶をする。

だが本心では、ソフィーはリリナに会いたくなかった。彼女に会うと、いつも渦巻くように心を乱されてしまうからだ。

自分の正しいご令嬢生活のためにも、正直リリナには近づかない方が良いと思っている。

（相変わらず……）

次の言葉は、心の中でも呟けなかった。

これは、ご令嬢としては思ってはいけない考えだからだ。

正しいご令嬢生活にはあってはならない思考なのだ。

しかし、どうしても思ってしまうのだ。

相変わらず、――――すごい胸だ、と。

ドレスの上からもよく分かるほどに、リリナは巨乳だった。

三人のお姉様方も胸は大きいが、リリナのそれは盛り上がり方が違う。

しかも顔が幼いため、余計に目のやり場に困る。

超巨乳ロリ娘とか、マジすげー。

それがリリナを初めて見た感想だった。

もう完全にご令嬢ソフィーを忘れ、中村祐が心の中で『リアル超巨乳ロリ娘!』と、はやし立てていた。

いや、祐でなくとも、正直、女の身であっても拝みたくなる。

豊穣の恵みに祈りをささげたくなるのだ。ああ、豊かな恵みをありがとうございます! と。

(……普通、〝女王の薔薇〟ってご令嬢としての気品を磨く場所なのに、私だんだん男性ホルモンが磨かれていないかしら?)

男性ホルモンは磨けるものではないが、増えているのは気のせいではないだろう。

(でも、仕方ないわよね!? だって、胸ボーンで、腰がキュッと締まっていて、なのにお尻はボーンなのだから!)

必死に、自分に言い訳してしまう。

思わず拳を握れば、ソフィーが怒ったのだと勘違いしたリリナが、「お、怒っても無駄よ! 貴女はお姉様たちに相応しくないのだから!」と言いながら逃げ出した。

後ろの取り巻きのお嬢様たちも逃げていく。

「あ、私の〝豊穣の女神〟が行ってしまわれた……」

ポロリと本心が零れた。

豊穣の女神って、そういう女神ではないとツッコミを入れてくれる人間は、当たり前だが誰もいなかった。


段々、バートが知ったら愕然とするようなご令嬢へと進化してしまっているソフィーだったが、勉学にはきちんと励んでいた。

というか、それ以外あまりすることがないのだ。リニエール商会の仕事はバートたちが完璧に動いてくれているため、手紙のやり取りだけで終わってしまう。

一度、バートにクリスティーナたちのことや、豊穣の女神のことを手紙に書いたのだが、心の叫びの百分の一くらいしか想いを綴《つづ》っていないのに、返信を読んで驚愕した。

『ソフィー様、何を言ってらっしゃるのですか?』

なぜ理解されないのか、分からなかった。

美しいご令嬢たちが目の前にいたら、眼福だよね！　的なことを、ご令嬢らしい美文で書いたのに正気を疑われている。ソフィーは驚いた。

いや、これは仕方がないことなのかもしれない。

バートだって、見たことのない景色を手紙で伝えられても、簡単には想像が及ばないのだろう。

美しく、光り輝くご令嬢など、早々会えるものではないからだ。

そう結論付け、今度はもっと詳細に書いた。

すると、次の手紙ではご令嬢ばかりで気疲れし、脳まで疲れたのだろうと勘違いしたバートより、外国製の疲労によく効くお茶が届いた。

何だろう……気遣いがちょっとツライ。

（まぁ……まぁ、仕方ないわ。バートは、私レベルを世界一可愛いと口にしてしまうほどに、世界をまだ知らないのだから。いつか、この広い世界を見せてあげなければいけないわね！）

だが、ソフィーは忘れていた。バートが自分に付き添い、ルーシャ王国、ダクシャ王国と幾つかの国を巡り、オーランド王国でも外交官並に世界を知っていることを。

諸外国でも美しい女性はたくさんいた。世界の美女を知らないのではなく、バートが異端のお嬢様以外には目もくれなかっただけだ。

そんなことをまったく理解していない鈍感なご令嬢ソフィーは、気を取り直し、バートから貰った疲労によく効くお茶をサニーに淹れてもらった。

口に入れると、思っていた以上に飲みやすく、美味しかったのでサニーと分け、自分の分は幾つか明日のお茶会に持っていくことにした。

贈られた木箱の中から持っていく分を取り分けていると、その中に書類が入っているのに気づく。中を読めば、それは王都の地図だった。地図には、書き込みがされている。

「あら、さすがバート！　仕事が早いわ」

入学前に自分がしていた作業を、代わってしてくれたうえに、こんなにも早く作り上げ送ってくれるとは。バートの仕事の早さに感服しながらも、ちゃんと休んでいるのかしらと心配になる。この疲労によく効くお茶を飲むべきは、自分ではなく、バートなのではないだろうか？

仕事の合間に自分の願いを叶えてくれたことには大変感謝しているが、次の手紙にちゃんと休みなさいと書かなければなるまい。

「ソフィー様、それは？」

サニーが気になったのか、首を傾げている。

「これは王都の地図よ。私が必要な情報を、地図に書き込んでもらったの」

ガサガサと地図を大きく広げれば、バートの文字が至る所に書き込まれていた。

書き込まれているのは、主に水に関する情報だ。

給水栓からの水、井戸水、水汲み業者が汲んでくる水、それ以外でも排水溝、王都近郊の川や湖。

それらの水の質を知るために、バートには水の調べ方も教えていた。水の臭い、色、にごり、飲める水ならその味も。川や湖なら、水辺に住んでいる虫や動物、植物に至るまで。

細かく記されたそれは、バートだけではなく、商会の皆も手伝ってくれたのだろう。この短期間で、かなりの情報が網羅されていた。

情報を一つ一つ丁寧に読み、ソフィーは思案する。

どこにいようが、やると決めたことはやり通したい。

環境が変わっても、自分の決めた決意は変わらない。

（これは、私と、祐の夢だもの）

水と共に生きる。そのために、水を脅威のものにはしない。水を恐れない。恐れれば、二度と踏み込めない領域を自分で作ってしまうから。

真剣に地図を眺め、バートが書いた文字の横に赤いインクで文字を書き足すソフィーの横顔を見ながら、サニーはそっと部屋を出た。

誰よりも敬愛するお嬢様の邪魔にならないように。


それからまた一カ月がたち、入学してからすでに二カ月が経過していた。

段々飽きてきたのか、ソフィーへの嫌がらせが前より減っていった。

それを大変残念に思っている、残念な思考のご令嬢ソフィーであったが、〝豊穣の女神〟リリナは相変わらず会えば嫌みや罵倒を口にしてくれるので嬉しかった。

リリナは嫌みや罵倒は口にするが、それ以外の嫌がらせはしないようで、教科書を破られ持っていなかったソフィーに、教室が違うというのにわざわざ貸してくれようとしたことまであった。

(ツンデレ？　デレ？　豊穣の女神のデレ？)

思わず口走りそうになったほど驚いた。

しかし、正直に。

「あ、ありがとうございます。ですが、内容は入学前に読んで全て覚えているので、大丈夫です。お気遣いなさらずに」

と答え、リリナを震撼《しんかん》させた。

リリナはご令嬢の中では頭が良く、入学試験も次席だった。

優秀な子供だと、リリナは昔からそう言われ育った。入学するまで、自分が首席だと絶対的な自信を持っていたリリナだったが、ソフィーに首席を奪われ、そのうえ教科書の内容をもうすでに覚えているから必要ないという発言に、彼女のプライドは大層傷ついた。

目に涙を浮かべ、プルプルと体が震える。

豊穣の女神の泣き出しそうな顔に、ソフィーが思わず手を伸ばすが、叩き落とされてしまった。

「あ……、貴女なんて……だいっきらいよぉおおお！！！」

大絶叫で叫び、ドレスを翻して廊下を走っていく。

一瞬、泣き顔も可愛い！　と思ってしまった。いやいや、そうじゃない。

正直、なにがリリナの怒りに触れたのか分からなかったが、とにかく謝らなければと後を追おうとしたが、リリナに置いていかれた取り巻きのご令嬢たちと目が合ってしまった。

取り巻きのご令嬢たちは、まるで化け物を見るような目でソフィーを見ていた。

(え？　コイツ、泣かせやがったとか思われているのかしら？)

それにしては、まるで畏れるような瞳だ。

「あの……」

ついソフィーが声をかけると、ご令嬢たちは飛び上がるように逃げていった。

まるで猫がビックリして飛び上がるような見事な飛び上がり方と逃げ足に、ソフィーはお嬢様というのは身体能力が悪いわけではないんだと認識を改めた。


それからすぐに、一つの噂が流れる。

ソフィー・リニエールは、全ての教科書をすでに暗記しており、その優秀さはやはり本物なのだと——。

拝啓 天馬 私は愚者でしたわ

天馬、私は己が大変愚か者だったと、やっと自覚いたしました。

ええ、とても愚かでしたわ。小さなことに頓着し、執着し、大事なことを見誤っていました。

かねて私は胸が小さい……ってか、ない！ と常々思っておりました。第二次性徴期が来たというのにいまだに私の胸はぺったんこ。

いや、これじゃ前世と変わらないし（笑）と思ってしまうほどでした。

そんな私が、なんと今日女性の柔らかさに触れてしまったのです！

いえ、私が無理やり触ったわけではないのです！ 事故が起き、それを助けようとした結果であって、決して下心があったわけではないのです！ 本当ですよ！

これは前世キレイな身であった私に、神が与えた祝福だと思うのです。

あの神秘の柔らかさ、私は悟りました。

自分のぺったんこ具合など、もうどうでもいい。女性に豊穣の恵みがある。それだけで、私は全てを受け入れました。あるべきところにある、それはなんと素晴らしいのでしょう。

その素晴らしさを、自分がいただこうとはなんて愚かだったのでしょう。

神の祝福という名の僥倖《ぎょうこう》が与えられ、やっとそれに気づけました。

ですが、同時に私はもう一つの事実に気づいてしまったのです。とても大きな事実に！

天馬、貴方は前世の私にとって兄弟のように近く、大事な親友でした。

けれど、私は思うのです。貴方は女性の柔らかさをかなり前から知っていた。そう思うと、貴方は前世の私とは天と地ほどに大きな隔たりがあります。

そう、貴方と私は本来相容《あいい》れない存在だったのです！

今さらそんなことに気づくとは……！

本当に私は愚か者でしたわ。

あの尊さを知り、私よりもずっと先を歩いていた貴方……そう思うと大変イラつくので、当分貴方に手紙を書きません。

――――くたばれリア充！！！


ソフィー曰く、〝豊穣の恵みにふれた祝福という名の僥倖〟事件は、今日の放課後までさかのぼる。

「今日は乗馬をしましょう」

時期はもう冬に近く、冷たい風が吹く日だったが、クリスティーナに誘われればどこへでも行くつもりのソフィーはすぐに了承した。

乗馬ということで、ドレスではなく乗馬服を着ていく。

昔は、女性は馬にまたがれず、横乗りで、乗馬服もスカートでなければならなかったそうだが、最近は女性用の乗馬服もズボンとなっている。

女学院で必要そうな衣類は全て用意してくれた父に感謝し、指定された場所へ急げば、そこにはクリスティーナたちだけではなく、なんとリリナたちもいた。

皆、乗馬スタイルで、髪は邪魔にならないよう、高く結い上げられ帽子を被っている。

そんなドレス姿とはまた一味違うクリスティーナの崇高な美しさは、まるで男装の麗人だ。

二人のお姉様、セリーヌとラナも美しさがいつもよりキリリとしている。皆、姿勢が良いため、ドレスでラインが隠れていない姿になると、まるで一本の若々しい竹の様で、強くしなやかな印象となる。

チラリと横を見れば、リリナの乗馬スタイルが目に入る。

今日も、豊穣の恵みはたっぷりだ。

ドレスとは違う凛々《りり》しい、けれどどんな姿であっても隠せない女性らしいたっぷり感を目に収め、ソフィーは世界の理を知ったかのような顔で頷いた。

やはり、恵みの豊かさの前では、人間はただ感謝するしかない生き物なんだと。

まさか、花の妖精のような愛らしさをもつソフィーにそんな風に見られているなど気づくはずもないリリナは、ソフィーと目が合うとフンっと反対方向を向いた。

(そんな仕草もなんて愛らしい！)

胸がキュンキュンする衝動に耐えていると、クリスティーナが本日の趣旨を説明してくれた。

心身ともに健康であること。それが、オーランド王国の女性には必要であり、詩や刺繍ばかりでこもっていてはいけない。

乗馬は、馬と語らうことで癒しを貰い、走ることで刺激を受ける。不安定な馬の背に乗り、優雅に走ることができるのは、鍛え抜かれた心と体を持ってこそできるものだと。

クリスティーナが愛馬に優しく触れながら口にする言葉に、リリナがうっとりと呟くのが聞こえてきた。

「さすがですわ、クリスティーナお姉様！　王妃になられる方に相応しい、なんて素敵なお考えなのでしょう！」

リリナの賛辞が、ソフィーの胸にどんよりと重くかかる。

（王妃様、か……）

目の前にいる美しい人は、本来とても遠い存在なのだと今頃になって実感する。

公爵家のご令嬢であり、第一王子の婚約者であり、いつかはこの国の王妃となる存在。

ソフィーとて、オーランド王国の王族のことは、噂程度には聞いたことがある。

現在、王には二人の王子がいる。

一人は、側室であった伯爵令嬢が産んだ第一王子。

もう一人は、今も王妃であられる公爵令嬢が産んだ第二王子。

次の王は、先に生まれた王子が、王家を継ぐのが習わしだ。

（だから、本来なら王は王妃との子供をもうけない間は、基本側室を取らないのが普通とか……）

だが、現王は慣例を無視し側室を娶った。あろうことか、その側室の方が先に王子を産んだのだ。

しかも、側室は元々王妃の侍女だったのだという。王妃の侍女に現王は手を出し、側室にしたのだ。

公爵令嬢であり王妃となる女性の侍女も、その身分は高い。身元の確かなものしか、雇わないからだ。

伯爵家の末子だったという側室の女性は、仕えていた王妃の顔に泥を塗ったと、伯爵家からは縁を切られた。

彼女は、王宮でもほぼ味方がいない状態で第一王子を産み、数年後亡くなったと聞いている。

王妃から王を寝取り、第一王子を産んだ女。

そんな印象を、この国の誰もが持っていた。

王妃が男児を産むことができなかったのならば、事態はそこまで悪いものではなかったが、第一王子が生まれてその一年後に、王妃は第二王子を産んだ。

慣例は、第一王子が王を継ぐ。けれど、本来継ぐべきであったのは第二王子。

王位継承をめぐって、密やかではあるが、静かな争いが貴族たちの中ではあった。

それに終止符をうったのが、第一王子の婚約者となった、この美しいクリスティーナ・ヴェリーンの存在だった。

王国でも有数の名家であるヴェリーン家のご令嬢と婚約を結んだことによって、第一王子の王位継承は確実なものとなったのだ。

（そもそも、第二王子はあまり王位継承に積極的ではなく、現在の王妃も第一王子を推していると聞いたけど……）

王位継承で争いが起きぬよう、自分を裏切った侍女の子供を王に推す、王妃のその懐の深さは貴族だけでなく平民にも慕われていた。

伝え聞く話は、箱に入れたような秩序正しいものだった。第三者的に聞けば、おさまる所におさまった美しい話だ。

王族といわれる人間の考えなど、前世一般庶民、今世も男爵令嬢レベルのソフィーでは理解もできない。実際、〝女王の薔薇〟に入学するまでは興味もなかった。

（クリスティーナお姉様は、私にとっては未知の世界に行かれる。未知の世界の住人）

その事実が、少しだけ寂しい。

姉妹の契りは一生のものだと聞くが、公爵令嬢であり、王妃となられる方と、男爵令嬢のソフィーとでは、生きる世界が違う。クリスティーナが卒業してしまえば、もう二度と会うことも叶わない存在なのだ。

そもそも、なぜクリスティーナが、入学早々に姉妹の契りの指輪を下さったのかも、未だに分からない。なぜこの人は、自分を選んだのか。

（バートも、こんな気持ちだったのかしら？）

『別れが来るってことだよ。アンタはご令嬢で、俺たちは孤児だ。住む世界が違う。いつまでも一緒にいられるわけがない』

『アンタは貴族の女だ。いつか王都に帰る身だ。本当だったら、アンタもリオも会って話すことなんてできない身分なんだよ、オレたちは！』

幼い時に言われた言葉を思い出す。

身分。そう、今のソフィーはそういう立ち位置にいるのだろう。

あの時のソフィーのように、クリスティーナが自分の手を引いてくれるわけもなく、引いてもらいたいなど一つも思わない。

これから、クリスティーナが遠い存在となるのなら、それをツライと思うなら。その時は――、

「ソフィー、どうしたの？　ボーッとして。もう皆行ったわよ」

「あ……。も、申し訳ございません。少し緊張していたみたいです」

クリスティーナに声をかけられ、ソフィーは慌てて言い訳をする。

辺りを見回せば、お姉様二人とリリナたちはすでに馬に乗ってゆっくりと草原を進んでいた。

「ソフィー、馬は初めてなの？」

「いえ、昔少しだけ……」

大草原をかけ回ったことならあります、とは口にせず言葉を切る。

ある大陸の大草原を走ったことがあるのですが、とても気持ちが良かったです！　など、ご令嬢が言っていいセリフではないことは分かっているからだ。

他国へ訪問した際の移動はほとんど馬車ではあったが、数日馬での移動というのもあった。

長時間馬に乗るのはかなり体力がいる行為だが、父親譲りの頑丈さを持つソフィーはわりと平気だった。周りから驚かれるほどにうまいと言われたこともある。

「ソフィーの相棒はこの黒馬よ。貴女の髪のような美しい毛並みでしょう」

クリスティーナの愛馬は白い毛並みを持っているので、二頭が並ぶとお互いの美しさが強調され、とても優美だった。

「本当に美しい子ですね」

「名はゲイル。疾風を意味する名よ」

「まあ、とても速そうな子ですね。よろしくお願いね、ゲイル。背に乗せてちょうだい」

ゲイルの大きな瞳がソフィーを見る。鼻辺りを指で撫《な》でれば、ゲイルが気持ちよさそうに目を閉じた。相性は悪くなさそうだ。

ソフィーはゲイルの左側に立つと左足を鐙《あぶみ》に掛け、右足で鞍《くら》をまたぐ。ゲイルは暴れることなくソフィーをその背に乗せてくれた。

「あら。補助なしで、一人で乗れるのね」

慣れていない人間は、補助なしでは乗れないものだが、ソフィーは悠々とゲイルの背に乗った。

クリスティーナが感心したように小さく呟くと、自分も愛馬にまたがった。

馬の高い背に乗れば、視界は広がり、空は少しだけ近くなる。

陽の光が差し、風がそよぎ、木々が揺らぐ。

いつもある当たり前が、いつもより美しく感じる。

「ソフィーは馬が好きなのね」

「はい！」

「ゲイルも貴女のことが好きみたいだわ」

黒馬は大地を踏みしめ、しっかりとした足取りでソフィーを運んでくれる。その瞳はなんだか誇らしげだ。

「……そういえば、わたくしはソフィーの好きなものを、全然知らないのね」

真っ直ぐに前を見据えたまま、クリスティーナが呟く。

「ソフィーはわたくしの好きなものを知っているのに、わたくしは貴女の好きなものを知らないわ」

「そんな、私のことなど……」

「何が好きで、何が嫌いで、困っていることは何か、知りたいことは何か、わたくしのことを本当はどう思っているのか……。知らないことばかりだわ」

「クリスティーナお姉様？」

「貴女はどうして、わたくしが貴女を〝妹〟にしたのか聞かないの？」

静かに問われ、とっさに言葉が出なかった。

なぜ自分を〝妹〟にしてくれたのか。疑問には思っていた。

だが、本人に問うことはなかった。

「姉妹の契りは、本来入学初日に行うような行為ではないわ。貴女はもうそれを知っているでしょう？」

頭上に広がる色と、同じ色をもつ瞳が、ソフィーを捉えるように見つめる。

感情が込められていない声と表情だった。こんなクリスティーナを見るのは初めてだ。

「貴女が入学してもう二カ月が経つわ。正直、一度くらいは弱音を口にするかと思えば、一切ないのだもの」

「クリスティーナお姉様、いったいなんのことを？」

弱音という言葉に、意味が分からずつい口にしてしまう。

「貴女が嫌がらせを受けていることは知っています。そうなることも最初から分かっていたから」

（ああ、そういう……）

意味の弱音か、と納得する。

だが、弱音と言われても困る。ソフィーにとってお嬢様たちが行う嫌がらせは、キュンキュンと胸を躍らせはしたが、ツライことではなかった。

（なんて言ったら、さすがにドン引かれるでしょうし。困ったわ……）

「怒らないの、ソフィー？」

「へ？」

「わたくしは十分、理解していたのよ。貴女を〝妹〟にすれば、貴女が困る立場に立たされることを」

黄金のまつ毛が、空色の瞳を陰らせる。目じりを上げた表情は、セリーヌが言っていた〝氷の美女〟を彷彿とさせた。

感情のない美貌は、人の心を不安にさせるものだ。だが、ソフィーの心は穏やかだった。

「なぜ、私が怒るのですか？」

逆に問えば、その瞳が驚いたように一瞬だけ揺れた。

「どんな理由があって、どんなお気持ちでクリスティーナお姉様が私を〝妹〟に選んでくださったかなんて、分かりません。ですが、私はクリスティーナお姉様の〝妹〟になれて幸せです。私には弟と妹がおりますが、兄も姉もおりませんから、お姉様ができてとても嬉しかったです」

淀みのない声で、頬に笑みを浮かべ、答える。

虚勢も、強がりもそこにはなく、真っ直ぐな声で。

「昔、自分のことをあまり話さない友人がいました。どういった身分で、どこに住んでいて、兄弟は何人いて、将来はどんな未来を描いているのか……。私は友人のことを何も知りませんでした。

知りたいとも思いませんでした。口にしたくないこともあるだろうと、いつか自分から話せる時が来たら、話してくれるだろうと思っていました。友人が自分のことを話さなくても、一緒にいれば友人が優しい子だということはすぐに分かります。それだけで、私は十分でした」

ソフィーの言葉に真摯《しんし》に耳を傾けてくれる優しい友人。

それだけで十分だった。だからそれ以外のことを聞く必要はなかった。

それと同じ感情を、ソフィーはクリスティーナにも持っていた。ソフィーはクリスティーナというご令嬢に心底心酔しているのだ。

嫋《たお》やかで、美しく、生命の輝きを感じる強さがあるクリスティーナ・ヴェリーン。

彼女に心奪われない者など、等しくいないと思うほどに。

彼女の美しさは外見的なものだけではない。

ソフィーとて、淑女教育を受けた身だ。家庭教師から教わった礼儀作法、テーブルマナー。所作一つにしても厳しい指摘を受けた。

前世、気をつけていたのは姿勢と箸の持ち方くらいだった身としては、正直かなりキツかった。

レッスンの時間は勿論、日々空いた時間をみては練習を重ね、やっと手に入れたのだ。

だからこそ、クリスティーナの所作の美しさは別格だと分かる。

いったいどれだけの努力をしてきたのか見当もつかない。

「なぜクリスティーナお姉様が、私を〝妹〟にしてくださったのか、理由はなんでもいいのです。たとえ、そこに悪意があったとしても、〝妹〟にしてくださったことを、私は幸せに感じております。それに、誰の目から見ても、私がクリスティーナお姉様の〝妹〟である資格に欠けていることは明らかです。それも、重々承知しております」

クリスティーナの表情は変わらない。それでもソフィーは言葉を続けた。

「ですから、私は、クリスティーナお姉様の〝妹〟に相応しい人間になりたいと思います。この先もずっと、貴女様が〝妹〟と呼んでくださるような、そんな人間になります。精進致します。だからどうか、もう少しだけ、私に時間を下さいませ」

クリスティーナとの立場の違い、家柄の違い、それはどうしたって消えない距離だろう。だが、近づきたいと願うことはできる。その距離を少しでも縮めたいと努力することはできるはずだ。

ソフィーは、クリスティーナに手を取ってほしいなど望まない。望むのは、自分自身の力で駆け上がること。

諦めることも、待つことも、誰かに助けてほしいと願うのも、どれも性に合わない。

幼い頃、友人と約束したように。

自分自身の足で、心の赴くままに真っ直ぐに進んでみせる。

ソフィーの言葉に、クリスティーナが前を向く。

その唇が微かに震えたが、すぐに引き締められた。

誰よりも美しい人は、小さく「そう……」と答えると、以降はずっと口を閉じたまま沈黙が続いた。

ソフィーは二人の間に流れる沈黙を、苦痛とは思わなかった。

逆に、もう二度と戻らない今という時間の一ページのように感じ、とても愛しいものに思えた。

だが、その沈黙はラナの歓喜の声で破られた。

「まぁ！　なんて可愛らしい動物なのかしら！」

少し走った所で、従者らしき者たちが待っていた。

ゲイルから降り、ラナたちの所へ急ぐ。

そこには荷馬車から運ばれた一匹の動物がいた。

「……ヌーガ？」

まさか、こんな所で異国の動物を目にするとは思わなかった。

ヌーガは、大きな瞳をもった鹿のような生き物だ。大きな角があり体格も鹿に似ているが、違うのはその脚力だった。大柄の男を一人乗せることができるヌーガは異国では馬の代わりだ。しかし、馬より荒っぽい一面があるため、そう簡単に乗りこなせる動物ではない。

「異国から父に献上されたもので、わたくしも可愛らしいと思いまして、お父様にお願いして、こちらへ運んでいただきましたの！」

どうやら待っていた従者は、リリナの家の者だったようだ。

オーランド王国は周辺の国々と比べても栄えている。故に、その貴族のご機嫌取りのために、何かを献上することは珍しいことではない。その一つがこのヌーガだったのだろう。

「異国では馬の代わりだそうです。ぜひクリスティーナお姉様にも乗っていただきたくて！　わたくしもこの子が来た日に乗せていただいたのですが、馬より背が低いので乗りやすくて。それに足も強いそうなのです！」

正直、なぜヌーガなのか、ソフィーには理解できない献上品だった。

献上した日は、乗り方を指導した者がいただろうが、指導者がまったくいない状態でヌーガはホイホイと乗れる生き物ではない。

飼いにくい生き物ではないが、乗りやすい生き物でもないのだ。

「馬と同じ感じで乗ってよいのかしら？」

「はい、大丈夫です！」

クリスティーナの疑問に、リリナが元気よく答える。

（待って、クリスティーナお姉様が乗るの!?）

先ほどのやり取りの後で、クリスティーナに進言するのは少しだけ躊躇《ためら》われたが、そう言ってはいられなかった、

「待ってください！　ヌーガは、見た目は可愛らしく温厚に見えますが、突然暴れ出す時がございます」

異国でも、ヌーガを操ることができるものは毎日暮らしを共にしている遊牧民くらいだ。

草原地区で生活している女性と、貴族の女性とでは、そもそももっている身体能力が違いすぎる。

「私は、たとえ不敬と罰せられても、クリスティーナお姉様をおとめいたします！」

強く言えば、クリスティーナは少し驚いた顔をしたが、すぐにいつもの微笑を浮かべた。

「ソフィーがそこまで言うのなら、わたくしは遠慮いたしましょう」

クリスティーナの拒否に、リリナの顔色が変わる。目じりを険しく吊り上げて、ソフィーに食ってかかった。

「ヌーガは急に暴れ出したりなんてしません！　わたくしが乗った時だって、ちゃんと言うことをききましたもの！」

それはたぶん、長旅で疲れていただけだ。ヌーガの多く生息する地域と、このオーランド王国ではかなりの距離がある。疲れて怒る元気もなかったのだろう。

「わたくしがちゃんと証明してみせますわ！」

宣言するなり、リリナがヌーガの背に飛び乗った。

「リリナ様！」

ヌーガは馬とは違う。そんな勢いよく乗ってはいけない。

ゆっくりと、ヌーガの機嫌を損なわないよう乗らなければならない生き物なのだ。

「え……キャアッ！」

案の定、ヌーガは驚きその身を暴走させた。強い脚力で土を蹴ると、驚くソフィーたちをしり目に、リリナを乗せて走り去ってしまった。

「あれ……大丈夫なの？」

ラナが元々大きな橙色の瞳をより大きく開きながら、啞然と指さす。

大丈夫なわけがなかった。完全に、ヌーガは暴走している。

「追いかけます！」

「ソフィー!?」

クリスティーナが制止するかのように声を上げたが、止まることなくゲイルにまたがる。

ヌーガは足が速い。急がねば、馬でも間に合わないかもしれない。

「ゲイル！　名の通りの走りを、私に見せてちょうだい！」

ソフィーの言葉を理解したように、ゲイルが風を切るようにそのスピードを上げた。

見事な襲歩で、今まで乗ってきた馬とは違う、天性の才能を感じるほどの速さを見せた。

（これなら間に合う！　でも急がないと、この辺は崖がある……）

ヌーガは崖さえ軽々と上る生き物なのだ。崖に上がれば、馬では到底追いつけない。

崖を駆け上がる際、リリナが恐怖で手綱を離し、落下すれば無事ではすまないだろう。

ゲイルの走りのおかげで、その姿はすぐに捉えることができたが、ここからが問題だった。

「リリナ様、こちらへ！」

手を差し出しても、リリナはヌーガにしがみ付くのがやっとの状態だった。

震える声で、「無理よぉぉお」と声を上げるのが精いっぱいだ。

手さえ差し出してくれれば、なんとか引っ張り上げることもできるだろうが、今は並走している状態だ。その状態で片手を離す行為は、リリナにとっては恐怖でしかないのだろう。

（マズイ、この先はもう崖！）

距離はあと数十メートル。ヌーガに崖を駆け上られたら、もう手段がなくなる。

（リリナ様を、これ以上怖がらせたくはなかったけど、仕方ないわ！）

覚悟を決め、ソフィーは叫んだ。

「リリナ様、私がそちらへ飛び乗ります！　手綱はしっかり握り、動かないでください！」

「え？」

返事は待たずに、ゲイルをギリギリまでヌーガに接近させ、飛び乗る。背に与えられる突然の衝撃が嫌いなヌーガが、一段と怒っているのが伝わってきたが、こちらも構ってはいられなかった。

「えええええ!?」

ソフィーが後ろに飛び乗った驚きに、リリナの唇から、何とも言えない驚愕と唖然さが入り混じった悲鳴が上がった。

リリナから手綱を奪い、操ろうとするが怒りを露わにしているヌーガには効かなかった。

（やっぱダメかよッ！）

切羽詰まると、どうしても思考が祐になってしまう。どんな時でもソフィー・リニエールらしさを早く身につけたいものだと、場に相応しくない反省をしながらも辺りを見渡した。

冬の時期でも、寒さに強い植物や雑草が茂っている。ヌーガが走る感触でも、土の柔らかさが伝わってくる。

（たぶん、大丈夫だ。まぁ、たぶんだけど……）

しかし、迷っている暇はない。崖はもう目の前なのだ。

「リリナ様、必ずお守り致しますので、少しだけ我慢してください！」

もう何がなんだか分からない状態のリリナは失神寸前で、返事もできずにいた。だが好都合だ。

恐怖で力が抜けているリリナをしっかりと抱きとめ、ソフィーは地面へとその身を投げた。

衝撃で、草原を数メートル転がったが、リリナの身と、己の頭は庇《かば》った。打ち付けたのは背中と肩と足。それも草のクッションと柔らかな土のおかげでいくらか緩和できたのが幸いだった。石畳であったなら、重傷は免れなかっただろう。

真上に青い空が広がるのを見て、安堵から大きなため息が漏れた。

「お体は大丈夫ですか、リリナ様？　痛い所などありませんか？」

ソフィーの上で、完全に固まっているリリナは、声をかけてもまったく反応がなかった。

（かなり怖い思いもさせたし、これは今度から、声もかけてくれなくなるかも……）

危機は脱しても中々抜けない祐思考で思いながら、リリナごと体を持ち上げれば、嫌だというようにしがみ付かれた。

「り、リリナ様、もう大丈夫ですよ？」

だから離してほしい。そんなにしがみ付かないでほしい。

なぜなら、

（ちょっ……！　胸が、胸が当たってますから！）

リリナのたっぷりが当たっているのだ。

たっぷりはたっぷりだけに、ちょっと近づいただけで当たりそうになるというのに、そんなにしがみ付かれたら当たるどころか押し付けられているの領域だ。

（ってか、柔らかい！　めっちゃ柔らかいんだけど！　なにこれ!?　なにが入ってるの!?　なにが入っていたらこんなに柔らかくなるわけ!?）

「大丈夫ですからッ、リリナ様、もう大丈夫ですからね！」

必死にうわずった声で伝えると、リリナがやっとこちらを向き。

そして、うぇえええええんと、子供が泣くように涙を零した。

（もう、もう……勘弁してッ、胸押し付けられて、そんな顔で泣かれたら、もうご令嬢の顔を保てなくなるからぁあああ）

クリスティーナの前で、あれだけ〝妹〟に相応しい人間になると宣言した舌の根の乾かぬうちに、変態令嬢になるのだけは絶対に駄目だ。

自分を叱咤《しった》し、ソフィーは必死で心を無にした。

心を無にして、ソフィーの母が自分にしてくれるように、右手で背を撫で、左手は頭を撫でて落ち着かせる。

もう怖くないですよと、優しい言葉をかけると、リリアの泣き声がだんだん小さくなっていった。

ホッとしていると、クリスティーナとセリーヌが馬で駆けつけてきてくれた。

「ソフィー！　二人とも大丈夫なの!?」

馬上に乗るクリスティーナとセリーヌは美しく、下から見上げる形だとその神々しさがより引き立つ。

(この神々しさにいっそ滅せられたい……)

たっぷりにここまでしてやられる自分など、やはり〝妹〟に相応しい人間になれない気がしますと、前言撤回して懺悔《ざんげ》したい。

だが、いざクリスティーナを目の前にすると、ご令嬢らしくマイナスの感情は出さず「はい、私は大丈夫です」と口にしてしまう。先ほどまで、あれだけたっぷりに翻弄《ほんろう》されていたくせに。

クリスティーナの前では、可愛らしい〝妹〟の仮面を外したくないらしい。多少偽っても、我が身を良く見せたい。

未だ泣いているリリナの手を引きながら、ちょっとだけそんな自分にガッカリしてしまうソフィーだった。

学院内には、保健室と言われる部屋があり、ドクターが常駐している。念のため診てもらうことになった。

リリナはともかく、ソフィーは痛みをさほど感じなかったので一度は断ったのだが、クリスティーナに強く言われ、それ以上断ることはできなかった。

ドクターからも骨に異常はなさそうだと言われると、やっとクリスティーナが安心したように小さく息を吐いた。

そこまで心配させてしまったのかと、さすがに申し訳なく思った。ドクターが大丈夫だと太鼓判を押すまでは、クリスティーナの顔にはさほど怒りや悲しみという感情が表れていなかったため、気づかなかった。

自室に戻り、サニーの顔を見てやっと一息つくことができ、疲れがどっと出てきた。

「疲れた……うん、もう本当に疲れた」

主に、たっぷりとの闘いに。

疲れ果てたソフィーは、サニーに着替えを手伝ってもらい、湯あみをして少しだけ寝かせてもらった。それから夕飯を食べ、いくらか生気を取り戻したソフィーは今日のことを反芻して思った。

(よく考えたら、女同士だし、多少当たっても不自然ではなかったわよね。少しくらい触っても良かったかしら？　いえ、駄目よソフィー。それは絶対不可侵領域を侵す行為だわ。今日のあれは、僥倖よ。神が私に与えてくれた僥倖だったのよ！)

ベッドの上で考え込み、しばらくしてから机に移動し、ソフィーは羽根ペンを取った。

机に立てていた日記を開くと、拝啓天馬と書き出す。

親愛なる親友に、どうしても伝えたいことがあったからだ。

主に、怒りの方向で。

こうしてソフィーの〝豊穣の恵みにふれた祝福という名の僥倖〟事件は幕を閉じたのだった。

ソフィー・リニエールというご令嬢～お姉様たちの夜～

ラナが自室に入るのを見て、セリーヌは自室のドアを開けようとした手を止めた。

チラリと、友人クリスティーナの部屋の方を見る。クリスティーナはすでに自室に入っていた。

しばし考えて、セリーヌはドアにかけていた手を離し、クリスティーナの部屋へ歩き出す。

軽くノックしたが、返事はなかった。それでも自分であることを告げ、扉を開いた。

そこには、扉の前で無表情に立っている友人がいた。顔色はなく、唇を噛みしめ、柳眉《りゅうび》を顰《ひそ》め。

そんな顔をしていても、やはりこの友人は恐ろしいほどに美しかった。

「あら、クリスティーナ・ヴェリーンともあろう者が、なんて顔をしているの」

美しさに変わりはなくても、今までに見たことのない友人の表情に、ついいつもの憎まれ口をたたく。いつもサラリとかわす友人が、今日はまるで吐き出すように声を上げた。

「あの子は……！　馬鹿だわッ、あんな……あんな危険なことをしてッ！」

感情が抑えきれないといった風に叫ぶクリスティーナに、セリーヌは呆れて言う。

「本人に、直接言いなさいよ」

「わたくしは〝姉〟なのよ！　〝姉〟が〝妹〟の前で、そんな無様な姿をさらすなどできるはずがないでしょう！」

(その矜持《きょうじ》は、公爵令嬢クリスティーナ・ヴェリーンとしてではなく、ソフィー・リニエールの〝姉〟としてのものなのね……)

いつもこの友人は、第一王子の婚約者である公爵令嬢として完璧な優雅さを保っていた。指先一つの所作さえも美しい。たとえ無礼な振る舞いを受けても、まるで作られたお人形のように、顔色を変えることなく上品さを失わない。

彼女は、まさにこの国の王妃となるべく生まれ、育てられた完璧なご令嬢だった。

そのクリスティーナが、感情を露わに怒っていた。〝妹〟の行為に。

セリーヌだって、まさかソフィーがあんな危険な行為をするとは夢にも思っていなかった。

異国の動物をよく知っていることにも驚いたが、その動物がリリナを乗せて走り去り、茫然としている中、誰よりも素早い動きで追った姿にも驚愕した。

まるで騎士のように馬を走らせ、追う姿はどうみても普通のご令嬢ではなかった。リリナの取り巻きなど、状況も忘れボーッと見とれていた者も多かった。

馬を愛するクリスティーナのために、彼女の婚約者が贈った馬が、あの黒馬と白馬だった。二頭の馬はとても美しく、そして駿馬《しゅんめ》として優秀だった。

だが乗るのは所詮ご令嬢だ。二頭の馬の本当の速さなど、貰った本人もセリーヌも知らなかった。

「あの馬は、あんなに速く走れたのね……」

思わず驚愕の声が漏れた。クリスティーナも、走り去るソフィーを唖然と見ていた。

すぐに我に返り、疾風のように駆けていく黒馬を、クリスティーナと共に追った。だが、馬になれている二人でも、なかなかソフィーには追いつけなかった。

やっと姿を捉えたと思ったら、次の瞬間、ソフィーは黒馬からその身を異国の動物に移した。

正直、息が止まった。

悲鳴さえ出ないほどの驚きに、目はこれ以上ないほどに開き、鼓動が激しくなる。

思わずクリスティーナを見れば、いつも姿勢正しい友人の体が一瞬不自然な動きをした。

眩暈《めまい》を起こしたのだと気づいたセリーヌは、強く友人の名を呼んだ。

声に反応し、すぐに姿勢を正したが、セリーヌは気が気でない。

馬上でクリスティーナの姿勢が崩れるなど、今までなかったことだ。

「クリスティーナ、一度降りなさい！」

叫んだが、クリスティーナは馬を走らせた。

「クリスティーナ！」

何度呼んでも、馬を止めずにソフィーのもとへと走る友人を制止するように、馬を近づけた。

走りにくさで白馬が止まると、やっとクリスティーナがこちらを見た。

「セリーヌ、邪魔よ！」

「少し落ち着きなさい、落馬する気！」

「わたくしがそんな無様な真似をするわけが……ッ!!」

言葉は、声のない悲鳴に消えた。クリスティーナの真っ青な顔に、慌ててソフィーたちの方を見る。異国の動物に、二人の姿はなく、その動物は崖を悠々と登っていった。

「落ちたの!?」

叫べば、クリスティーナの肩が震え、ガクッと体が落ちる。

とっさにその身を掴み、友人が落馬しないように支えた。

セリーヌも力があるわけではないが、友人が落ちないよう必死で支えた。荒い呼吸を繰り返す音が聞こえる。クリスティーナが必死に正気を保とうとしているのだ。

「ッ……！」

ここまで狼狽えるクリスティーナを、セリーヌは初めて見た。

クリスティーナは大きく深呼吸をすると、支えていた手からゆっくりと離れた。

「……大丈夫よ、セリーヌ。ごめんなさい」

次の瞬間には、もう完璧な公爵令嬢クリスティーナ・ヴェリーンの顔だった。

いつもの友人の顔に少し安堵し、ソフィーたちのもとへ急いだ。

二人は無事だったが、リリナはよほど恐ろしかったのだろう、ソフィーから離れず泣いていた。助かったと分かっても、クリスティーナが目の前にいても、泣きながらソフィーの服を握りしめていた。最後には、ソフィーにその手を引かれながら歩いて保健室へと向かった。

ソフィーはと言えば、ケロリとしていて、傷さえ負っていなかった。

あんな危険な行為をしておいて、恐ろしさを感じなかったのか、クリスティーナの声掛けにもお茶会と同じトーンで返していた。

正直、ゾッとした。

いつもお茶会で見る笑顔と同じ顔を、なぜ今の今でできるのか。

目の前の可愛らしい少女が、見たことのない生き物に思え、セリーヌは息を呑んだ。

そして同時に思う。

なるほど、クリスティーナ・ヴェリーンに相応しい〝妹〟だ、と。

どんな場面でも自分を忘れない。ご令嬢らしからぬ行動さえ、まるでそよ風に遊ばれたドレスを押さえただけだというように優雅に笑えば、こちらの見間違えかと思ってしまうほどの力があった。

人の心を動かす力が、ソフィーにもあるのだ。それはクリスティーナのもつ力とは少し違う。けれど、形は違えど、同じようなものをソフィーも持っているのだ。

（公爵令嬢クリスティーナ・ヴェリーンの心まで動かしたのだもの、敵わないわ……）

苦し気に、美しい顔を歪める友人を抱きしめ、セリーヌは悟る。

クリスティーナがどこでソフィーを知り、どうして姉妹の契りを交わしたのか。今もって分からない。クリスティーナが何を考えているのか、セリーヌには分からなかった。

二人でいたあの時間、馬上でいったい何を話していたのか。

異国の動物を見るために、馬を降りて歩いてきた二人を、セリーヌはじっと見ていた。だから、クリスティーナの瞳が、とても眩しいものを見るようにソフィーを見ていたのを見逃さなかった。

この美しい友人が何をしたいのか、分からない。

けれど、一つだけ分かったことがある。

ソフィー・リニエールというご令嬢は、クリスティーナ・ヴェリーンにとって〝大切な妹〟なのだ。いつの間にか、そうなってしまったのだ。

（当の本人もきっと気づかないうちに……）

長い付き合いの友人を、まるで取られてしまったような気持ちに、セリーヌは苦笑した。

それでも、今この時は、感情を露わにする友人をなだめることができる。その特権は、ソフィーが〝妹〟である以上、〝友人〟である自分の、自分だけのものだ。
〝妹〟に、醜態は晒せないと言う友人を、セリーヌは優しく抱きしめた。
月の光が、柔らかく窓を照らす。
その夜は、大きな月が空へ浮かぶ静かな夜だった。

拝啓　天馬……

「しまった！　当分書かないと決めたじゃない！」

いつものくせでつい書こうとしてしまい、慌てて閉じる。

書く時に書くというくせで、つい昨日の夜に書いたことを忘れ、今日の朝も何かを書こうとしてしまった。

（いけない、いけない。天馬の裏切り者のことはしばし忘れるのよ）

いつの間にか裏切り者に降格した親友のことはさておき、よく眠れたおかげで疲れも完全に抜けていた。

「一晩経《た》っても痛みもないし、大丈夫そうね。さすが、私。頑丈だわ！」

こういうところは頑丈な父親似で大変ありがたい。

ランランで学院に行くと、教室の前でリリナが立っていた。

今日は取り巻きを連れておらず、一人だ。

「おはようございます、リリナ様。お体の方は大丈夫でしょうか？」

一瞬、声をかけるのを躊躇ったが、体の方が心配だった。昨日は大丈夫でも、少し時間が経てば痛みが出てくることだってあるだろう。

ご令嬢らしからぬ頑丈さをもつソフィーと、深窓のご令嬢リリナでは色々違いすぎる。

声をかけると、リリナは強いまなざしでソフィーを見つめ、口を開いた。

「わたくし、貴女に意地悪ばかりしていたのにどうして助けてくださったの!?」

「へ?」

開口一番の言葉に、ソフィーも困った。

(どうして? ……どうしてと言われても……)

特に、どうもこうもない。危ないと思ったから動いただけだ。理由が必要なのだろうか。

ソフィーは少し考え、いつものように微笑んだ。

「私は、リリナ様は可愛らしく、とても素敵なご令嬢だといつも思っておりましたよ。意地悪な方だと思ったことは一度もありません」

「う、嘘よ!」

「本当です。それに、私に教科書を貸してくださろうとしてくれたではないですか」

「だって、あれはないと困るだろうと……困ってなかったみたいだけど……」

思い出したのか、頬が膨れている。

やっぱり可愛い。その白い頬が膨れる様は、何度見ても可愛いと思ってしまう。

リリナはうつむき、居心地悪そうに体を揺らす。

逡巡《しゅんじゅん》するように、眉根を顰めたが、心を決めたようにソフィーの手を取った。

「貴女はわたくしの命の恩人よ! 身勝手だとは分かっているわ。でも、どうか今までの行いを許してほしいの! わたくし、貴女に……ソフィーにお友達になってほしいの!」

中村祐歴二十五年、ソフィー・リニエール歴十四年。

初めて言われる言葉に、ソフィーは言葉を失った。

小学一年生で友人になった天馬だって、友達になろうとは言わなかった。なぜかいつも天馬は祐の傍にいて、そのうち友人関係が定着していた。友達はなろうとしてなるものではない、いつの間にかなっているもの。そういうものだと思っていたから、このお友達発言には驚いた。

（ロリ顔超巨乳美少女に、友達になろうと言われる世界線が存在しているなんて！）

恐れおののき、顔が固まってしまう。

「やっぱり……イヤ？」

（ロリ顔超巨乳美少女が泣きそうな顔で、自分を上目遣いに見ている世界線！）

どうしても出てきてしまう祐思考をなんとか抑えつけ、ソフィーは必死に令嬢の仮面をかぶった。

「いえ、とても嬉しいです！　リリナ様が友人になってくださるなんて、とても光栄です」

「本当に？」

「はい、どうかよろしくお願いいたします」

握りしめられた手を右手だけ抜き、リリナの手に重ねるように握り返すと、花が綻《ほころ》ぶような笑顔を見せてくれた。

（うわ……尊い……）

抑えつけても抑えつけても出てくる祐思考は、自分が悪いのかリリナが可愛いのが悪いのか、もはや分からなくなってきた。

「でも、本当によろしいのですか？　私、リリナ様に怖い思いをさせてしまったのに」

「あれは、わたくしが意地を張ったのが悪かっただけだわ！　それに、助けてくれたソフィーは、ニコル様みたいでとても素敵でしたし」

「ニコル様？」

知らない名に、オウム返しをすると、リリナは「え？」と声を上げた。

「『金色《こんじき》の騎士と黒曜石の少年』をご存じありませんの？」

「はい」

素直に答えると、リリナはもう一度まぁ！　と声を上げた。

「この学院に入学して、あんな素晴らしいものを読んだことがない方がいらっしゃるなんて……」

リリナの目を丸くする驚きぶりに、ソフィーは記憶を辿る。

もしかして、教科書に載っていたのだろうか。しかし、教科書には一通り目を通している。破かれた時に、もう別になくてもいいやと新しく用意しなかったが、見落としがあったのだろうか。

考え込んでいると、リリナが急に走り出した。

「リリナ様？」

「わたくし部屋から持ってきますわ！　あれを読んだことがないなんて、〝女王の薔薇〟に入学できなかったご令嬢たちから恨まれてしまいますわ！」

「ええ!?」

そんな大事な本なのか。

でも、〝女王の薔薇〟に入学できなかったご令嬢たちから恨まれるというと、他では読めない本ということになる。

（ということは、やはり教科書に載っていたのかしら？）

まだ授業が始まるには早い時間だ。

せっかくリリナが持ってきてくれるのなら、自分だけ教室に入るのは気が引ける。

しばらく待っていると、息を切らしたリリナが戻ってきた。

渡された一冊を捲《めく》ると、装丁は一冊の本だが印刷されたものではなく、手書きで書き写したものだった。

「わたくしが原本を写したものよ。ソフィーにあげるわ」

リリナの書き写しということは、普通に出版されたものではないのだろう。

「よろしいのですか？」

「ええ！　これを読めるのは〝女王の薔薇〟の生徒の特権なのよ！」

〝女王の薔薇〟の生徒の特権？

「……これは、もしかしてこの学院の方が書かれたものなのですか？」

「そうよ！　作者は完全不明だけど、つい先日新刊が出て、いま三巻まで出ているの！」

それは、確かに読もうと思っても中々読めない一品だ。

本の分厚さからみても、なかなかの大作のようだ。

「この本の主人公であるニコル様は、平民の出なのですが、暴走した馬から伯爵令嬢を助けたことがきっかけで、貴族だけが入学できる学院に入ることが許されるのです！　そこでレオルド様と出会い、成長していく物語なのよ！」

とても嬉しそうにリリナが語る。

少年マンガの小説版みたいなものだろうか。

「とても面白そうなご本ですね。読むのが楽しみです」

前世ではあまり漫画や小説の類は読まなかったが、物語が嫌いなわけではない。それに、リリナの表情はキラキラとしていて、どれだけこの本が好きなのかが窺い知れる。人が好きだと語る本を読めることは、とても嬉しい。

礼を言ってその場は別れたが、放課後またリリナがやってきた。今度は取り巻きをつれて。

一度ならず二度までもリリナを号泣させただけに、いくらリリナの友人になったといっても、取り巻きの方々には良い風には思われていないだろうと思っていたが、意外とすんなり受け入れてくれた。

そして皆、二言目にはリリナを助けるために馬で駆ける姿はニコル様みたいで素敵だった！　と言われた。

平民であるニコルは短髪だが、どうやら黒い髪と緑の瞳をもつらしく、ソフィーと同じ色なのだそうだ。そのうえ、あの時はズボン、髪は結って帽子をかぶっていたので余計にニコルに似ていたらしい。

物語の登場人物によく似ているうえに、同じように伯爵令嬢を助けたソフィーに、皆どうやらミーハー心を刺激されているようだ。

（ご令嬢って、やっぱ可愛い……）

キャーキャー、キャッキャしているお花に囲まれ、ソフィーは祐思考で思った。

天馬に伝えられない分、バートに手紙を書こうと決めたソフィーだったが、その後返信と共にきたバートからの荷物には、疲れに効くお茶が数種類入っていた。

（前より増えてる……）

ちょっとだけ反省したソフィーだった。


リリナから借りた本を読むこと数時間。

ちょうど次の日が休日だったため、じっくりと読むことができた。

『金色の騎士と黒曜石の少年』というタイトルの本の主人公は、ニコルというソフィーと同じ髪と瞳の色をもつ少年だ。彼は頭も良く、家族からも愛されて育った。

リリナが言っていたように、伯爵令嬢を助けたことで、貴族だけが入学を許されていた学院に入ることが許可される。

これは、貴族階級ばかりに縛られず、前途有望な若者をもっと国の宝とするべきだという考えをもつ伯爵令嬢の父が進言したことにより、王が許可したものだった。

タイトルにある〝金色の騎士〟は、この学院でニコルの親友となる男、レオルドのことで、金色の髪と青の瞳をもつ美青年だ。

タイトルでは『騎士と少年』だが、二人は同じ年で、年齢差があるわけではない。

貴族で食べ物に困らなかったレオルドの体格が立派なのに対して、平民で食べられるものが少なかったニコルは痩せて、身長も高くない。体格差の違いをタイトルで表しているのだ。

そう、物語の中に出てくるのは、貴族と平民との差。貧富の差だ。

それが、二人の体格にも表れていることを暗に言っているのだ。

最初、二人はあまり仲が良くない。

ニコルは高位貴族であるレオルドに畏縮し、レオルドの方も自分の中にある貴族特有の傲慢さを知り、戸惑う。レオルドは、傲慢な父を見て育ったため、自分だけはああはなるまいと思っていた。それなのに、自分にも同じ差別意識があったことに愕然とする。

そんな揺れ動く二人の若者は、ある事件をきっかけに仲を深めていく、というストーリーだ。

キャラクター設定がよくできているうえに、階級差別などの問題も取り入れ、フィクションである物語がよりリアルに描かれていた。

読み終えたソフィーは、ふーと息を吐く。

前世と違う世界であるこの国をより多く知るため、多数の書物を読んできたソフィーだったが、その中でも『金色の騎士と黒曜石の少年』は群を抜いてよく作られた物語だった。

まず心理描写がうまい。貴族ばかりで肩身の狭いニコルの、息の詰まる日々は読んでいるこちらまで辛くなる。レオルドも、傲慢な貴族意識が自分でも気づかないうちに口や態度に出てしまい、その苦悩する心の機微が詳細に書かれている。少しミステリー要素も含まれており、読むものを飽きさせない。

「情景描写も素敵だし、書いた方はすごいわね……」

リリナ曰く、こういった誰が書いたものか分からない物語は、この〝女王の薔薇〟にはたくさんあるらしい。作者不明にしているのは、書いた者が何にも囚われずに好きなものを書けるようにするためであり、読む者も作者の地位などが分かってしまうと、物語を純粋に楽しめなくなることを配慮しているからだそうだ。

〝女王の薔薇〟では、ずっと昔から作者不明が当たり前なのだそうだ。

手書きで書き写すのも、誰が書いたものか文字から判別できないようにするためらしい。

「〝女王の薔薇〟って、私が思っていた以上にすごいのね」

ご令嬢が通う学院で習うものは、詩や刺繍、ダンスや礼儀作法ばかりだと思っていた。

こんな自由な発想で物語を書いて、皆で楽しんでいるなんて知らなかった。

淑女とは、決められた世界を秩序正しく生きていくだけなのだと思っていたが、実際は自分たちで楽しみを見つけ、輝くように生きているのだと知った。

正直、ソフィー・リニエールとしてこの世界に生まれ、女の子でよかったと思うことはたくさんあるが、同じくらい女性が生きづらい世界だと思うこともたくさんあった。

貴族だからこそ余計にそう思うのだろうが、料理をすることは恥、足を出すのは卑猥《ひわい》、走り回るなど言語道断。コルセットはキツイし、髪も長いことが美とされているため重い。結婚も本来、親が決めた者としなければならないし、結婚したらしたで夫に仕えるのが当たり前、子供を産むのが当然で、自分の意思で自由になることなどほとんどない。

ソフィーのように、自由に好き勝手生きているご令嬢の方がおかしいのだ。

バートたちが、異端のお嬢様と表現するのが可愛いぐらいに。

貴族の女性は、幼少期は父に縛られ、結婚してからは夫に縛られる。

没落しない限りは、お金や生活の心配をしなくていい反面、不自由で窮屈な世界。

だが、その窮屈な世界で、女性は女性たちの中で秘密を作り、楽しみを作り、輝きを放つように毎日を生きている。

その最たるものが、この〝女王の薔薇〟なのだ。

貴族のご令嬢にとって、〝女王の薔薇〟がなぜ憧れの場所なのか、ソフィーはやっと分かった気がした。

リリナから貰った本をそっと指で撫でる。

〝女王の薔薇〟で生活する三年間を、時間が勿体ないと思っていた自分はもういなかった。

どこにいても、なにをしていても、人はそこで何かを知り、得ることができるのだと。

それを知る機会を下さったハールス子爵とハールス子爵夫人に、そして入学を勧めてくれた両親に、ソフィーは大きく感謝した。


次の日の朝、本をくれた感謝と、とても素敵な本だったという感想をリリナに伝えた。

リリナははしゃぐように喜んで、続きを持ってきてくれると言ってくれた。

「きっとソフィーも気に入ってくれると思っていたの！」

「はい、楽しい時間をいただきました」

「とてもステキだったでしょう！　とくにお二人が心を通わせ、一緒に同じ本を読みながら、本の感想を言ったり考察したりするところなんて、愛の深さを感じられたでしょう！」

「はい！　……ん？」

愛という言葉に、ソフィーは目をぱちくりと瞬いた。

（愛の深さ？　友情の深さのことかしら？）

「とくにこの描写は秀逸でしたでしょう！　本を持ち、ページを捲るニコル様の横顔を、身長の高いレオルド様はまるで慈しむかのように上から眺めているんです。本じゃなくてニコル様を見ているのです！　長く濃いまつ毛が瞬きで動くたびに、ご自分の鼓動が高まっているのを感じて、戸惑うのです！」

「…………へ？」

そんな描写あったっけ？

確かに二人が本の感想を言い合う描写はあった。覚えている。

だが、ソフィーが読んだ内容とは違う気がする。

二人はある脚本家が書いた舞台の台本を読み、感想を言い合うのだ。

貴族と平民、立場の違う二人が、一冊の本を読みながら別々の感想を口にし、たまに意見があう。

それに笑うシーンだ。

ちょっと天馬のことを思い出し、読みながら少しだけ寂しくなったのでよく覚えている。

（えっと……そんな描写あったかしら？）

一行一行読んだはずだが、読み飛ばしたのだろうか。

不安に思っていると、鐘が鳴った。

「あ、もう時間が……」

授業が始まる鐘の知らせに、リリナが残念そうに呟く。

だがすぐに笑顔でソフィーに笑いかけた。

「放課後、続きを貸すわ！　楽しみにしていて、ソフィー！」

「ありがとうございます、リリナ様」

去っていくリリナを見送ると、ソフィーは空き教室に入ってすぐに、勢いよくページを捲る。

次の授業は体調不良で休んでいたことにする気満々だった。

「どこ!?　どこにそんな箇所があったの!?」

件《くだん》のページを開き、じっくりと読む。

読むが、どうしてもリリナが言っていたようなシーンを見つけることができない。

どういうことだ。レオルド、お前はいつそんな目でニコルを見ていたんだ!?

そんな動き、お前していたか!?

愛の深さ？　お前最初ニコルのことを疎んじていたじゃないか、いつそれが愛に変わった!?

もう一度、全神経を集中させて読むが、やはり見つけられない。

ソフィーは愕然とした。

「私が読んだ本は、本当にリリナ様が読んだ本と同じものなの？」

ソフィーがその謎を知るのに、そう時間はかからなかった。

拝啓　天馬　突然ですが、腐女子って知っていますか？

この前、もう天馬には当分手紙を書きませんと宣言しましたが、重要案件が発生したため、宣言は撤回いたします。ええ、これはとても重要な案件なのよ。

それで話の続きなのですが、どうやら私の女学院で最初にできたご友人は腐女子だったようです。

腐女子って知っていますか？

前、テレビの報道を見ながら涼香姉さんが説明してくれたじゃないですか。男と男がなんかラブっているように見えるという、アレです。

まさに、三千世界への挑戦。

世界は広く、世界は一つではない。

愛は一つではなく、愛は全てに宿る。

愛を知るための、あくなき探究心がおりなす、少女たちの思考の喜悦。

……………うん、自分でも何を言っているのかよく分かりません。

とりあえず、涼香姉さんが言っていたのを総合すると、オスとオスがいればとりあえず上下関係を決めて、ラブっているようにみえるんですよね？

その上下関係の違いで、友人同士で意見が割れ、友情に亀裂が走ることもあるとか？

でも、なぜ上下関係が友情に亀裂が走るほどの最大重要事項なのかがよく分かりません。

まぁ、それをいったら、正直なぜ男と男なのかも分かりません。

男には胸がないのに。そう男には胸がないのよ。胸がない!

つまり、ぺったんこを触ってもあんまり嬉しくないと私は思うのです。

私だってぺったんこの代表です。ぺったんこだからこそ、豪語できるのです!

盛り上がりのない平地を、その胸にもつ私だからこそ、言いたいのです!

これ、ほぼ背中を触っているのと同じだ……って!

オスに生まれたからには、背中ではなくて、大きな膨らみに触れてみたいと思うのが普通ですよね? 別に大きくなくてもいいのです、ささやかでもその膨らみは愛。愛なのです!

愛に触れてみたい、そう思うのが普通ですよね? だから、私がそれに触れてみたいと思うのも普通ですよね!?

…………ん? 話が脱線している?

胸の話は止めましょう。どうやら話が脱線してしまうようなので。

ああ、でも天馬、勘違いしないでください。

リリナ様が腐女子という思考を持ち合わせていても、そこに不快感などを感じているわけではないのです。ただ、どうも私はその手のことに対して疎いようで、せっかくできた友人の言葉に共感してあげられないことがとても残念なのです。

あのリリナ様があんなに嬉しそうに語ってくれていますのに、私はまったく理解ができないのです。理解どころか、意味すら分からず、ただ愛想笑いを浮かべるだけ。リリナ様の考察に素敵なお返事ができないことが残念なのです。

こんなことなら、前世でもっと勉強しておくんだったと今さら悔やんでいます。

はぁ……、教養のない自分が悔しいわ。


「はい、ソフィー。続きの三巻よ！」

「わ……、わぁ……ありがとうございます」

二巻に引き続き三巻の写しを受け取り、ソフィーは嬉しい反面、複雑な思いだった。

『金色の騎士と黒曜石の少年』は、物語としてはとても面白い。

けれど、価値観の違いからリリナと共有できない部分があり、その疎外感が半端ない。

この物語をサニーもとても喜んで読んでいるのだが、それは腐女子的な楽しみ方ではなく、普通にニコルとレオルドの友愛の絆を楽しんでいる。

（祐歴二十五年が邪魔で、私には理解できないのだと思っていたけど、サニーも私と同じ考えみたいだし……。どうすればリリナ様のお考えにもっと共感できるようになるのかしら？）

リリナだけでなく、その取り巻きたちも同じ楽しみ方をしているようで、彼女たちの会話を聞いていると、事実か、妄想なのかが段々わけが分からなくなってきた。

（えっと、レオルドがニコルに一目ぼれしたのは本に書いてある内容だったかしら？　でも、ニコルがレオルドに一目ぼれしたのだという方もいたわね。どっち？　それともどっちともだっけ？　あれ？　両想いだったけ？）

つい、また一巻から読んでみたが、そんな描写はなかった。

二巻も読んだが、書かれていなかった。

(ニコルがレオルドの髪と瞳の色を綺麗だと言っていたのは書かれている内容だったかしら? あら? レオルドがニコルの髪と瞳を褒めたんだっけ?)

また一巻から読んでみた。内容は、少し違うが髪と瞳に対する描写はあった。

レオルドが、ニコルの黒髪と緑の瞳を、平民にしては珍しい色だとわりと差別意識の意味合いで口にするシーンがあった。

とりあえず、褒めているわけではない気がする。うん、これは褒めていない。これを褒め言葉だとレオルドが思っているならぶん殴りたい。

と、リリナたちの会話を聞いた後は何度も確認したため、段々内容を暗記してきたソフィーだった。だが、どんなに暗記しても、ソフィーには読めない箇所があった。

リリナたちが口にする何かは、きっと行間に存在するのだ。それが読めないのがツライ。

最愛のお姉様、クリスティーナに呼ばれたお茶会でも暗い顔をしていたのか、クリスティーナから心配されてしまった。

「あの件から、リリナたちとは仲良くしているのだと思っていたけれど、どうかしたの?」

最近、クリスティーナはソフィーのことをよく尋ねるようになった。

リリアたちと何を話しているのか、放課後は何をしているのか、好きなお菓子、好きな花、好きな宝石、色々聞かれる。

自分の話などクリスティーナにとっては楽しいものではないだろうと、いつも聞き役に徹していたソフィーだったが、クリスティーナはわざわざ二人だけのお茶会を開いてまで気にかけてくれるようになった。

乗馬の時は露悪的な言い方をしていたクリスティーナだが、やはり優しい方だとソフィーは思う。

クリスティーナの外見的なものだけではない芯の強さと、優しさから溢れる美しさは横にいればいつも感じることができる。

ソフィーは美しい人を心配させてしまったことを謝罪した。

「リリナ様たちはとても良くしてくださるので、楽しく嬉しいのですが、その……」

なんと説明しようかしばし悩み、恐る恐るクリスティーナに問う。

「クリスティーナお姉様は、『金色の騎士と黒曜石の少年』という物語を読まれたことがありますでしょうか？」

「ええ」

なぜ物語の話になったのか分からないクリスティーナが、扇を口元に当て、小首を傾げる。

「リリナ様に写しをいただいて、私も読んだのですが」

「面白くなかったの？」

「いえ、内容はとても素晴らしくて、面白かったです！　でも、私が未熟であるばかりに、行間が読めないのです……」

「行間？」

「はい、行間にあるはずの書かれていない文字が、私には読めないのです」

あるはずなのだ、この行と行の間に。

文字としては書かれていないが、心の目で見れば読める何かが。自分が読めないなにかが。

それが読めるようにならなければ、リリナの友人としては半人前だ。

ソフィーはなんとか一人前の友人になりたかった。

ソフィーのよく分からない説明でも、クリスティーナはその意味を理解できたようで、クスクス笑っている。

「あぁ、一部そういう読み方をする子もいらっしゃるみたいね」

わりと有名な読み方らしく、なんとラナもその一人らしい。新刊が出るたびにキャッキャッしているそうだ。

「えっと……クリスティーナお姉様も行間を読まれるのですか?」

「わたくしは書いてある文字しか読めないわ。でも、リリナたちのそれを否定もしないわね。だって、それはどちらにしても愛でしょう? 純愛か友愛か。愛の形が違うだけで、それが愛なら、わたくしはそれがどんな愛であってもよいの。どんな形でもそれが愛といえるのなら、形にはこだわらないわ」

クリスティーナらしい素敵な受け答え方だが、なぜかどこか寂しそうに口にする表情に、ソフィーは不安になる。

(この方は第一王子の婚約者……)

それは完全なる政略結婚。王子がどんな人間かまったく知らないが、愛し愛される関係が、政略結婚にどれほどあるのだろう。

「殿下は……」

「ソフィー？」

「恐れながら、殿下はどのような方なのかお聞きしてもよろしいでしょうか？」

「……まぁ。貴女が殿下のことを聞くなんて初めてね。普通は皆、最初に聞きたがるものよ」

それも遠回しに。貴女みたいに直球では聞かないのよ、と笑われ顔が赤くなる。

「申し訳ありません、不躾《ぶしつけ》で」

「いいわ。ソフィーはわたくしの妹だもの。でも、わたくしがこれから話すことは他の方に言っては駄目よ。本来、その名を呼ぶことさえ恐れ多い方だから」

上《うえ》つ方《かた》のことは、それだけ注意しなければならないということだ。

軽率に口にすれば、話した人間も、それを口外した人間も罪となるだろう。

ソフィーはクリスティーナから聞いた話を誰かにするつもりは毛頭なかったが、それでもクリスティーナの咎になるようなことが発生したら申し訳が立たない。

「クリスティーナお姉様、出過ぎた真似を致しました。もうお聞きしませんので……」

謝罪の言葉はクリスティーナの白い指に止められた。クリスティーナの長く美しい人差し指が、彼女の赤い唇に重ねるようにあてられる。聞きなさいというサインだ。

「殿下は、とても聡明で努力家の方よ。真面目で、いつも国を想っているわ。あの方が婚約者であることは、わたくしの誇りです」

それを聞き、ソフィーはホッとした。先ほどの寂しげな微笑は自分の気のせいなのだろう。第一王子の話をするクリスティーナの表情はとても楽しそうだ。

若干、いたずらっ子が含みをもってイタズラを遂行させようとしている雰囲気を口調に感じるのはきっと気のせいだ。

「クリスティーナお姉様の花嫁姿は、きっと荘厳でとても美しいのでしょうね。私、想像しただけで胸がドキドキします」

「あら、気が早いのね。わたくしが結婚するのはまだ数年先よ」

「卒業したらご結婚ではないのですか?」

「結婚はどんなに早くても十八歳を過ぎてからではないかしら。準備もあるし、なにより殿下はお忙しい方だから」

数年先という言葉に、ソフィーはホッとした。クリスティーナが一番美しく輝く姿を早く見たい気もするが、それは王族の一員になるということだ。

まだ自分はクリスティーナの〝妹〟として相応しい人間とはいえない。

ソフィーとしては、彼女が結婚するまでにはなんとか相応しい人間になりたかった。

(でも今のままでは、私が卒業してすぐの頃にクリスティーナお姉様は結婚されてしまう可能性もあるわね)

〝女王の薔薇〟にいる間に、なんとか相応しい人間として成長しなければならない。

多少猶予が延びたとしても、卒業してすぐに動かなければ、時間はいくらもないようだ。

「ソフィーはどうなの?」

「へ?」

必死に計算と計画を考えていたソフィーは、質問の意味が分からず、目をパチクリとさせた。

「ソフィーには婚約者がいないそうだけど、もしかして誰か想う方がいらっしゃるの?」

ソフィーのように、貴族で婚約者が今まで一人もいないのは大変珍しいことだった。体が弱く、結婚してもよほど子供が難しい場合など、かなり特殊な例でなければほとんどが幼い時に婚約者をもつ。

時間の流れの中で、家や立場の変化から婚約者が何度も変わることはあっても、一度も持たない者など、学院の中でもソフィーしかいないだろう。

「貴女には数多くの縁談の話が来ているはずでしょう？　わたくしの耳にも入ってきているわよ」

「私はその……」

「………」

確かに縁談の数はかなりあった。全て父に断ってもらったが。

泣きながら『お父様と離れるなんて……。ソフィーは心細くて辛くて病気になってしまうかもしれません……』とお願いしたら、娘命の父は全ての縁談を蹴ってくれた。

最近では、リニエール商会の経営者として手腕を発揮しているせいで、下手な婚約者をつけたくないらしく、縁談の話はほぼなかった。

「その、私は……」

「話したくないなら無理には聞かないわ」

「いえ！　そうではないのですが……。願いを……。願を掛けているのです」

クリスティーナに誤魔化しや嘘はつきたくなかった。少しの綻びが、思いもしなかったところで大きく狂わないように、彼女には真実だけを口にしたかった。

「私には親友がいました。その子の無事と幸せを願っているのです。そのために、私は結婚せずにその子の幸せを願い、祈りを捧げたいと……。弟が一人前になったら、私は修道女になりたいと思っております」

いつも笑みを絶やさないクリスティーナにしては珍しく、呆気にとられた顔でソフィーを見つめている。貴族の娘が修道女になりたいと言えば当たり前の反応なのだが、ソフィーは視線を逸らすことなくハッキリと伝えた。

「……その親友の方は、この前言っていた友人の方なの？」

乗馬の時に話したリオのことだと思ったのか、クリスティーナが問う。

「いえ、彼ではありません。彼は、私が幸せを願わなくてもきっと幸せな毎日を過ごしているでしょうから」

「親友の方は、幸せな毎日を過ごせる方ではないの？」

「……分かりません。どんなに強く会いたいと願っても、私の一生を懸けたとしても、もう二度と会えない子なので」

「貴女は、世界の端と端であっても、会いに行く子だと思っていたわ」

「そうですね。私も、それならきっと絶対に会いにいくのでしょうけど……」

この世界のどこかに天馬がいるなら、きっと自分は会いに行くだろう。だが、この世界に天馬はいないのだ。誰よりも無事と幸せを願う親友はこの世界にはいない。

クリスティーナは戸惑った。

会いたくても会えないということは、その方はもうこの世にいないということになる。だが、この世にいないのなら、無事と幸せを願う意味が分からない。冥福を祈るというなら分かる。けれどソフィーの言い方では、まるで別の次元で生きる誰かを想っているような言い方だ。別の世界に住む、誰かの幸せを願っているような。

（不思議な子……。でも、嘘はきっと口にしていない）

クリスティーナに話す言葉は全て真実なのだろう。クリスティーナは人が嘘をつく時、誤魔化そうとしている時、少しの表情の動きや、手足の動きでそれが分かる。ソフィーは一つの嘘もなく、真実を口にしていた。

（この子はわたくしに嘘はついていない。それなのに、どうして胸が痛いのかしら）

胸がちくりと痛むのは、なぜなのか。クリスティーナは扇を口元に当て、ゆっくりと、自分自身の胸の痛みを考える。他人だけではなく、自分自身を分析することも嫌いではない。

（……ああ、この子の〝特別〟に、嫉妬しているのね）

少し前は、〝ある人〟に嫉妬した。

自分より先に出会った〝ある人〟を、少しだけ。

あの人が話してくれたから、自分だってソフィーに興味を持ち、彼女を〝妹〟にしたというのに。

理不尽にも、なぜ最初に見つけたのが自分でなかったのかと憤った気持ちを持ってしまった。

嫉妬も、憤りも全て今まで自分が持たなかった感情だ。だが、その感情の原因がソフィーだと思えば嫌ではなかった。

目の前に座る、自分の発した言葉でクリスティーナが不快な気持ちになっていないか心配している少女を見つめ、優しく微笑む。すると、安心したように笑顔を見せてくれた。

ソフィーの中にいる〝特別〟など、クリスティーナにはどうでもいいことなのだ。

だって、

(今、目の前にいるわたくしの方が、いずれもっと特別になるわ)

ソフィーは、美しい人がまさか自信をもってそう確信していることなど露知らず、クリスティーナのために温かなお茶を淹れるのだった。


クリスティーナとのお茶会を終え、自室に戻ろうと廊下を歩いていると、リリナが待っていたかのように立っていた。

「リリナ様、まだお帰りになられてなかったのですね」

「ソフィーにお話があって……」

「え……?」

(まさか、行間が読めない自分に愛想を尽かし、友人の件をなかったことにしてほしいとかそういう!?)

ソフィーが固まっていると、その手を取られた。

「ソフィー、いつも貴女がわたくしの話を聞いてくださるから、わたくしばかり『金色の騎士と黒曜石の少年』の話をして、貴女が好きな物語がなにかも知らずにいたわ! 貴女が自分勝手なわたくしに愛想を尽かしていないか心配で……!」

「へ? ……え?」

(そっち!?)

間の抜けた顔でリリナに手を繋がれ、幸せと驚きに瞬きの数が増えてしまう。

「もちろん『金色の騎士と黒曜石の少年』もとっても素敵な物語だと思うけれど、他にも物語はたくさんあるのよ。一緒に、貴女の一番を探してみない？」

「一緒に探す……ですか？」

ソフィーが首を傾げれば、リリナに手を引かれる。

どこへ行くのだろうと思っていたが、そこは図書館だった。

図書館なら、調べ物をするためにソフィーもよく利用している。

だが、リリナが案内したのは、図書館の奥の扉の先だった。

小さな扉の先は、広い部屋があり、四方を取り囲むように本棚が置かれていた。

部屋の中心には、いくつかの机と椅子が置かれており、数人の生徒が本の書き写しをしていた。

ざっと見ても数百冊。いや、数千冊だろうか。大きな本棚をいくつも埋めるほどにキレイに並んだ本の数々。それは歴代の生徒たちが綴っていった、たくさんの物語だった。

「これが全部？」

ぎっしりと並ぶ本のタイトルを見れば、続き物や、短編、一冊の厚みがかなりあるものなど多種多様な物語が並んでいた。

「見て、この『短いけれど幸せな夢』と『幼き花へ捧ぐ夢想曲』は、わたくしのお母様が学生の時に読まれていた物語よ。家に写しがあって、よく借りて読んだわ。こっちの『焦がれるままに堕《お》ちて』はもっと昔の作品なの」

「すごい……」

何年、何十年も前からの作品がこんなにもある。

ソフィーはごくりと息を呑み、感動するように一冊の本を手に取った。捲れば、紙の古さからかなり前の作品だと分かる。キレイな文字が、美しい物語を綴っていた。

「お母様たちが、自分の娘を〝女王の薔薇〟に入学させるために必死なのは、このためでもあるのよ。もう自分は読むことのできない物語を、娘に写して持ってきてもらうの。わたくしもたくさん写して、お母様にプレゼントする約束なのよ」

「それはとても素敵ですね」

卒業してしまえば、もう自由に読むことはできない。

もしかしたら続きがあったかもしれない物語の最後は誰だって読みたいものだ。

(ハールス子爵夫人にも手紙を書いて、読みたいご本がないか聞いてみようかしら)

読みたいものがあるなら写して、次の休暇に持参すれば、この学院で過ごせる日々の感謝の気持ちを、より強く伝えることができるだろう。

「でも、卒業したら読めないなんて、なんだか切ないですね。それに、こんなにたくさんの物語があるなら、もっと色んな方々に読んでもらいたいと思ってしまいます」

「ええ。でも、今はまだきっとその時ではないのよ」

リリナが、寂しげに言う。

少女たちが自由に書いた作品は、きっと貴族社会ではあまり受け入れられないだろう。

恋物語や、階級差別を取り扱った本は教育によくないと排除される可能性が高かった。

「でもね、わたくしはいつかきっとこの物語たちが、もっとたくさんの方々に読まれる日がくると思っているの！」

先ほどとは違う、張りのある声だった。

「知っていて？　今の王妃様のおかげで、女性は馬に乗って走れるようになったのよ。王妃様が、女性の自由を広げてくださったの！　クリスティーナお姉様もそうよ。このオーランド王国の女性をもっと自由に、もっと羽ばたけるようにと考えていらっしゃるわ！　女性の価値はもっと高く、もっと広くあれと」

リリナが、ニコルとレオルドを語る時のようなキラキラとした目でソフィーを見る。瞳の奥に宿る強い輝きが、まるで宝石のようだ。

「でも、女性の進出に、男の方たちはいい顔をしないわ。女性は家で大人しくしているのが一番だと思っていらっしゃるもの。貴族の女性は皆、籠《かご》の中の鳥よ。でも、王妃様たちが少しずつその籠を大きくしてくださっている。わたくしも、そんなクリスティーナお姉様たちのお役に立ちたいと願っているの！」

まるで祈るように両手を重ね、想いを口にするリリナに、ソフィーは見とれた。

強く、気高い志が目に眩しかった。

「リリナ様なら、きっとその願いを現実にできますわ」

ええ、きっと。そう思って口にすれば、リリナがふふっと笑った。

「あら、わたくし、ソフィーもそういう方だと思っているのよ。貴女はきっとこのオーランド王国の女性として、クリスティーナお姉様たちに負けないくらいのことを成し遂げてくれると」

「私が、ですか？」

「ええ!」

自分がリリナからそんな大層な人間に思われていたなんて、と驚く。

仲が良くなっていつも傍にいてくれる友人は、ソフィーがしょせん男爵令嬢でしかないことを忘れてしまったのだろうか。〝女王の薔薇〟に入学しなければ、クリスティーナはおろか、伯爵令嬢のリリナとも挨拶を交わすことすら難しい身分なのだ。

それをそっと伝えると、リリナは大きく頭をふった。

「ソフィーは頭が良くて、そしてとても勇敢だわ。わたくし、ソフィーに助けてもらった時に、この方はニコル様と同じ方だと思ったの! ニコル様がレオルド様の貴族意識を変えたように、この世界の意識を変えられる力を持っている人なんだって! きっととても素敵なことを、大輪の薔薇が咲くように成せる方だと!」

「それは買いかぶりすぎですわ、リリナ様」

「もっと自分を誇ってソフィー! 貴女はクリスティーナお姉様の〝妹〟なのよ。たった二カ月で、クリスティーナお姉様の横に並んでも誰も文句を言わなくなったわ。それを成しえたのは、貴女自身の力じゃない!」

リリナの、ソフィーを想う気持ちはとても嬉しかった。

だが、貴女は特別な人間だと口にするリリナの言葉は、残念ながら真実ではない。

ソフィーは自分が特別な人間だと思ったことなどなかった。

確かに前世の記憶があるからこそ、事業がうまくいっていることは否めない。

だが、それ以外は大切な何かが欠けた人間だ。

欠けたものがいったいなんなのかも分からず、ふと不安に襲われる。そんなちっぽけな人間だ。

前世で欠けたものを、ソフィー・リニエールには相応しくないと、今も必死に埋めようとしている無様な人間なのだ。

（だって、望んだのだもの……）

ソフィー・リニエールとして、最初の記憶の中にある、生まれおちたあの日。

自分がソフィー・リニエールだと気づかず、祐として泣く子供を心配したあの日。

あの日、願ったのだ。

親に愛されなかった自分とは違う。親にも、友人にも愛し、愛される子であればいいと。

そう望み、願った。それを、叶えたい。

リオだって、ソフィー・リニエールならどんなことだって叶えられる力があると言ってくれた。

〝ソフィー・リニエール〟なら……。

ソフィー・リニエールは紛れもなく自分だ。今の自分なのだ。

けれど、まったく違う女の子にも感じられる時がある。

自分の願いを込め、自分の道を定めて歩いてきた。

その道を、ふと振り返るといつも何かを置いてきた気持ちになる。

きっと、それは前世の記憶のせい。欠けたモノが、いつもソフィー・リニエールに影を落とす。

中村祐という欠けた人間の忘れられない記憶と、捨てられない想いがどうしても影を落とすのだ。

「ソフィー？　……あの、ごめんなさい。わたくし一人で勝手なことばかり」

沈んだ気持ちを感じ取ったのか、リリナが慌てて謝罪を口にする。

「いいえ。リリナ様からいただいたお言葉は私の宝です。私もそういう人間でありたいといつも願っておりました。今はまだ、どうすればよいのか分かりませんが、いつの日かご期待に応えられるほどの自分になりたいと思っております」

「わたくしも、貴女に誓うわ！　この王国の女性として、素晴らしい人間になると！」

また一つ、約束が増えた。

リオに宣言し、クリスティーナに誓い、リリナと言い交わす。

言った言葉はもう戻らない。口にすれば、それはもう約束となる。

だが、約束を強迫的なものだとは思わない。

叶えられるか、恐れは抱く。いつだって、恐れはある。

けれど、恐れを抱かない人間はきっといない。

(強くあれば。私が強くあればいいだけよ)

前を歩くと、後ろを振り返ってばかりでは駄目だと、決めたのだ。

自分を愛してくれる人のために、強くあろうと決めたのだ。

今までだって一人ではできなかったことを、バートたちと成しえてきた。

それは、〝ソフィー・リニエール〟の強さだ。

祐であった時はできなかった。差し出してくれる数々の手を取る勇気が足りなかった。

ソフィー・リニエールなら、優雅にその手を取り、微笑んでお礼を言える。

中村祐より、ソフィー・リニエールは強い。

その強さを、誇るのだ。誰よりも自分自身が。

いつだって、心の揺らぎはある。けれど、その度に強くあろうとした。

また一つ強くなったと思うのだ。

（大事な人が増えるほどに、きっと欠けたモノを埋められるわ）

リリナに気づかれないよう、息を吐き出す。

恐れを吐き出し、未来を吸い込む。怯まず、前に進むための儀式のように。

「いけない。わたくしったら、いつも一人で勝手に喋って。今日はソフィーの好きそうな物語を探しに来たというのに」

頬を赤くして反省する巨乳の美少女に、先ほどまでの気持ちが飛散し、頬を赤くする様が可愛い！　と、祐思考が顔を出す。欠けたモノだけではなく、余計な邪《よこしま》な感情もなんとかした方がいい。

だが、巨乳美少女リリナに目を奪われて、ソフィーは一番厄介な感情のことを完全に考えていなかった。

「あ、この『咲くも花、つぼみも花』も素敵なお話よ！　たぶん、この物語は『金色の青年と黒曜石の少年』の少し後に出たものだから、きっと『金色の青年と黒曜石の少年』と同じで、在籍されている方が書かれている作品のはずよ」

一冊の赤い装丁の本を手渡され、ページを捲る。数ページ読んで、ソフィーは無言になった。

「これは今二巻まで出ているの。舞台はこの〝女王の薔薇〟のような学院で、お姉様のローズ様と、妹のマーガレット様が姉妹の契りを交わすお話なのよ」

「…………」

「ローズ様は公爵令嬢で、マーガレット様は伯爵令嬢なのだけど、姉妹の契りを交わしたお二人は、誰の目から見ても素敵な〝姉妹〟なの。……ソフィー?」

真剣に読みふけっているソフィーに、リリナが声をかける。

「あ! ……すみません。とても面白そうな内容だったので、つい集中してしまいました」

「借りていく?」

「はい!」

強い返事に、リリナが少しだけ驚いた顔をする。

ここまでソフィーがハッキリと強く自分を出すのは珍しかったからだ。

拝啓　天馬　私は聖なる書を手に入れました

天馬、私はいま、私の前世はやっぱり男だったのだと、しみじみと感じております。どんなにたおやかな乙女であろうとしても、やはり過去の残骸はなかなか消えないようです。だからでしょうか。男と男の物語より、ご令嬢とご令嬢の物語の方が俄然素敵だと思うのです！　昨日借りた『咲くも花、つぼみも花』はご令嬢とご令嬢との愛の物語で、この愛の深さを語るには一日ではまったく足りないわ。

リリナ様が話される行間のお話も、ニコルとレオレオでは共感できませんでしたが、ご令嬢同士だととても分かるのです。

あ、レオレオというのは、私がレオルドに付けたあだ名です。ええ、この呼び方はイケメンに対する私の憎しみが込められています。まぁ、レオレオの話は置いておいて。

私、いま目の前に天馬がいないことを感謝する日が来るなんて思ってもいなかったわ。もし、貴方が目の前にいたら、手首を摑んで椅子に押し付け、延々この『咲くも花、つぼみも花』について語っているところだったわ。

今も長く語りたいところだけど、私も色々忙しくて、学院のお勉強、商会のお仕事、下水道計画についてももっと練りたいところだし。

でも、クリスティーナお姉様によく似た、美しくも素晴らしいローズ様については語りたいわ。ローズ様はね、

「あ……もうページが」

ついつい『咲くも花、つぼみも花』のローズお姉様のことを語っていたらページが終わってしまった。数えてみると、なんと六ページもその素晴らしさについて書いていた。

少しだけのつもりが、なんたる失態。

時計を見ると、いつもならもうとっくに朝食を食べ終わっている時間だ。

今日一日はサニーに休暇を与えていたため、時間の流れに気づかなかった。

朝食を食べている暇はないようだ。支度は終わっていたので、ソフィーは鞄《かばん》を手に取り、自室のドアを開いた。

今ならリリナの愛する、行間にある書かれていない文字も読めそうな気がした。

そう、全てをローズとマーガレットに変換してしまえばよく理解できる。

ソフィーは新たな武器を手に入れた気持ちで、しかし優雅さを忘れないよう教室へと急いだ。

「ソフィーは休暇をどう過ごすの？」

放課後、リリナに問われ、もうすぐ初めての長期休暇だと気づいた。

この世界にクリスマスというものはないが、年を越すという概念はある。

休暇は、月の中旬くらいから始まり、年を越す。日に換算すると大体二十五日くらいだ。

学院の生徒は実家に帰るのが義務であり、また楽しみでもあった。

ソフィーも王都の家族のもとへ帰るのを楽しみにしている。タリスにも訪れ、クレトや栽培を担っている皆とも会いたい。

（あと、ハールス子爵様の所にもご挨拶に行かないといけないわね。ハールス子爵夫人から頼まれていた物語もお届けしたいし）

ハールス子爵夫人には、読みたい物語がないか手紙で聞いてみたところ、とても喜んで、いくつかの物語の名が書かれた返信が来た。調べてみると続きが数冊あったので、全て写してある。

それだけではなく、今一番人気の『金色の騎士と黒曜石の少年』と、ソフィーお気に入りの『咲くも花、つぼみも花』も写す予定なので、準備は万全だ。

せっかくの休日を無駄のないよう過ごすつもりなので、計画は完璧だった。

（そうだわ、タリスに行く時は、ミカルも連れていかないと大泣きするかしら？）

〝女王の薔薇〟への入学が決まって一番不服そうだったのが、弟のミカルだった。

せっかく王都で一緒に住めるようになったというのに、今度は女学院に入学することとなり、また離れ離れになることを泣きながら父に抗議していた。

唯一、自分を惜しんでくれるミカルに、ソフィーは嬉しくて、つい顔が緩んでしまったくらいだ。

「わたくしは王都の本邸に帰るのだけど、ソフィーはどうするの？」

「私も王都に帰りますが、タリスにも足を運ぶつもりです」

「あら、あの〝食のタリス〟に？」

「はい。私はあちらでの生活が長かったので」

「あそこは素敵なお菓子や食事がたくさんあるのでしょう？　ラナお姉様が仰っていたわ！」

「そうですね。特にお菓子は種類が多いかもしれません」

つい先日、リリナはなんとラナと姉妹の契りを交わした。

二人の、行間を読む趣味嗜好が一致したことが理由として一番大きい。

リリナはラナのことも崇拝していたので、尊敬するもう一人のお姉様と趣味が合ったことが大変嬉しかったらしい。ラナの方も、リリナが全てにおいて自分を肯定してくれるのが嬉しいらしく、二人は似合いの姉妹となった。

リリナの小指にはめられた指輪がキラキラと輝いている。ラナから贈られたものだ。同じようにソフィーの小指にもクリスティーナが贈ってくれた指輪がある。

指輪は同じものだと思っていたが、どうやら贈る人間の趣味が反映されているようで、ラナから貰ったリリナの指輪には、ラナの瞳と同じ色の宝石があしらわれていた。クリスティーナから貰った指輪には、青い宝石が薔薇の花をかたどるように散りばめられている。

指輪は姉妹の契りを交わしてから用意するものではなく、最初から用意しておくのが習わしだそうだ。

たとえ、指輪のサイズが合わなくてもかまわず、サイズが大きかったり小さかったりする時は、ネックレスにして身につける。ソフィーもリリナも用意されていた指輪がピッタリだったので、指につけているが、やはりサイズが合わず、ネックレスにする方が多いのだそうだ。

「ソフィー……タリスにわたくしがお邪魔したらやっぱりご迷惑かしら？」

「え？」

「お休みの間も貴女に会いたいわ。タリスなら、ラナお姉様が喜びそうなお菓子もたくさんあると思うの。ダメ？」

上目づかいに可愛らしく小首を傾げてお願いされて、いったい誰が断れるというのだろうか。

ラナ直伝、セリーヌ曰く、男を手玉にとる魔性の微笑を見せられ、前世女性にモテなかった男の記憶を持つソフィーが敵うわけもなく、喜んで了承した。

「お休みの間もソフィーと会えるなんて嬉しいわ！」

「私も嬉しいです。あ、ですがタリスには私の弟も同行すると思うのですが、宜しいでしょうか？」

「ソフィーの弟君!?」

「はい」

「貴女に似ているの？」

「髪の色は違いますが、それ以外は似ているかと思います」

「まぁ！　お会いするのがとても楽しみだわ！」

ミカルの同行を逆に喜ばれ、ホッとする。

ミカルはお行儀が良いので、リリナを困らせることはないだろう。

その後、二人は日程を話し合い、年が明けて四日に王都から一緒にタリスに行くことにした。

「その頃には、頼んでいた指輪が届いていると思うから、ソフィーにも一度見てもらって、大丈夫そうならラナお姉様に贈りたいの！」

「……はい？」

「お返しの指輪よ。いま頼んでいるところなの。宝石の色は、わたくしの瞳の色にしたのだけど、ラナお姉様の指に合うか心配で」

「え？」

「どうしたの、ソフィー？」

いつも聡明な返事をしてくれるはずのソフィーのうろたえた声に、リリナが不思議そうに問う。

「あの……まさか、姉妹の契りの指輪って、贈り合うものだったんですか？」

「知らなかったの?!」

逆に驚愕の表情で返され、ソフィーは固まった。

しかし、次の瞬間にはガタンと音をたて椅子から立ち上がる。

「リリナ様、申し訳ありませんッ、席を外します！」

謝罪を口にしながら走り出した。勿論向かうのは最愛のお姉様、クリスティーナのもとだ。

ご令嬢にあるまじきスピードで走るソフィーを、他の生徒たちが驚いて見ているが、それどころではなかった。

（クリスティーナお姉様の小指のサイズを聞かなくては！　ああ、でも今から頼んで、休暇が終わるまでに出来上がるの?!）

前世だって指輪を女性に贈ったことなどないだけに、どれほどの期間が必要なのか分からない。

しかも、宝石にたいして興味がなかったソフィーは、自分でアクセサリーを購入したことがなかったので買い方もよく分かっていない。

（すぐに調べてもらえるよう、バートに手紙を書いて。カタログとかあるのかしら？　いえ、やはり自分でデザインを決めて特注でないといけないわ！）

グルグルと思考をフル回転しながら走っていると、クリスティーナが温室で花を愛《め》でている姿が目に入った。

「あら、ソフィー。どうしたの、そんなに慌てて？」

「く、クリスティーナお姉様、申し訳ございません！　小指のサイズをお教えくださいませ！」

必死の形相で問うソフィーに、それだけで相変わらず察しの良いクリスティーナは理解したようで、クスリと笑った。

「リリナから聞いたのね」

「はい……」

さすがクリスティーナ、全てお見通しのようだ。

「いいのよ。知らないと分かっていて、わたくしも言わなかったのだから」

「私が、指輪を贈るのはご迷惑ですか？」

「そういう意味ではなくて。ただ、わたくしが一方的に貴女を〝妹〟にしたのだから、貴女が気に病む必要はないということよ」

「一方的になど……」

「一方的だったわ。入学初日の何も知らない貴女に、指輪を贈ったのだから」

どこか懺悔するように目を伏せるクリスティーナに、ソフィーは大きく頭をふった。

「クリスティーナお姉様が下さった指輪は、私にとって一番の僥倖でした！　ぜひ指輪を贈らせてください！　クリスティーナお姉様に相応しい指輪をご用意してみせますので！」

「まぁ。……二番目はなぁに？」

「え？」

まさかこの流れで、僥倖の二番目を聞かれるとは思わなかった。二番目の僥倖と言えば、リリナからの〝豊穣の恵みにふれた祝福という名の僥倖〟事件が頭に浮かぶが、口にするわけにもいかず、なんとなく目を逸らしてしまう。

「あら。わたくしには言えないことなのかしら？」

「いえ！　クリスティーナお姉様に言えないことなど、一つもありませんわ！」

（嘘です！　あります！）

さすがに〝豊穣の恵みにふれた祝福という名の僥倖〟を口にするわけにはいかない。

（ど、どうしよう……）

焦っていると、クリスティーナがじっとソフィーの髪を見つめていた。

「その髪飾りは……」

「はい!?」

「貴女ならいくらでも新しい髪飾りを用意できるでしょうに、いつも同じ髪飾りを使っているでしょう。手入れはされているようだけど、もう何年も使用しているものだわ。とても大切に使っているのね」

「これ、ですか？」

髪飾りは、幼い時にリオに貰ったものだ。

最初で最後のプレゼントを、ソフィーはいつも髪に付けている。他に髪飾りがないわけではないのだが、つい付けてしまうのは、友人に宣言した言葉を忘れないようにするためもあった。

「友人からのプレゼントだったので、大切にはしていますね」

髪飾りに手をやる。幼かった時は少し大きいように思えたそれも、今はピッタリだ。青い宝石も真珠も、手入れを欠かさないため、今も美しい輝きを失っていない。

「装飾の宝石が、友人と同じ瞳の色だったので愛着を感じていましたが、青はクリスティーナお姉様の瞳の色でもあるので、今はもっと大切に思っています。それに、クリスティーナお姉様からいただいた指輪も薔薇の形ですし、宝石の色も同じ青なのでセットの様でとても嬉しいです」

「ソフィーはどちらの贈り物が嬉しいの？」

どちらの、と言われると難しい。

すぐにでも「それは勿論クリスティーナお姉様からいただいた指輪です！」と言いたいところだが、リオのくれた最初で最後のプレゼントも大切だ。

「これは、次いつ会えるか分からない友人から贈られたものなので、優劣をつけるのが難しいです。もし、クリスティーナお姉様からいただいたこの指輪が、友人と同じくいつ会えるか分からない最後の贈り物となってしまうなら、この指輪を私は命と思って大切にするでしょう。でも……、それはイヤです」

リオのように、いつ再会できるか分からない状態になってしまったら……と仮定するだけで辛い。クリスティーナの光り輝く笑みを、いつも見守っていたい。それに、美しいだけではなく、気高い彼女はソフィーにとって指針でもある。

つまずき、不安を抱いた時でも、クリスティーナならどうするか、どう動くか。そう考えるだけで、暗い道も光り輝く。

リリナやセリーヌたちも皆、美しく素晴らしいご令嬢だが、クリスティーナは別格なのだ。

王妃になるため生まれ、育てられた彼女の生きる道は最初から決められていた。自分の自由になることのない未来を放り出すことなく、重圧も努力も顔に出さず、その才能さえ少しもひけらかさない。

彼女ほど、王妃に相応しい人間はいないと、誰だって思う。

そんな尊い方を、いつまでも見ていたい。役に立てることがあるなら、この手を差し出したい。

「私は、叶うことなら、ずっとクリスティーナお姉様のお姿を見ていたいです」

心を捧ぐように言葉を紡げば、クリスティーナが反省するように瞳を細めた。

「ごめんなさい、意地悪を言いましたわね。ソフィーがその髪飾りをいつも大切にしていたから、嫉妬したわ」

「そんな、クリスティーナお姉様が嫉妬されるような物ではありません」

「あら、だってその宝石はご友人の瞳の色なのでしょう?」

「はい」

「自分の髪や瞳の色を贈るのは、大切な方。とくに異性なら恋人や婚約者に贈る色よ」

「そうなのですか?」

キョトンとして尋ねれば、数秒、クリスティーナが固まった。

「知らなかったの?」

「はい、今までとくに縁がなかったので。ああ、でもこれはそういう意味ではありませんよ。確かに友人は異性ですが、幼い時に貰ったので、友人も意味を知らなかったのではないでしょうか」

「……いえ、そんなはずは……」

小さくクリスティーナが呟く。彼女にしては珍しく、戸惑いの色が表情に出ていた。

「……ねぇ、ソフィー」

「はい？」

「貴女、今まで異性に好意を持たれた時はどう対処していたの？」

「異性に好意？　クリスティーナお姉様、私はお姉様と違って異性から好意など持たれたことなどありませんわ！」

とっても良い笑顔で断言するソフィーに、クリスティーナはなぜか空を仰いだ。

なにか鳥でも飛んでいたのだろうか。温室はガラス張りなので、鳥がいれば見えるだろう。思わずソフィーも空を見上げたが、何もいなかった。

「ソフィー……」

優しく名前を呼ばれた。

「わたくし、貴女のことがとても心配だわ」

愛しいお姉様に突然気遣われ、ソフィーは「ええ!?」と声を上げた。

しかも憂いたため息つきだ。

慌てふためくソフィーに、クリスティーナは静かに言う。

「やっぱり、指輪を贈ってちょうだい。この指に、誰もが目を見張るような美しいものを。

――牽制《けんせい》として必要だわ」

美しい人がどういう意味で言っているのかまったく分からなかったが、ソフィーは返事と共に大きく首を縦に振った。

拝啓　天馬　只今私は休暇を絶賛満喫中です

長期休暇、なんて甘美な響きなのかしら。

ところで貴方はちゃんと休んでいるかしら？

休養はしっかり取らなければ、いざという時に動けないものよ。

とは言え、私もやることが多くて、ゆっくりと休んでもいられないのよ。

休暇中に、商会の現在の状況も把握しておきたいし、やっぱりバートからの手紙だけでは分からない実状というのもあるでしょう。

でも、王都に帰ってきて、久しぶりに家族に会えて嬉しかったわ。

一歳の誕生日を迎えたモニカは、ますます可愛らしく成長していたし、ミカルも相変わらずお姉ちゃん子で、いつもお行儀のよい子なのに、珍しく挨拶もせずに私の足にしがみ付き離れなかったのよ。可愛らしさで脳が爆発するかと思ったわ。

バートもエリークも元気そうだったし、サニーも久しぶりに兄弟と幼馴染に会えて嬉しかったと思うの。……たぶん？

「ただいま」「ああ」みたいな会話しかしていなかったけれど、きっと心の中では歓喜に震えていたのでしょうね。うん、たぶん？

商会で働いてくれている皆も元気そうだったわ。なぜか泣かれてしまったけど。たった数カ月いなかっただけで、どうして泣かれるのかが分からなくて、バートに聞いてみようとしたら、「どいつもこいつも……」と、すぐキレる若者みたいな顔をして呟いていたから、空気を読んで黙っていたわ。

仕事は滞りなく進んでいたから心配していなかったけれど、皆よほど疲れていたのでしょう。今度、疲れに効くお茶を持っていくわ。疲れに効くお茶はバートからたくさん貰って飲んだから、その中で一番私が気に入ったものを持っていくつもりよ。

そうそう、ハールス子爵夫人に頼まれていた物語の写しもお渡ししたの。そしたらとっても喜んでくださって、お母様と一緒になって読んでいらしたわ。

『金色の騎士と黒曜石の少年』もとても気に入って大絶賛だったわ。

ハールス子爵夫人が行間を読まれる方なのかどうかは分からなかったけれど、人間、知らない方がいいこともたくさんあると思うから、謎は謎のままにしておこうと思います。

年が明けたら、リリナ様とタリスに行くのよ。学院外で、お友達と遊ぶのは初めてだからちゃんと対応できるか心配だけど、バートとサニーも同行してくれるからきっと大丈夫よね。

タリスに行けば、クレトとも会えるから今から楽しみだわ。

面白い話があったら天馬にも伝えるわね、楽しみにしておいて！

以前は馬車で二日かかっていたタリスへの道も、今は新たな道が舗装されたお蔭で時間が短縮し、一日とかからずに着くようになった。

それでも長い道中、リリナが退屈しないか不安だったが、馬車の中では絶えず会話が続いた。

お互いのお姉様の話や、物語の話、休みの間にあった出来事。

二人のご令嬢の会話を、やっぱり離れずについてきたミカルはニコニコと笑顔でお行儀よく聞いていた。まだ幼いミカルからすればまったく分からない話だろうに、ソフィーの傍に居られればそれで幸せらしい弟は、リリナにも可愛がられていた。

朝早くに出発し、日が暮れる頃に到着したので、リリナとミカルにはすぐに休んでもらった。

別邸の管理もしてくれているクレトの指示で、客室は女の子が好みそうな物に変えてくれていた。

優しい色合いのカーテンが下げられ、天蓋カーテンはレースたっぷりで豪奢《ごうしゃ》だ。テーブルと椅子には薔薇の彫り装飾が施されており、椅子の張り地は赤とベージュのストライプで華やかだが可愛らしい。バートもそうだが、クレトも普段上質な物に触れる機会が多いため、センスが良い。客室を見た瞬間、リリナがとても素敵だと褒めていた。

リリナとミカルが眠りについた頃、ソフィーは元々自室だった部屋で、たくさんの書類に囲まれていた。

「こちらはタリスの組合の者が、ソフィー様へご覧いただきたいと」

「あら、新商品の提案書ね」

バートが差し出した冊子の中身を見ると、女性向けの可愛らしいお菓子と、その作り方が書かれていた。パッケージも高級志向なものから、買いやすそうなものまで幅広く提案されている。

「お客様がお帰りになられた後にでも、試食会を行いたいそうなのですが」

「いいわ。リリナ様が帰られた後なら時間はそちらに合わせますとお返事して」

「承りました」

その横で、今度はクレトが別の書類を差し出す。

「お嬢さん、こっちが肥料を変えた場合の農作物の成長と出来栄えを比べた結果の資料。畑を分けて調べてみた。肥料も与えれば与えた分だけいいってわけじゃないが、エリーク発案のこの肥料は質がいいと思う」

「あら、さすがエリークね」

「あとこっちの社員もお嬢さんに会いたがっているから、今度顔を出してくれよ」

「それなら、明日リリナ様が畑を見てみたいと仰っていたから顔を出すわ。リリナ様が帰られたら、せっかくだから皆で食事をしましょう。女学院では料理なんてできなかったから、そろそろ何か作りたいわ」

喜んでいるクレトの顔を見ながら、なにを作ろうかと悩んでいると、元気よく扉が開く音がした。

「ソフィーお嬢様、お元気そうでなによりです！」

「デニス。貴方も元気そうね」

夜だというのに潑剌《はつらつ》とした顔で挨拶をするのは、一人の青年だ。

彼は、最初に王都からタリスに出向させられたリニエール商会の当時新入社員だった男だ。

ソフィーが頼んで父が派遣してくれた彼は、ソフィーが王都に帰ってからもずっとこのタリスでクレトと共に農作物の管理や、砂糖の製造に関わってくれていた。

我儘娘のとばっちりみたいな形でこのタリスにやってきた彼だが、今日も元気そうだった。

「ねぇ、デニス……貴方そろそろ王都に帰りたいとは思わない？」

「ええ！　帰らないと駄目ですか!?」

よほどこちらの生活が気に入っているようで、来た当初から楽しそうにしていたが、そろそろ帰りたいとは思わないのだろうかと思い、問えば、絶望した顔でデニスが声を上げた。

「だって、せっかく王都で就職が決まって上京してきたのに、私の我儘ですぐに出向させられて。今やクレトと共に、農業から、経理、管理まで全部任せてしまって。申し訳ないわ」

「いや、でも自分、元々田舎の出なのであんまり王都の生活に馴染めなかったんですよぉ。本社の重役の方々も、社員の方も、皆王都出身だし」

「デニスがこちらにいてくれるととてもありがたいけど。でも、ご両親が心配されてお手紙が何度も来ていると聞いたから、そろそろ私も後任を考えた方がよいかと思っているのよ」

「クレトさん！　なんでその話をソフィーお嬢様にするんですか！」

「いや、だって……」

デニスの方が年上なのだが、クレトの方が管理者としてここでは地位が高いため、デニスはクレトに敬語を使う。あってないような上下関係なのだが、元々誰にでも敬語を使ってしまうのが、デニスの性格だった。

「俺としては、デニスに王都に帰られたら仕事が溜まるし、嫌だからさぁ」

「ほら！　クレトさんもいてほしいって言っていますよ、ソフィーお嬢様！」

とても嬉しそうだ。ソフィーとしては、デニスの今後を思っての発言だったのだが、どうやらいらないお節介だったらしい。

「デニスがいいのなら私としても貴方がここにいてくれた方が助かるのよ。でも、ご両親の方は大丈夫なの？」

「いいんですよ！　最初は〝タリス〟って地名も両親はよく分かっていなかったので、心配していたみたいですが、今やタリスは食の都ですよ。夏だけでなく、冬も美味しいものが食べられると貴族の方も多数来られる。王都だって、知らない人間はいない憧れの保養地なのですから！　ただ、うちは本当に田舎なので、その情報が届いていないだけですから！」

「なら、ご両親をタリスにご招待してはどうかしら？」

「へ？」

「貴方が、どれだけこのタリスでリニエール商会にとって、重要な仕事を任されているか見ていただいたら、ご両親も安心されるのではないかしら」

「ふえ!?」

ここ数年で培った経理根性が、すぐにデニスの頭に浮かんだ。

両親二人分の旅費……結構痛いな、と。

つい先日、妹の結婚資金にかなりの貯金を使ってしまったデニスは頭を悩ませる。だが、すぐハッとした。目の前のご令嬢は自分が言い出したことに金など出させるわけがなかった。

「バート、手配をお願いね」

「はい」

案の定、笑顔でバートに手配を指示していた。

「ええ!?」

ソフィーにとってははした金でも、庶民感覚ではかなりの金額だ。それを出してもらうなどあまりにも恐れ多い。あわてふためくデニスを後目に、大体の日程まで決められていく。

頼りになる相棒を失わなくてすんだとばかりに笑うクレトの声が、夜の部屋に響いた。


「まぁ！　なんて可愛らしいお菓子なのかしら！」

花や動物をかたどった焼き菓子や、ケーキの数々を見てリリナが歓喜の声を上げる。

その店は、タリスでも一番の有名店だけに、女性なら一度は食べてみたいと憧れるスイーツの数々が陳列されており、紅茶の数も多く、パッケージも大変上品だ。

「ソフィーからいただいた薔薇菓子も美味しかったけれど、これも美味しそうだわ！」

「お嬢様、ぜひこちらを」

店の管理者が、恭しく美しい皿に二粒の星の形をした茶色のお菓子を差し出した。

「リリナ様、こちらは、今はまだタリスでしか手に入らないお菓子です。チョコレートというもので、ダクシャ王国では有名な高級菓子だそうです」

「異国のお菓子なのね！」

ソフィーの説明に、リリナの瞳が輝く。異国のモノに憧れを抱くのが少女らしい。

「はい。ですが、ダクシャ王国の物とは味わいがまた違います。試食もありますのでお味も確認できますよ」

「あら、よいのかしら？」

「勿論でございます。どうぞ、あちらへ。お茶もご用意しておりますので」

店の者が、最初から用意していたとばかりに隣の部屋へ案内する。

そこは特別な客人だけに提供される部屋だった。

テーブルの上には、淹れたてのお茶が用意されていた。

「このお砂糖、薔薇の形をしているわ。素敵ね……」

紅茶に入れる砂糖は、小さな薔薇の形をしていた。薔薇が好きだと言っていたクリスティーナのために、頼んで作ってもらえるよう手紙を書いていたのだが、もう出来上がっていたようだ。

(皆、仕事が早いわ)

可愛らしい砂糖に、リリナがうっとりと呟くのを聞きながら、ソフィーは仕事の早さに感心していた。

「リリナ様、紅茶にお砂糖を入れる前に、このチョコレートを食べてみて下さい。甘いお菓子なので、紅茶はあまり甘くない方がよいかもしれませんので」

言われる通り、リリナがまずチョコレートを口にする。

口にいれた瞬間、驚きに目を丸くするリリナの表情が大変可愛らしい。

「とても美味しいわ！　こんな滑らかで甘いお菓子、初めて食べたわ。口の中に幸福が溢れているわ！」

「このお店では、ダクシャ王国の物より砂糖とミルクの配合にこだわっておりまして、クリーミーな味わいが口に広がる一品ですから、とくに女性に人気が出るかと思います」

「素敵だわ！　ラナお姉様は食べたことがおありかしら？」

「食通のラナお姉様なら、ダクシャ王国のチョコレートは食べられたことがあると思いますが、タリスのチョコレートはまだだと思います。最近できたばかりの物ですから。きっと、こちらのチョコレートの方が、ラナお姉様はお喜びになられるかと思います。ダクシャ王国の物は苦みの方が強いですから」

「ソフィーが言うなら間違いないわね！　ラナお姉様へのお土産はこれにするわ！」

「でしたら、私が手配して寮に到着された頃に、お手元に届くように致しますわ」

「ありがとう、ソフィー！」

「いいえ。私もお姉様たちに贈りたいものがありましたから」

可愛らしいご令嬢の会話を聞きながら、バートがそっと部屋を出る。リリナが連れてきた侍女の一人が支払いに行くのを見て、それを止めるためだ。少し硬い雰囲気があるが、男前のバートに止められ、侍女の頬が赤く染まる。

「こちらでご準備させていただきますので」

優しい口調で微笑み、侍女の思考を停止させる。ボーッと見とれている侍女をリリナのもとへ返すと、クレトが薄気味悪いものを見たといわんばかりの顔でバートを見ていた。

「お前、そういう顔をお嬢さんの前でしたことあったか？」

「したら、体調が悪いと勘違いされるだろうな」

「ああ……よかった。自覚はあるンだな」

「この方法を、最初に俺に教えたのはソフィー様だけどな」

自分が教えたくせに、目の前で実践したら正気を疑われるだろう。

クレトが隣の部屋をチラリとみる。扉は閉まっていたので、その姿は見えないが、もしバートの微笑を見ていたら、バートは働きすぎて頭がおかしくなったと汚名を着せられていただろう。

「で、いくつ準備するンだ?」

「そうだな……」

一番大きい木箱で十粒のチョコレートが入っているものを選び、数日後に数箱用意するよう店の者に伝える。金額にすると、かなりのものだ。

そもそも生産しているダクシャ王国ですら高級菓子なのだ。原材料を輸入し、手を加え、より素晴らしい味わいにしているだけに、たとえ一箱でも貴族でなければ買えるものではない。

もし侍女が支払いをしていたら、その金額に驚いただろう。だが、二人は金額に驚くこともなく、それで足りるのか検討し始める。

賞味期限もあることを踏まえ、足りなければまた送ればいいのではないかという意見で一致した頃に、ソフィーたちが部屋から出てきた。

次は、〝アマネ〟の栽培を見に行く予定になっている。馬車から畑を見て、砂糖を製造している工場を見学するコースだ。二人はてきぱきとした動きで、ご令嬢たちを案内した。

工場に入ったところで、バートがソフィーに耳打ちする。

ソフィーがタリスに帰ってきていることを聞きつけた町の長《おさ》が、ぜひ挨拶をしたいとこちらへ向かっているそうだ。

「そう……。リリナ様、大変申し訳ございませんが、少し席を外してもよろしいでしょうか？　案内は、そちらのクレトが致しますので」

「気を遣わないで。わたくしが無理を言って連れてきてもらっているのだから」

リリナが笑みで返すと、ソフィーはもう一度謝罪し、バートを連れて離れた。

ご令嬢とその侍女たちだけになっても、クレトは焦ることもなく淡々と工場を案内した。普通のご令嬢は、見てすぐに難しい質問などしないからソフィーよりずっと楽に案内できる。

案内が終わると、真剣にクレトの説明を聞いていたリリナが感嘆の声を上げた。

「ソフィーのお父様は先見の明がおありなのね、こんな素晴らしい施設まで作られて」

「いえ、こちらを作られたのはソフィー様です」

「え？」

「〝アマネ〟の栽培から砂糖の精製まで、全てソフィー様のご提案とご尽力により作られたものです」

「……え？」

クレトの言葉に、リリナの目が丸くなる。

タリスでは子供でも知っていることなので、特段おかしいことを言ったつもりのないクレトは、リリナの驚きには気づかず、そのまま出口まで案内した。


今日一日のスケジュールを無事終えたソフィーたちは屋敷に戻り、待っていたミカルの出迎えを受けた。

「ミカル、体調はどう？」

「もう元気です！　姉上、明日はごいっしょしてもいいですよね？」

「ええ、お熱が下がったらね」

昨日一日馬車に揺られた疲れで熱を出した可愛い弟は、今日一日お留守番だった。

寂しかったのだろう、泣きそうな顔で問うミカルを抱きしめると、ミカルが嬉しそうに顔を埋めた。

「リリナ様、お夕食の時間なのですが……。リリナ様？」

ボーッとしているリリナが気になり、もう一度名を呼ぶ。疲れているのだろうか。

少し客室で休んだ方がいいだろうと、部屋まで案内し、サニーにお茶を淹れるよう指示をする。

「リリナ様、大丈夫ですか？　私が連れまわしたせいでお疲れになられましたよね。気遣いが足りず、申し訳ございません」

「ち、違うの！　違うのよ、ソフィー！　わたくし恥ずかしくて……」

「恥ずかしい？」

「だって、ソフィーはもうすでにあれだけの人材を集め、施設を作り、この国に多大な貢献をしているというのに、わたくしは自分のことだけで精いっぱいで。貴女との約束を、ちゃんと果たせるのか不安で……」

涙目で言葉を震わせるリリナを見つめ、ソフィーは思った。

（バート見なさい！　このリリナ様の愛らしいお顔を！　この愛らしさを見れば、私が手紙で書いた意味がよく理解できるはずよ！）

だが残念ながらバートが令嬢の泊まる客室に入室するわけもなく、心の独り言は意味を持たない。

「ソフィーは、わたくしには過ぎた友人だと、今日一日で痛感したわ……」

「何を言ってらっしゃるのです、リリナ様。その言葉は私がいつも思っていることです」

「……でも、わたくしには誇れるものが何もないわ」

目を伏せ、悲しそうに眉根を寄せるリリナの手をそっと取り、両手で握りしめる。憂いの表情を浮かべるリリナも大変可愛らしいが、やっぱりリリナには笑顔が一番似合う。

だから、この可愛らしい友人には、いつも笑顔でいてほしかった。

「リリナ様はリリナ様であることを誇ってください。リリナ様は私に仰ってくださったではないですか、自分を誇れと。私、本当に嬉しかったのですよ。女学院で初めてできた友人に、そのお言葉をいただいて」

リリナが視線を少しだけ上げてくれるが、それでもまだ表情は暗い。

「私、本当は怖かったのです。リリナ様がこちらへおいでになって、私の生活を見て、はしたない友人と軽蔑されないかと……」

「――――！　軽蔑なんてするわけないじゃない、どうして!?」

「令嬢が父親の仕事を手伝うなど、本来あり得ない行為をしているのです。白い目で見られても、それは当然ですわ。……本当は少し隠しておこうかと思いました。でも、リリナ様に隠し事はしたくありませんでした」

クリスティーナに隠し事をしたくないように、大切な友人にも隠し事はしたくなかった。ほんの少し、自分を隠してもどうせすぐにバレてしまうだろう。自分の偽りを知って、彼女たちの心を曇らせることが許せない。

「事業を行うことを、ずっと令嬢としては失格だと分かっておりました。でも、私にはどうしても必要で、成すことで私は私自身を強くすることができました。勿論、一人ではできないことばかりです。周りにたくさんの人の協力をいただいたからこそできているこことなのです。それを、リリナ様には知っていただきたかった」

「ソフィー……」

リリナが、取った手を強く握りしめてくれる。まるで、力を与えてくれるように。

「やはり、貴女はわたくしには過ぎた友人だわ。そんな友人と、生涯の中で出会えたことに、わたくしはいったい誰に感謝を捧げればよいのかしら」

お互いの両手が重なり、リリナは感謝の祈りを捧げるように目を閉じる。

いま目の前にある出会いを最上の喜びとするかのように。しばしの祈りの後、目を開け、ほほ笑むその顔はいつものリリナだった。やはりリリナには笑顔がよく似合う。

ホッとするとともに、この可愛らしい友人の素晴らしさを、バートにどう説明すれば理解してもらえるのだろうと悩むソフィーだった。

昨日の夜も、かなりの熱弁をふるったのにダメだったのだ。

元営業職のトーク力をもってしても理解してもらえなかった。

リリナを見れば、言わずとも理解してくれると思っていたので、とんだ誤算だった。

リリナのたっぷりと可愛らしい顔を見ても、なんら心を動かさない男に、ソフィーは恐れおのののいた。前世の自分であれば、ありがたさに土下座するぐらいだというのに。

思わず、「貴方、行間の性癖なのではない?」と口走ってしまったくらいだ。

ソフィーとしては、バートはバートだから、どんな性癖でも構わない。

だが、長年一緒にいたというのに、それに気づけなかった自分が悔しい。

一人自分の至らなさを悔いているソフィーを前に、バートはその発言も意味も、目の前のお嬢様が何を考えているのかも理解できなかったが、心の底から思った。

うちのお嬢様は、女学院でいったい何を学んでいるのだろうか、と。


元気になったリリナと、夕食後、デザートとお茶を楽しみながら談笑する。明日はリリナが王都に帰る日なので、少し長めの夜を満喫するつもりだ。

ミカルも今日一日休んでいたせいか、夜になっても眠くならず、リリナの話をとても嬉しそうに聞いていた。リリナも、幼いながらに笑顔で話を聞いてくれるミカルは話し甲斐があるのか、主にソフィーの学院でのことをとても楽しそうに語っている。

「特に乗馬姿のソフィーは素敵で、とってもファンが多いのよ！　ソフィーが乗馬に参加すると聞けば、たくさんの方が見に来られるの」

「え?」

思わぬ賛辞に、ソフィーが慌てる。

「リリナ様、そんな気を遣わないでください。皆さんの目的は私ではなく、クリスティーナお姉様

「いいえ。あれはソフィーを見に来られていたのよ。わたくしを助けてくれた雄姿が、ニコル様そっくりだったという話は有名ですもの。一度その姿を見たいと、誰もが思って当然だわ！」

「……雄姿？」

「……ニコル様？」

後ろに控えていたバートとクレトが、同時に小さく呟いた。

二人は従者らしく、ご令嬢の会話に入ってきたりはしない。

だが、リリナの口から話される女学院でのソフィーの行動を聞き、段々後ろから発せられる雰囲気が怪しいものに変わってきた。リリナはまったく気づいていないが、ソフィーには分かる。

（マズイわ……これは、バートのお説教コースのフラグが立っている気がするわ！）

案の定、その日の夜は仕事ではなく、お説教で時間を潰すこととなった。

クレトはお説教に加わることはなかったが、しきりに「ニコル様って誰？」と聞いてきた。

バートのお説教で疲れ切ったソフィーは、つい「レオレオの恋人よ」と、事実とは違うことを口走ってしまった。今度は「レオレオ？」とクレトが頭を捻っていた。

思わず口にした言葉に、リリナ様の行間を読む教育の成果だわ……と、感じるソフィーだった。

次の朝、リリナはひと時の別れを惜しみながら王都へ帰っていった。

また学院で会えるのを楽しみに、ソフィーはその後フル回転で働いた。

各所への挨拶に、組合での試食会。挨拶ができていなかった社員との交流を交えた食事会。

休暇はあっという間に過ぎ、すぐに学院に戻る日が来た。久しぶりに皆に会えた休暇はとても楽しく、次の休暇も楽しみに学院に戻った。戻れば戻ったで、クラスメートたちと休暇をどう過ごしたかで会話が盛り上がり楽しかった。

お姉様方にも挨拶をし、タリスの新作お菓子も披露できた。リリナからラナに贈られたチョコレートも大変お気に召してもらえたようで、ラナはお菓子祭りに大喜びだった。

だが、ラナが一番喜んだのは、リリナから贈られた姉妹の契りの指輪だ。

休暇中に見せてもらったが、リリナの瞳の色の宝石が使われたそれは、金色の指輪を花型に透かし彫りされたもので、花の中心や花びらに小さな宝石が散らされたとても可愛らしいものだった。

ラナはその小指によく似あう素晴らしい指輪を、何度も見てはうっとりと目を細めた。

ラナがとても喜んでくれたことに、リリナも安心したようで、二人は互いに微笑み合っていた。

その美しい光景を眼福に思いながらも、ソフィーもクリスティーナに指輪を贈った。

休暇前にデザインし、有名な職人に急遽作ってもらったものではあるが、さすが匠と言われる職人だけあって、デザイン通りの素晴らしい出来だった。

小指を彩る指輪はあまり大きくてはいけない。だが、誰もが一目見て称賛するような。クリスティーナのその美しい指が映えるようなものにしたかった。

「クリスティーナお姉様に幸福と祝福を。そしていつまでもお慕いする誓いと、私の心を捧げます。どうぞ、お受け取りください」

〝妹〟の口上を述べ、指輪をクリスティーナの白い指にはめる。

ソフィーが贈った指輪は、金の配合を変えたことによってできるレッドゴールド。指輪の中心には、一輪の薔薇が咲いていた。花びらには深紅が美しいルビーと、輝くダイヤモンドが配置されており色鮮やかだ。細かい細工が遠目からも分かる指輪に、隣のセリーヌが感嘆の声を上げた。

だが、クリスティーナは指輪を見て、少しだけ残念そうな声で言う。

「とても美しいわ。でも、ソフィーの瞳の色ではないのね」

「はい、やはりクリスティーナお姉様には、艶やかな深紅がお似合いかと思いまして。ただ、裏の方に……」

ソフィーの恥ずかしそうな表情を不思議に思い、クリスティーナが指輪を外し、裏返す。

「あら……」

裏には、葉の彫りがされており、その小さな一つ一つに緑の石が埋め込まれていた。

ソフィーの瞳の色だ。

「あえて人の目にはつかないところに自分の色を入れるなんて、素敵な考えだわ！」

ラナが目を輝かせ、指輪を褒めた。

しかし、すぐに「レオルドもニコルに、人目にはつかない所に、自分の色を入れたものを贈っているかもしれないわね！」という、行間の話に移行していた。それを聞いたリリナが想像したのか、真っ赤になって「素敵ですわ！」と、同意する。相変わらず似合いの姉妹だ。

クリスティーナは愛おしそうに指輪をしばらく見つめた後、また自ら小指にはめ、その白い指に映える指輪にそっと唇を落とした。

まるで一枚の絵画のような美しい姿に見惚れていると、クリスティーナがソフィーにほほ笑む。

「素敵だわ。ありがとう、ソフィー。大切にするわね」

ゆっくりと、心を込めるように紡がれる言葉に、ソフィーも笑顔で返した。

しかし、心の中では、

(ああ、年越しもロクに祝えずに必死で作ってくれた職人さん、ありがとうございますぅうううう!!)

職人に最大の感謝を捧げていた。

拝啓　天馬　またもや私に僥倖が訪れました

天馬、私は先日初めて女性に指輪を贈りました。

この私が、前世では彼女の一人もいなかったこの私が、今世では美しい女性に指輪を贈ったのです。すごくないですか!?

ああ、美の結晶であるクリスティーナお姉様に指輪を贈れたこの幸せを、いったいどうやって貴方に伝えたらよいのか。一生分の盆と正月と色々なものが一緒に来てもまだ足りないくらいです。

指輪と言えば、天馬ももう結婚したかしら？

貴方は憤りを覚えるぐらいにイケメンだったから、きっと美しい女性と結婚するんでしょうね。

ちッ、羨ましい……！

いいえ、でもいいのです！　もし今世も男だったら、きっとムカムカぷんぷんしていたでしょうが、今世は女の子なので、羨んだりしませんわ！

逆に、女性として生まれながら、絶世の美女に指輪を贈るという機会を与えてくださったクリスティーナお姉様と神に感謝しております。

これは〝豊穣の恵みにふれた祝福という名の僥倖〟並の僥倖でした。

どちらも素晴らしい僥倖で、優劣をつけるのが難しいわ。

天馬はどちらが上だと思う？

やはり優劣をつけようとするのは浅はかな行いかしら？

うーん、悩ましい……。

っと、いけない。伝えたいことはそれだけではなかったの。

今度〝女王の薔薇〟では、花の祭典があるそうなの。花の祭典と言っても、本物のお花の祭典ではないのよ。女学院の生徒が、自分が作った作品を提出して、審査員がそれを評価するものらしいわ。作品はなんでもいいそうよ。詩でも物語でも、押し花をされる方もいれば、凝った刺繍を出される方もいらっしゃるとか。

リリナ様もとても張り切っていて、オーランド王国の女性が今まで上げた功績の年表を作りたいと仰っていたわ。

私は何にしようか悩んでいるの。クリスティーナお姉様の〝妹〟として、恥ずかしくないものを、と思ってはいるのだけれど。

…………私も、考えはあるのよ。けれど、さすがにちょっと悩んでいるの。

だって、『オーランド王国における下水道計画』なんて、ご令嬢としては夢がなさ過ぎるわよね？

私としては絶対叶えたいと願っている夢なのだけど。

計画書はほぼ完成しているといっていい出来にはなっているの。

でも、中身を見ても、これを理解できる方はあまり多くはないと思うのよ。

活性汚泥法を用いた下水処理って、この世界ではオーパーツに近いものだと思うし。

でも、原理は一緒だから可能なはずなの。これが実現できれば、私の……祐の想いが一つ叶うわ。

天馬、貴方ならなんて言うかしら？

『やりたいなら、さっさとやれよ』と言われるかしら？

貴方は普段めんどくさがりのくせに、やると決めたら行動が早かったから、きっとそう言うのでしょうね。いつもグダグダしていた私とは違うところが、羨ましかったわ。

そうね……せっかくだもの、今世はグダグダなんてしないわ！

クリスティーナお姉様も、審査員は現実に囚われない自由な発想を好むと仰っていたから、夢物語を語るつもりでやってみるわ！

天馬、結果を楽しみにしていてね！


入学して五カ月が経とうとしていた。

季節はもうすぐ春になる。相変わらず風は冷たいが、目を凝らして外を見れば、小さく芽吹く花々を感じることができる。

そんなある日の放課後、一人の清楚なご令嬢が教科書を両手に持ち、ソフィーのもとへ訪れる。

「あの、ソフィー様……今日の授業で、分からない所があって……その」

恥ずかしそうに頬を染め、それを隠すように教科書を持ち上げる。

「お、教えていただけないかと……」

口ごもりながらも必死で言葉を伝えようとするご令嬢に、ソフィーはほほ笑んだ。

「私でよければ、ご一緒にお勉強いたしましょう」

「――ッ。ありがとうございます！」

歓喜の声を上げるご令嬢の後ろで、別のご令嬢が声を上げた。

「ズルいわ！　ソフィー様、わたくしも教えていただきたいところがあるのです！」

「わ、わたくしも！」

数人のご令嬢が先を争うように、ソフィーのもとへ教科書を持って押しかける。数人が突然、取り囲むようにやってきたのは驚いたが、ソフィーは表情には出さず、先ほどと同様にニコリとほほ笑む。

「せっかくですから、皆さまご一緒にお勉強いたしましょうか」

愛らしい、けれど芯のある声は凜々しさを感じさせ、周りのご令嬢たちがその柔らかな頬を赤く染めた。

彼女たちにとって、男爵令嬢ソフィー・リニエールは、公爵令嬢クリスティーナ・ヴェリーンの〝妹〟にして、容姿端麗、いつも成績は首位、その上運動神経抜群の非の打ちどころのない少女だ。

とくに、彼女が馬に乗る姿は『金色の騎士と黒曜石の少年』の主人公ニコルにそっくりだと、その人気は高い。

最初のうちは男爵令嬢のくせにクリスティーナお姉様の〝妹〟になるなんて……、と遠巻きにしていた者も多かったが、今やソフィーに自分の名を覚えてもらおうと皆が必死だ。

クリスティーナの〝妹〟ということを抜きにしても、ソフィーの内面の強さに、か弱いご令嬢は魅かれるようで、嫌がらせを受けていた時でさえ、堂々と顔色一つ変えず、廊下を颯爽と歩く姿は人の目を引いていた。しばらく続いた嫌がらせも、ソフィーの精神力の強さに、ご令嬢たちの方が音を上げ、一人一人と嫌がらせをする人間は減っていった。

良識あるクラスメートや、上の学年のご令嬢たちは、クリスティーナが騒動を収めようとはせず、放置している現状を憂い、ソフィーはすぐに退学してしまうのではと心配していたが、結果は彼女たちの想像を覆すものだった。

ソフィーはどんな場面でも感情をむき出しに怒ることはなく、一人のご令嬢として優雅さを失わなかった。公衆の面前で伯爵令嬢リリナ・セルベルから批判されても、いつも笑みを絶やさず挨拶を返し、いつの間にかそのリリナの方が、彼女を慕うようになっていた。

戦わずして微笑で勝つ。その淑女として素晴らしいとされる姿勢に、クリスティーナが騒動を収めなかったのはこのためだったのかと、誰もがクリスティーナとソフィーを称賛し、さすがはあのクリスティーナ・ヴェリーンの〝妹〟だと言われるようになった。

しかし、当の本人はご令嬢たちからの惜しみない称賛には気づかず、ただただ思っていた。

(遠巻きに悪口を言われていた時は、ムッとしていたお顔が可愛かったけれど、頬を染めて恥ずかしそうに勉強を教えてほしいと懇願されるお顔もなんて可愛らしい！　ああ、でもやっぱりもう一度だけでも、頬を膨らませてプンプンしているお姿を見られないものかしら！)

入学してもうすぐ五カ月が経とうとしても、ソフィーの思考は未だ残念なままだった。

◆◇◆◇◆

「ソフィー、結果が貼り出されているらしいの！　一緒に見に行きましょう！」

お昼の時間、慌てたように訪れたリリナに、ソフィーは首を傾げた。

「最近、貼り出されるような試験がありましたでしょうか？」

「花の祭典の結果よ！　忘れちゃったの？」

「ああ、そういえばそうでしたね」

確かに、以前提出した花の祭典の結果がそろそろ出る頃だ。

だから皆、今日はどこかそわそわしていたのか。

ソフィーもふわふわとした日々を過ごしていたが、それは花の祭典とは一切関係がなく、もっと浮ついた感情だったので気づかなかった。

ソフィーの学院における重要事項はクリスティーナお姉様第一、リリナが尊い、ご令嬢たちが可愛いだったので、提出した花の祭典のことなど恥ずかしながら忘れていた。

（しかも、提出したのが『オーランド王国における下水道計画』じゃ、絶対に優秀賞は無理だもの）

そもそもご令嬢が考えることではないうえに、夢も希望も美しさもない。

自分にとっては夢と希望と現実に絶対必要の気持ちに溢れていても、ご令嬢としては絶対に必要ない。花の祭典なのに、提出した〝花〟がこれでは、審査する人間もかなり困っただろう。

天馬には結果を楽しみにと書いたが、まったく楽しめる要素がなかった。

「申し訳ありません。私はまったく自信のない〝花〟を提出いたしましたので」

「もうっ、ソフィーはすぐに謙遜を言うのだから！」

「いえ……、謙遜ではなく、本当に」

「さぁ見に行きましょう！」

腕を絡ませ、引っ張られる。

胸が当たるので、嬉しいけど、嬉しいけど、やっぱり嬉しいけど止めてほしい。

浮ついた感情は今日も抑えきれず、ソフィーをふわふわとさせる。

そう、だから貼り出された結果に、自分の名が書かれていなかったとしてもなんら問題なかった。

問題なのは、絶対にソフィーが優秀賞だと信じて疑っていなかった欄に、自分の名が書かれていたリリナが驚きとショックで、ソフィーに抱きつき、思いっきり〝豊穣の恵みにふれた祝福という名の僥倖〟第二弾を味わうことになったことだ。

その相変わらず柔らかいたっぷりに気を取られたソフィーは、集団で見に来た生徒たちの波に押され足を滑らせたリリナを助けようとし、誤って地面に頭を打ち付けた。

これは、神から与えられたお仕置きだと、ソフィーは心底思った。

(でも、でも！　私からは触っていないわ！　触っていないですからね、神様!!)

頭を打ち付けたソフィーを心配し、リリナが泣きながら謝罪の声を上げ、場はしばし騒然となったが、それはソフィーにとっては春の陽が差し込むような、うららかな幸せの時だった。

この日、この時までは――――。


突然、その日はやってきた。

いつも通りの日だったのだ。

朝、授業を受け、お昼をリリナと取り、午後の授業が始まる前までは。

午後の授業のため、教室に帰ろうとしたところを、クリスティーナの侍女に止められた。クリスティーナが呼んでいるということだったので、ソフィーは慌てて向かった。

案内されたのは、いつもお茶会をしている庭園でも温室でもなく、クリスティーナの自室だった。侍女が扉をたたき、入室の許可を取る。なぜか、クリスティーナの侍女から緊張が伝わってきた。

ソフィーはクリスティーナの自室に入室するのは初めてだ。

だから少し緊張した。だが、なぜ侍女が緊張しているのか分からない。

ふと、廊下を見る。なぜか違和感があった。

なにか、たくさんの気配を感じる。まるで、何かを守ろうと静かに息を殺しているような。

(侍女？　いえ、侍女にしては気配が手練れのような……。クリスティーナお姉様の護衛かしら？)

だが〝女王の薔薇〟では、護衛でも男が敷地の中に入ることは難しい。

講師や、門番などは別だが、個人の護衛は許可されていない。親や兄弟すら、事前申請が必要で、面会も部屋が決まっている。訝《いぶか》りながらも、侍女が開いた扉の中へと進む。

さすが公爵令嬢の部屋となると、自分の自室より倍以上広く、部屋は二部屋あった。奥の扉が寝室だろうか。入室した部屋には、テーブルと椅子が置かれていた。また違和感があった。

(この部屋は、本当にクリスティーナお姉様の自室なのかしら？)

なぜだかそう思った。置かれている調度品は重厚で高級な物だが、クリスティーナの好みそうなものではなかった。違和感は続く。

けれど、ソフィーの敬愛する〝姉〟は、確かにそこにいた。

椅子に座り、いつもと変わらぬ微笑を浮かべて。金と銀の刺繍が美しい青色のドレスに身を包み、光沢のある黄金の髪が今日も眩しく光り輝いている。

「ソフィー、突然呼び出すような真似をしてごめんなさい」

クリスティーナの口調は普段と同じだ。優しい笑みも、高貴な振る舞いも、所作一つの美しさも。その小指には、ソフィーが贈った指輪が輝いている。

「いいえ、クリスティーナお姉様のご用とあれば、このソフィー、たとえ地獄でも喜んで参ります」

勇敢な騎士のような発言をする〝妹〟に、クリスティーナが笑う。

座るように勧められたが、なぜか座る気になれず躊躇する。

違和感がぬぐえない状況で、もしなにかあればすぐにクリスティーナを守らなければならない。座っているより、立っている方がいざという時に動きが速いからだ。

ソフィーの戸惑いに気づいたのか、クリスティーナは無理には勧めず、会話を続けた。

「ソフィー、花の祭典の件なのですが。……ごめんなさい」

また謝られた。しかし、花の祭典のことで謝られることなど一つもない。

なぜクリスティーナが謝罪するのか分からず、目をキョトンとさせていると、花の祭典の審査員は自身だったことを告げられた。

「謝っていただくことなんて何もありませんわ！　また次、審査員の方のお眼鏡にかなうよう精進いたします」

逆に不正だと思われなくてよかった。次の祭典の時には、クリスティーナはもうこの学院にはいない。クリスティーナの卒業を考えれば寂しくて辛いが、別れは一生ではない。

そう思えば、彼女が卒業してからも頑張れる。

来年の審査員がクリスティーナではないのなら、不正を疑われることもないだろう。

ご令嬢らしい素晴らしい〝花〟を提出し、栄冠を勝ち取って、クリスティーナに報告したい。

元気よく答えるソフィーに、クリスティーナはその美しい髪と同じ色の眉根を困ったように寄せた。

「いいえ、ソフィー。貴女の〝花〟はとても素晴らしいものだったわ。だから、わたくしはそれをある方にあげてしまったの」

「ある方に、ですか？」

一応自分の渾身《こんしん》の計画書だという自負はあるが、正直あんなものを貰って嬉しい人間がいるのだろうか。

「えっと、アレをですか？　いただいても困るものではないでしょうか？」

「……ソフィー、貴女は本当に不思議な子だわ。わたくし、花の祭典であんなものを目にするなんて思いもしなかったわ。〝花〟を審査する時は、誰が提出したものか名を伏せられるけれど、読んですぐに貴女のものだと分かったわ。あんな革新的なアイディアでこの国を想い、それを成そうとするご令嬢なんて、わたくしは一人しか知らないわ」

「クリスティーナお姉様……」

前世の世界の下水道システムを取り入れるべく書いたあれを読んで、理解を示してくれたクリスティーナに、ソフィーは感動した。

この世界の住人からすれば、本当にこれでうまく下水処理ができるのかと疑われても仕方ない部分もあるだろうに、クリスティーナは絵空事だと切って捨てなかった。それがとても嬉しかった。

「そう言っていただけただけで、光栄の極みです」

「……だからこそ、わたくしはそれを、わたくしの婚約者にお渡ししたの」

「クリスティーナお姉様の婚約者様……ですか？」

彼女の婚約者はこの国の王子だ。ゴクリと息を呑む。

「殿下はとても感心していたわ。殿下だけではなく、稀代の天才と言われる方もまた、貴女の〝花〟を称賛していたわ」

「稀代の……天才？」

「ええ。オーランド王国の医科学研究所所長を務めるロレンツォ・フォーセル様よ」

「え……」

その名は聞いたことがある。

侯爵家の次男。その類まれなる頭脳と美貌は随一。

〝女王の薔薇〟のご令嬢たちの憧れの君だと、皆が口にしていたからだ。

「そんな方が……」

聞けば、ソフィーの〝花〟を読んだ第一王子は、すぐさまオーランド王国の医科学研究所所長を務めるロレンツォ・フォーセルへそれを送った。

この原理が可能なものなのかどうかを確認するために。返事はとても早かったそうだ。

「ロレンツォ・フォーセル様は殿下に進言されたわ、この計画はすぐにでも行うべきだと」

「！！」

認められた。それは歓喜の衝動だった。

自分が、ではなく、下水道システムの原理が理解され、認められたことが嬉しかった。

下水道計画は、どんなにソフィーが実現しようと願っても簡単にいくものではない。

これは国レベルの事業だ。個人一人でどうにかできるものではなかった。

それをどうやって動かすか、ずっとソフィーは考えていた。

しかし、女で、地位も男爵の娘程度では決して上つ方には届かない。

それが届いたのだ。クリスティーナの力によって。

「動いて……くださるのでしょうか？」

「殿下はそのお積もりよ」

ソフィーは目をつぶった。言葉にできない想いと喜びが、胸を満たす。

だが、クリスティーナの前で子供のように喜ぶわけにはいかない。

その代わりに、ゆっくりと目を開き、目の前の美しい人に淑女の礼を取った。

「ありがとうございます、クリスティーナお姉様。オーランド王国における、私の憂いが一つ解ける思いでございます。私一人では夢物語でしかなかったものを、クリスティーナお姉様のお力で形にできる光栄を、至上の喜びを、なんと言葉にすればよいのか分かりません」

第一王子と、この国の最高峰ともいえる医科学研究所所長が計画を遂行してくれるというのなら、ソフィーにとってなんの否もない。できることなら、自分もその一人となり計画を見守りたかったが、女の身分では無理だということは痛いほどに分かっている。

だからこそ、ソフィーは微笑んだ。

自分にとっての絶対は、この国の下水道システムを確立することであり、己がそれに固執することではない。

「全てを皆さまにお預けいたします。計画の成功を、切に願っております」

「あらソフィー、何を言っているの？」

「……え？　あの、計画を実現していただけるのでは？」

「ええ、計画は実現するわ。貴女の力でね」

「へ……？」

「貴女が作った計画なのよ、貴女が最高責任者にならずして、いったい誰がなるというの？」

「え……え？」

クリスティーナの前で、惚けた発言はしたくなかったが、意味が分からず適切な言葉が出ない。

（私が……最高責任者？　私が、なぜ？）

確かに計画を練ったのは自分だ。関わりたいと思う気持ちもある。

だが、実際問題それを実行できる権限も権力もない。

この計画にはたくさんの尽力と、経費がかかるのだ。

国家の一大プロジェクトに、男爵令嬢が出張っていいわけがなかった。

（それがクリスティーナお姉様に分からないはずがない……）

賢い彼女が、計画の破たんに繋がるような発言をするわけがない。

それともこれは冗談なのだろうか？

「あのクリスティーナお姉様……」

「詳しいお話は、わたくしの婚約者の方にしていただきます。——殿下」

(……殿下?)

なぜここで殿下という言葉が出るのか分からずに目を瞬いていると、奥の部屋の扉が開いた。中から、一人の青年が出てくる。

現れたのは、クリスティーナと同じ黄金の髪と、空の色を瞳にもつ端整な顔立ちの青年だった。一歩前に進むだけで、まとうオーラが違うのもクリスティーナと同じで、二人が並ぶとまるで一対のお人形のようだった。それを、ソフィーは呆気に取られて見つめていた。

「り……お?」

青年の顔立ちには見覚えがあった。そう、昔の友人の顔にそっくりだったのだ。

彼は高慢なところもあったが、人の言葉に耳を傾けることができる少年で、別れが辛くてソフィーに嫁になって一緒に来いというくらいには、離れがたく思ってくれた。

「……え?」

彼がクリスティーナの横に歩むと、クリスティーナは当たり前のように席を立った。

まるでそれが当然とばかりに、彼は先ほどまでクリスティーナが座っていた椅子へ腰かけた。

「ソフィー。この方はオーランド王国の第一王子、わたくしの婚約者でもあらせられるフェリオ・レクス様よ」

「は……?」

(第一王子? リオが?)

自分よりもずっと地位が高いのだろうと思ってはいたが、まさか王子だとは思っていなかった。

現実が受け入れられず、ソフィーは目を白黒させる。

「久しいな、ソフィー」

名を呼ばれた。その声は、昔聞いた友人とは違う大人の声だったが、その瞳の優しさは同じだ。

彼は確かにリオだ。幼き日の友人だ。

「貴方が、クリスティーナお姉様の婚約者……？」

「ああ……」

思わずつぶやいた言葉は、王子にかけるものとしては大変不遜だった。しかし、彼は気を悪くするような顔はしなかった。その代わり、少し気まずいのか目を逸らされた。

こういうところも、昔と同じだ。

（やっぱり、リオだ……。リオが第一王子？）

この国の第一王位継承者。そして、クリスティーナの婚約者。

「――――嘘でしょうッ！　クリスティーナお姉様の婚約者はもっと……、もっとこう！　もっとこうでしょう！」

我を忘れ、自分でも意味が分からない発言が口から零れた。絶望に、相手が王族だということさえ頭に入ってこない。

「……もっとこう、ってなんだよ。俺だと不満なのか？」

相手も、王子らしくない言葉遣いでムッとして言い返してくる。

「不満しかないわよ！　クリスティーナお姉様の婚約者なのよ！　クリスティーナお姉様を幸せにできる方にしか、クリスティーナお姉様を幸せにする資格はないのよ！」

「……お前、何を言っているんだ？」

問いかけても、もっていき場のない思いに耐えているのか、ソフィーは聞いていなかった。仕方なく、横の婚約者に問う。

「クリスティーナ、コイツは何を言っているんだ？」

「く……、クリスティーナお姉様を呼び捨てにするなんて‼」

キッと、ソフィーが睨む。

「俺の方が立場が上なんだから、呼び捨てるだろう」

睨まれる意味が分からないフェリオは、自分の婚約者に視線で助けを求めた。

「まぁ、ソフィー。殿下にそのような口を利いてはいけないわ」

「も、申し訳ございません」

クリスティーナの苦言に、ソフィーはしおしおと謝罪の言葉を口にする。

さっきまでのフェリオへの態度とはえらい違いだ。

「申し訳ございません、殿下。大変失礼いたしました。なにぶん、ソフィーはわたくしのことが大好きなものですから」

「……おい、悪意しか感じないぞ」

まさかの婚約者からの攻撃に、フェリオは頭を抱えた。

これでは話が進まないと呟くと、クリスティーナに命を下した。

「クリスティーナ、少し席を外してくれ」

「はい。失礼いたします」

クリスティーナは軽くドレスを持ち上げ優雅に礼を取ると、そのまま部屋を退出した。

その後姿を、ソフィーは飼い主に捨てられた子犬のような目で追う。

キューンキューンと、哀れな泣き声が副音声で聞こえるようだ。

目に見えて悲しそうにしているソフィーに、フェリオは椅子から立ち、無理やり自分の方を向かせた。

「お前っ、久しぶりにあった俺に対して、もっと歓喜の感情とかないのか!?」

「嬉しくないわけじゃないけど、今はそれどころじゃないのよ！」

「何がだ!?」

「貴方はクリスティーナお姉様の婚約者として、どれだけクリスティーナお姉様を幸せにできるというの!!」

「いや、だからなぜそこに拘《こだわ》る？　今話すべきはそこではないだろう」

「なんですって、これ以上の重要事項がどこにあるというの!?」

「……昔から変わった女だったが、前からそんなだったか？　俺の中のソフィーが美化されているだけか？」

「リオ……いえ、殿下？　王太子殿下？」

混乱と動揺で適切な呼び方が分からず、ソフィーが迷っているとフェリオが言う。

「めんどくさいな、フェリオと呼べ」

「イヤですわ。クリスティーナお姉様の婚約者の方を、名でお呼びするなどできかねます。クリスティーナお姉様に対するとんだ不敬ですわ」

「おい、俺よりクリスティーナへの不敬なのか。大体、不敬と言うなら、最初から不敬だったぞ」

不敬はサラリと無視し、ソフィーは胸を張った。

「当然よ。私はクリスティーナお姉様の〝妹〟なんですから！」

「妹？　……なんだそれは？」

「あら、姉妹の契りを知らないの？」

昔のように、ソフィーの言葉が砕ける。砕けるというなら最初から大爆発だったが、フェリオは咎めることなく説明を聞いた。"女王の薔薇"での姉妹の契りについて。

「というわけで、私はクリスティーナお姉様の〝妹〟になったのよ！　これは一生の誓いよ！　つまり、貴方は私にとって敵というわけよ！」

なぜ〝妹〟からすれば婚約者が敵なのか分からない。

普通〝姉〟の婚約者は敬うものではないのか。

「…………ソフィーを淑女として美化する出来事なんて一つもなかったというのに、今のお前を見ていると、昔の方がまだマシだったと心底思うぞ」

とても真剣に真顔で言われ、まるでバートに説教を食らっているような気持ちになり、ソフィーは少しだけ我に返った。

まだ、憤りの気持ちは消えてはいないが、とりあえず最初よりはまともになった。

「なぜかしら、そう言われると心が痛いような」

「思い当たる節があるからだろう」

昔はソフィーの方が精神的に大人だった気がするが、今や逆転している。

「大体、この現状を見て、もっと他に考えることはないのか？」

「色々受け入れがたいわ……」

二人の間に、沈黙が流れる。先に沈黙を破ったのは、フェリオの方だった。

「嘘をついて悪かった」

第一王子の身分を持ちながら、やはりこの友人は優しいのか、本来なら極刑レベルの不敬をとがめることなく、幼い日のことを謝罪してきた。だから、ソフィーも友人として返した。

「嘘なんてつかれてないわ。ただ聞いていなかっただけだもの」

「……悪い」

「私、怒ってないわ。貴方が言いたくないことを、私が聞かなかっただけよ。なんでも知りたいと聞きたがるほど、短慮ではないわ」

「そうだな。幼い時のお前は大人だった」

「どういう意味!?　今の私が子供だというの!?」

詰めれば、フェリオが視線を逸らす。

王子として教育されているわりには、先ほどから昔の癖がまったく直っていなかった。

「話を本筋に戻すぞ」

分が悪くなると、話を逸らそうとするのも同じだ。

「本筋？」

「おいッ、忘れるなよ。お前の計画したこれのことだ！」

そう言ってフェリオがテーブルの引き出しの中から取り出したのは、確かにソフィーが提出した

〝花〟だった。『オーランド王国の下水道計画』は数十枚に渡る、ソフィーの中でも前世の記憶をいかした、知識と技術の集大成だ。

フェリオが、静かに席に着く。ソフィーも渋い顔をしながらも同じく席に座った。

「貴方は、私が書いたものだからと、これを実行しようと思ったの？」

「俺だってそこまで甘くない。読んですぐに画期的なものだと分かったからこそ、ロレンツォ・フォーセルに意見を求めた。これを書いたのが、お前だと知ったのは、ロレンツォがすぐに実行するべきだと進言してきた後だ」

クリスティーナは、ロレンツォの言葉を聞き、初めて誰が書いたものか打ち明けたそうだ。

「正直、耳を疑ったよ。クリスティーナがお前のことを知っていたのも、お前がこんなものを書いたことも……」

「クリスティーナお姉様は、私が〝女王の薔薇〟に入学した初日に会いに来てくださったわ。貴方が話したのではないの？」

ずっと不思議に思っていた疑問は、リオがフェリオだと知った時に解けた。

きっと、フェリオがクリスティーナに自分のことを話したのだろうと。

「……確かに、話したことは一度だけある。だが、ソフィーの名は出さなかった。聞いて楽しい話でもないだろう」

「ちょっと、なぜ私の話が楽しい話ではないのよ！　貴方、クリスティーナお姉様に変なこと言ってないでしょうね！」

「お前はいつも変だっただろうが！　変ではない話をすることの方が難しいぞ！」

「まぁ！ クリスティーナお姉様になんと言ったの!?」

なぜか強く詰問され、フェリオはまた本筋から離れていると思ったが、仕方なく目の前の少女の問いに答えた。

「アイツが……、あまりにも恋物語を聞きたいと言うから、お前の話をした」

「恋物語？」

「クリスティーナは俺の初恋の相手が聞きたいと、よく言っていたんだ。そんな話を婚約者にするバカはいない。何度もいないと言ったが。……ある日、すごく疲れていて……」

週に一度訪れる婚約者は、なぜかいつも恋物語を所望した。たとえ作り話でもよいので、わたくしにお聞かせくださいと請われ、週に一度の茶会すら時間が取れず何度も取りやめにさせてきた負い目から、つい話してしまった。過去の苦い初恋を。

「名は出していなかったのに、俺が一時期タリスの保養地にいたことは知っていたからか、すぐに目星はついたんだろうな。軽率だったよ。悪かった」

「……よく分からないわ」

「何がだ？」

「その話と、私がどう関係あるの？ クリスティーナお姉様は、貴方の初恋の話を所望されたのでしょう？ どうして私の話になるの？」

心底理解できないという顔でソフィーが言うと、フェリオが怪訝な顔をした。

「初恋の話が聞きたいと言われたから、ソフィーの話をしたのが、なぜ分からない？」

「あの時、誰か好きな人がいたということ？」

「お前に決まっているだろう！」

思わず叫べば、ソフィーが「はぁ?!」と淑女とは思えない声音を出した。

「なんだ、その反応は……」

「好きな人が私だというの?!」

「……おい、俺はお前に告白しただろうが」

「告白？」

「嫁にならないかと言っただろう！」

「……え、だってそれは私と離れがたいから言ったことでしょう？」

「離れがたいというのは、好きだということだろうが！」

ソフィーの視線が悩むように遠くを見る。その顔には『そういうものなの？』という疑問が張り付いているかのようだった。

コイツ、本当に分かっていなかったのだ……と気づき、フェリオは心底信じられないという顔で目の前の少女を見た。

「嘘だろう……。お前の中の乙女は死んでいるのか!?」

「失礼ね！」

あの時、断られることは理解していた。だが、まさか告白すら分かっていなかったとは、さすがのフェリオも想像していなかった。

乙女の心を失っている少女は、突然計算をし出した。手のひらに、指で何かを書くような仕草をし、それが終わると急に目じりを上げた。

「ちょっと、待って。あの時にはもうクリスティーナお姉様との婚約が決定していたはずよ。それはつまり、クリスティーナお姉様という立派な婚約者がありながら、貴方はどこの馬の骨とも分からぬ女に嫁になれと言ったの!?」

「どこの馬の骨って……」

自分を表現する言葉か？　と、フェリオは眉間に皺を寄せた。相変わらず、変な女だとしみじみと思いながら。

「なんてことなの、万死に値するわ！」

ソフィーがテーブルを勢いよく両手で叩き、まるで犯罪者を糾弾するかのように声を荒らげた。

「ああ、そうだよ。どうせお前は断るだろうと思っていたから、ここぞとばかりに嫁にならないかと言ったさ！」

フェリオもやけになり、真実を口にした。

断られることを知っていたからこそ告白した無様な自分を伝えるのは、かなり心が痛かったが、酷《ひど》い女はまったく気づかずに違う論点を心配していた。

「……私、もしかしてクリスティーナお姉様に、貴方との関係を疑われているの!?」

顔色を悪くして、ぶるぶると震えているソフィーに、フェリオはつくづく思う。

「お前は、なぜそんなにクリスティーナに心酔しているんだ？」

「クリスティーナお姉様を心酔しない人間など、この世に存在しないわ！」

力いっぱい断言された。

目の前の少女に、幼き日恋心を持った自分がとても可哀想だ。

なぜコイツだったのだろうと、段々分からなくなってきた。

「安心しろ、クリスティーナは王妃となるべく教育された、お前とは淑女レベルが天と地ほど違う女だ。そんな狭量な考えはない。……まぁ、別の方向では変わっている女ではあるが」

「なんてこと、貴方は女心がまったく分かってないわね！　女性は愛した人の過去が気になるものなのよ。その中でも、気になるを通り越して気にしてしまうほどになっていれば、それは相手に対して疑いを感じているということよ！　クリスティーナお姉様が、何度も恋物語を貴方に所望したということは、貴方に疑いを持っていた証じゃない！」

（コイツ、自分へおくられる恋心にはまったく気づかなかったくせに、他人のこととなるとやけに知ったかのような口ぶりだな）

正直、早く本題に入りたいのだが、ソフィーのクリスティーナへの偏愛が酷すぎてまったく話にならない。

（クリスティーナを下がらせる前に、茶でも用意させればよかった。コイツの話長そうだな……）

ソフィーが聞いたら激怒しそうだが、基本が王族気質《きしつ》なのでフェリオにとっては普通の感覚だ。

それどころか、フェリオは王族の中ではまだマシな方だと思っている。

異母弟に至っては、兄の婚約者と侍女の違いすら分かっていない。

異母弟も頭はとても良いのだが、興味がないものは記憶にとどめない節がある。

目の前で、女性に対する愛情はかくあるべきと拳を震わせて語っている初恋の君を前に、フェリオは頬杖をつきながら演説が終わるのを待った。

心の中で、コイツはバカなのか天才なのか本当に分からない……と、思いながら。

「ああ、ダメだわ。やっぱりクリスティーナお姉様に一度ちゃんとご説明しなければ。私がクリスティーナお姉様を裏切るような行為は、過去一回も行っていないことをご理解いただかないと！」

「そうか……」

長々と続いた力説が終り、最終的にクリスティーナへの弁明を行うことを決めたソフィーに、フェリオはやっとこの下らないやり取りを終わらせる手段を思いついた。

「ソフィー、言っておくがクリスティーナは王妃となるべく育てられた公爵家の令嬢だ。王が愛《あい》妾《しょう》や側室を取ることを当然としている王宮での理も、十分理解している」

「……は？」

なぜここでそんな話になったのか分からず、ソフィーは意味が分からないと首をかしげた。

「俺の母親は順番を間違えたことで窮地に立たされたが、本来王が愛妾や側室を取ることはなんら支障ない。逆に、愛妾や側室の有無を王妃がとやかく言うことは恥とされている。王妃といえど、口を出してはいけない領域なんだよ」

男爵令嬢として自由に育てられたソフィーには、理解したくもない話だろうと知りながら、フェリオは続けた。

「お前がどんなに弁明したところで、クリスティーナが言える言葉は限られている。それが王族となる女の宿命だからな。クリスティーナに弁明を行う行為は、クリスティーナにとっては口に出してはいけない領域を踏ませることになるぞ。そして、弁明すればば弁明するだけ、クリスティーナは俺に疑いを持つような、王妃には相応しくない女だと言うようなものだ。意味が分かるか？」

分かりたくなくても分かった。つまり、第一王位継承者であるフェリオの色恋沙汰にクリスティーナは関われない。関わってはいけないのだ。

事実無根だと訴える行為すら、クリスティーナに対する冒瀆《ぼうとく》になってしまう。

言い訳一つできないという事実に、ソフィーは絶句して固まった。フェリオはさすがに可哀想になり、フォローもしてやることにした。

「心配せずとも、クリスティーナはお前のことを疑ってなどいない。疑っているなら、お前と姉妹の契りとかいう誓いを交わすわけがないだろう。なぜ疑う女と姉妹の契りなど交わす」

フェリオの言葉に、ソフィーの顔色が明るくなる。

（クリスティーナの名を使えば、コイツちょろいな）

まさかそんなことを思われているとも知らず、ソフィーは拳を握った。

「そうよね。それに、最初の理由がどうであれ、現在私がクリスティーナお姉様の〝妹〟であることに変わりはないわ。〝妹〟としての〝姉〟への尊敬は、言葉ではなく行動で示すべきよね！」

ポジティブ思考でもって自分の気持ちを上げる少女に、フェリオは適当な相槌を打つ。

しかし、クリスティーナが疑っていないという言葉は嘘だった。

クリスティーナがなぜソフィーに近づき、〝妹〟にしたのか、フェリオには見当がついている。

しかし、それが予想通りなら、とても恐ろしいことになる。正直、それだけは回避しなければならない。自分の身のためにも。

「ソフィー、頼むからそろそろ本題に入らせてくれ」

「そうね。心は決まったわ。私はクリスティーナお姉様を信じるだけ。そして〝妹〟としてこの想いを貫くだけだわ！」

そんな決意など聞きたくないから、心の中だけで思うだけにしてほしいと願いながら、それでもこれ以上の脱線を恐れ、フェリオは聞き流した。

テーブルに広げられたまま放置されていた計画書を指さし、フェリオが問う。

「それで、これはいったいいつから考えていたものだ。昨日今日の出来ではないだろう？」

「計画自体は昔から練っていたわ。どこの国に行っても下水処理がおざなりで、いつ病気が蔓延してもおかしくないと危ぶんでいたから」

「他国に行ったことがあるのか？」

貴族の娘が他国に行くことは、ほぼないことだった。旅行という名目でいけないわけではないが、国を出るためには、かなりの金額を供託金として払わなければならない。オーランド王国は十分栄え、手に入る物も多い国だ。供託金を払ってまで他国に旅行に行く令嬢など皆無だった。

しかし、目の前の少女はなんの感慨もなくうなずいた。

「ええ、幾つか。――――ああ、そうだわ！　〝アマネ〟の件ではお世話になったわね、ありがとう。貴方とアルのお蔭で、私の願いが一つ叶ったわ。アルにもお礼を言っておいて。それとも、直接お礼を言える機会があるかしら？　今日は来ていないの？」

「アイツは、もう俺の護衛から離れている。知らん」

「なによ、その言い方。アルに愛想を尽かされてしまったの？」

「愛想を尽かすなら俺の方だろうが！」

なぜか怒っているフェリオに、ソフィーはいつか自分で伝えればいいかと結論を出し、話を続けた。

「ダクシャ王国もルーシャ王国も、その他の国も貴族街は美しいのよ。でも平民の、とくにスラム街となると酷いわね。正直、未だ疫病が発生しないのが不思議なくらいよ」

「スラム街に入ったのか!?」

「護衛も、バートたちもいたから私一人で行ったわけじゃないわ」

だから安心しろと暗に言えば、フェリオの目が大きく開いた。

「バート……？　未だにアイツらと交流があるのか？」

「あら、バートたちは今やれっきとしたリニエール商会の社員よ。お父様からも自分の従者にしたいと言われるくらいに優秀なんですからね！　勿論、今は無賃金で働かせたりなんてしてないわよ。ちゃんと管理職として、相応しいお給金を払えているわ！」

「そうか……。はは……」

自信満々に自慢するソフィーに、フェリオはなぜか突然笑い出した。

「なによ？」

「お前は……本当に面白い女だよ。決して夢物語も夢では終わらせないんだな」

孤児を教育させ、手元で働かせる者など聞いたこともない。それが一人二人の話ならまだしも、何人も。

少しだけ、まだ迷っていたものがフェリオの中で掻き消えた。

（そうだ、コイツは誰よりも強く、賢い女だった）

忘れていたわけじゃない。だが、誰だって大人になるにつれ、心に恐れと弱さを飼うものだ。

別れて数年、その数年でソフィーも淑女として立派に育ったのだろうと思っていた。

下水道計画を立てた者がソフィーだと知り、しかも〝女王の薔薇〟へ入学していた事実を聞いた時、さすがのソフィーも貴族の令嬢たちを数多く見れば、自分の異質さにも気づき、畏縮しているのだと思っていた。

だが、実際はどうだ。おかしさが倍増し、令嬢を見習うどころかまるで騎士のように守ろうとしている。

（大体、畏縮している女が、そこでこんなものを考え提出するわけがないか）

手にある彼女の〝花〟は、誰も見たことのない異質なものであり、誰よりも自由な発想と、力強い想いが込められていた。

「お前は、やはり普通の令嬢じゃないな」

「ちょっと、久しぶりに会った私に対して、なんて言いようなの」

「その言葉はそっくりお前に返すぞ」

言い返せば、ソフィーが言葉に詰まる。

頬を少し膨らませている少女への、少しばかりの恋心はやはり残っていた。忘れようとした、忘れなければならない想いはまだくすぶっている。

けれど、今日で終わりだ。

容赦のない命を聞けば、ソフィーは自分を憎むだろうか。拒否するだろうか。

それでも、フェリオは自分の立てた計画をソフィーに遂行してもらうつもりだった。自分のこれからの地位のために。それは誰でもない、ソフィーにしかできないことだから。

「ソフィー。俺はこの計画を遂行するにあたって、お前を最高責任者とし、そのために〝王の剣〟に行ってもらうつもりだ」

「………なんですって？」

とんでもない単語にソフィーは絶句し、言葉の聞き間違いを疑った。

「お前には〝王の剣〟の学生たちと共に、事を成してもらう」

「ちょっと待って。〝王の剣〟は男のための学院でしょう！　貴方、私の胸が小さいからって男だと思っていない？　これでもちゃんと第二次性徴期だって迎えたのよ！」

「ば、バカッ、なに言って……ッ」

男を目の前にしていうセリフかと狼狽えれば、恥など一切知らぬ少女が声を荒らげる。

「バカは貴方でしょう！　どうして私が男しかいない場所へ行かなければならないの！　私は令嬢なのよ！」

「まったく令嬢らしくないがな……」

「なんですって!?」

「いや……」

「大体、〝王の剣〟は、銅星《どうせい》以外は多くが貴族の子息ばかり。黒星《こくせい》なんて、子爵以上の階級を持つ子息一色じゃない。男爵令嬢の言うことなど聞くわけがないでしょう！」

「それは安心しろ。お前を最高責任者にするにあたって、俺はソフィーに紫星《しせい》を与えるつもりだ」

「し、紫星!?」

その言葉に、ソフィーは唖然と口を開き、固まった。

オーランド王国には、五つの色の星が名誉としてある。

どの星が得られるかは、〝王の剣〟に入学する時に決まってしまう。〝王の剣〟は、学部毎に分かれているのだ。

王族を守ることを第一とされる聖騎士団を育成する黒星《こくせい》。

国の経済を担う者を育成する金星《きんせい》。

国の発展のため、研究・開発を行う者を育成する銀星《ぎんせい》。

国と民のためにその身を捧げる騎士を育成する銅星《どうせい》。

これらの星は〝王の剣〟を卒業すれば得られるものだ。最後の色、紫を除いては。

紫は王の色とされており、紫星《しせい》と呼ばれる。この色を配下に与えられるのは王か、第一王位継承者だけであり、賜って初めて得られる星となる。

この星を王が与えるのは稀で、ましてや女性に与えるなど前代未聞だ。いや、どんな星の色でも、まず女性が得られるものではない。

「過去、女性で星を、しかも紫星を与えられた者は一人もいない。お前がその初代になるんだ」

「貴方、正気なの……？」

「ああ」

迷いのない返事に、ソフィーの方が混乱した。

星には一から五までの数がある。〝王の剣〟では、最高三つの星を得ることができ、卒業してからは武勲や文勲を上げることによって星の数を増やす。

しかし、紫星だけは唯一最初から五つの星が与えられていた。

この国の稀代の天才と言われる医科学研究所所長ロレンツオ・フォーセルは銀星、星五つを賜っているると聞く。そのはるか上の星を自分が貰うなど、さすがのソフィーも恐ろしさを感じた。

「そこまでする必要など……」

「ある。まず、貴族の中には、俺よりも王と王妃の息子である第二王子の異母弟を王に推す者も多い。俺はそれを一掃するためにも、この計画を大成する必要がある。俺が計画を推進させ、そのために紫星を与える行為は、国民からの支持にもつながる」

説明するその顔は、王族のものだった。幼い日、共に遊んだ友人ではなく、王子のものだった。

王子らしい、利己主義的な言葉だ。

だが、ソフィーはそれを批判などしなかった。

彼が王子なら当然であり、そうでなければ、彼はいまの身分をとうの昔に奪われていただろう。

「故に、異母弟を王と推す者たちの妨害も入るだろう。その対処のためにも外部からの侵入がほぼ困難な〝王の剣〟は勝手がいい。〝王の剣〟の学生は、現王と、次の王に絶対の服従を課せられている。もし、その中で王の代弁者とも言える紫星に手を出せば、極刑は免れない。少しでもおかしな素ぶりを見せればすぐに対処できる。いや、対処する。それに、〝王の剣〟にいまいる学生たちは、年からいってもゆくゆくは現王ではなく、俺の下に就く者たちばかりだ。事業に協力させ、有望な人材を輩出することは俺の利益にもなる」

「言いたいことは分かるわ。けれど、それは諸刃の剣よ。力のない女に紫星を与え、事がうまく成就しなければ、貴方は色ボケ王子と言われ、支持は急落するわ」

クリスティーナが調べさせて自分とフェリオの繋がりを知ったくらいなら、フェリオを玉座から引きずり降ろそうとしている者も、同じく紫星を与えられる女のことを調べるだろう。

そこで幼い時に出会っていた少女だと知れば、真実とは違う噂を流される恐れだってある。

しかし、フェリオは意に介さず強い言葉で言う。

「ああ、分かっている。だが、お前が大成すればそんなものは掻き消える。そのためにも、お前には多くの人間を巻き込み、大規模に動いてほしい。誰でもない、紫星を賜ったソフィー・リニエールが動き、指揮していることを公に知らしめてほしい」

次期王が、紫星を賜った女性がどれほどに優秀であるかを伝えるのだと、フェリオは言う。

「最初は、拠点をロレンツオ・フォーセルがいる医科学研究所にしようか考えたが、あそこはロレンツオの階以外は人の出入りが多い。危険性が上がる。何より、あそこで事を成せば、お前の名ではなくロレンツオ・フォーセルの名が上がるだけで終わってしまう可能性がある。それでは意味がない。ロレンツオはあくまでお前の下に就かせる。これはロレンツオも納得していることだ」

お前の名声が王都に響き、紫星を賜るほどの人物だと広まれば、最終的には医科学研究所へ拠点を移すことも考えているが今はその時ではない、と続けるフェリオにソフィーの顔色が変わる。

稀代の天才の名は、爵位や金で買ったものではない。

彼は本物の天才だ。その天才を下に就かせるのは、彼への侮辱に等しい。

「ロレンツオ・フォーセル様は、侯爵家の方でしょう。しかも稀代の天才と言われる方だと聞くわ。本当に納得しているの?」

「ロレンツオとしては、お前と話せればそれでいいそうだ。あのロレンツオが天才と称した人物は、お前が初めてだからな。正直、俺も驚くくらいにお前の〝花〟を褒めていた。そういえば、アイツの顔があんなに喜色に綻んでいるのを見たのも初めてだな……。ロレンツオのことは信じていい。アイツの価値観は、地位や品位ではなく、知性だ。頭の回る人間を、アイツは好む」

（逆に怖いわよ……）

あれは前世の記憶から作ったものだ。自分が新たに導き出したものではない。

稀代の天才にそこまで思われるほどの人物ではない我が身を思い、ソフィーは頭を抱えた。

「お前が事を成すために一番重要な星は、国の発展のために研究を行う銀星だ。銀星の者たちはロレンツオ・フォーセルが認めた者なら、たとえ女であろうと跪《ひざまず》く。安心しろ」

頭を抱えながらも、ソフィーはその言葉に否を唱えた。

「いいえ、銀星だけではないわ。これは全てに関わることよ。下水道計画に必要な薬、物資、土地、それは机上の空論だけで語れるものではないわ。物をみる力のある金星も必要だわ。施設には、より強固なものを使用したいし、軌道にのればいずれは他国へ技術を売り出したいの。この国の経済を担う金星の力は、絶対的に必要なのよ。平民が多いとされる銅星とも話がしたいわね。現状の、特にスラム街の様子や生活は詳細に知りたいわ。……そうね、いらないのは黒星くらいかしら?」

「おい……。俺は、お前に護衛をつけるつもりだが、護衛は黒星だぞ」

「いらないわ、黒星なんて。皆、子爵以上のお坊ちゃまじゃない。聖騎士団の方なら、社会を知って見る力が養われていらっしゃるでしょうけれど、学院に通うお坊ちゃまレベルなら、たとえ剣技が素晴らしくても銅星にも同レベルの方はたくさんいるでしょう。正直、実戦に近い演習をしている銅星の方が、護衛としては優秀だと思うわ」

確かに、黒星の者は子爵以上の子息ばかりでプライドが高い。

たとえ黒星を卒業しても、聖騎士になれるものは片手ほどだが、王族直属の護衛である聖騎士団を育成している黒星は、どうしても授業は宮廷作法などを取り入れたものが多くなる。実戦で言えば銅星の方が頼もしいのは事実だった。

「大体、私が一番欲しいモノはその土地に根付いた地理と、確かな情報よ。貴族のもたらす情報なら、私だって手に入れられるわ。欲しいモノはそれではないの」

相変わらず、普通の令嬢なら喜ぶものが効かない女だと、フェリオは思う。

まだ〝王の剣〟の生徒とはいえ、本来王族のためにある黒星を護衛にできる光栄を、不要だと切り捨てるとは。

だが、当然といえば当然かもしれない。

ソフィーは護衛の星の数を、〝グルグル〟ができるかどうかで測っていた女だ。

「一応令嬢であるお前に、男ばかりの場所へ行けと言うのだ、できる限りのことは譲歩する、できるだけのことはしてやる。だが、ソフィーの護衛の責任者は俺が決めさせてもらう」

そこだけは引けないと、強く言う。

「〝王の剣〟で事を成すことは、令嬢にとっては過酷で体裁が悪いことは分かっている。リニエール男爵には、俺の方から説明する。もし、婚約者がいるならソイツにも直々に説明してやる」

「お父様はともかく、婚約者なんて私にはいないわ。貴方、私が言った言葉を忘れたの？」

「……そうか」

なぜか残念そうな顔をされた。面倒が一つなくて良かったと思うならともかく、その渋い顔はなんなんだとソフィーは首を傾げる。

フェリオが、まだテンマのことを想っているのか……と、心を痛めていることは知らず、ソフィーは今までの話を要約する。

(拒否権は、たぶんある……)

最高責任者になれというだけならまだしも、令嬢に男ばかりのところで事を成せと言うのは、どう考えても非常識だ。断ることもできる。

(祐、貴方はどうしたいかしら?)

己に問う。

夢は、ソフィーと祐のもの。

どちらも自分自身だが、まるで語り掛けるように祐に問いたかった。

(貴方は、自分の夢を叶えられなかった。私なら、ソフィーなら夢の一歩を踏み出せる。ねぇ、どうする?)

歩くか、止まるか。

フェリオはソフィーの戸惑いを感じながらも、どうしても言っておかなければならない非道な言葉を、意を決し吐き出した。

「ソフィー、俺は自分の地位を下げるつもりはない。お前が事を成せば、俺は初めて女性に紫星を与え、素晴らしい結果を残した王として名を刻む。お前には……、俺の駒となってもらう。拒否させるつもりはない」

「……駒、ね。その駒がしくじったらどうするの?」

「むろん、切り捨てるだけだ」

王族らしい言葉で、少女に告げる。

わざわざ言葉にしなくても、本来王族とは不要な駒はすぐに切り捨てるのが当然だ。

フェリオもそうあるべきだと教えられた。

だが、王族として育てられても、根本にあるフェリオ自身の心がキリキリと痛む。

ショックを受けるだろうかと、少女の顔が青ざめるのを見たくなくて、目を逸らす。

しかし、返ってきた言葉はフェリオが考えていたようなものではなかった。

「ちゃんと、切り捨ててくれるんでしょうね？」

露悪的に吐いた言葉に、まったく怯むことなく、ソフィーが強い眼差しでフェリオを捉える。

「貴方はなんだかんだで優しいわ。でも、上に立つものなら、切り捨てる時には情などかけずに切り捨てなければいけない時がある。一縷《いちる》の望みなどかけずに、ちゃんと切り捨ててくれるんでしょうね？」

一瞬、言葉に詰まったが、ここで怯んだらこの目の前の少女に負ける。

正直、王宮の古狸を相手にする方がよっぽど楽だ。嘘と欺瞞《ぎまん》に満ちた彼らの方が、まだ理解にた易い。

「……ああ」

どうしてこの少女はこうも強いのだろう。守ってもらう気など一つもなくて、それなのに突き放されているわけでもない。

自分を切り捨ててでも、守るべきものを一番に守れと念を押す少女の強さにフェリオは舌を巻く。

フェリオが答えると、またソフィーが考え込む。

全体的に考え、計算し、最良を探し、問題点を出し、計画と対策を練る。

その真剣な顔は、とても少女のものとは思えなかった。

目の前の少女に畏怖の念を感じながら、フェリオはソフィーの答えを待った。

「私、負ける戦はしない主義よ」

ポツリとソフィーが言う。商家の人間らしい言葉だ。

これは拒否ということか……、とフェリオは唇を噛んだ。

「〝王の剣〟の人材がいかほどか知らないけれど、不要な人間はどんな身分であっても切り捨てるし、逆に使える人間なら身分問わず力を借りるわ。あと、私はしょせん男爵令嬢ですもの、地位の低い女には従わないという輩《やから》には、紫星の権力も容赦なく使うわよ。あといくつか条件があるけど、それは書類にしておくから、目を通して許可できるか検討してちょうだい」

「ソフィー……」

サラサラと淀みなく言葉が紡がれる。

すでに目的の成功を確信している瞳は、宝石が輝くようで眩しかった。

もう彼女の中では始まっているのだろう。座っている暇も惜しいとばかりにソフィーが席を立つ。

「本当にいいのか？　……先ほど、ああは言ったが、正直〝王の剣〟にいる者たちも、紫星が与えられたお前に上辺では頭を下げても、実際は分からないぞ」

これ以上不安を煽るようなことは言いたくなかったが、事実は事実として告げることにした。事実を告げたところで、目の前の少女が怯む気がしなかった。

思った通り、怯むどころかまるで冷笑するかのような瞳で言う。

「あら、それはそれで楽しそうね。身分が高ければ高いほど、弱みとして価値があるわ」

恐ろしいことをサラリと言って、ニッコリと笑う。笑うたびに、恐ろしさが増した。

「おい……」

「こんなにか弱い少女に仇《あだ》なすと言うのなら、当然でしょう。それに、相手が殿方なら容赦する必要がない分、ご令嬢たちよりよほど気楽ね。それに――」

言葉と共に、視線が落ちる。だが、すぐに上がる。

まるで、遠い未来を見るかのような強い新緑の瞳が、まっすぐ前を向いていた。

「私はこの数年で、貴方以外にもたくさんの約束と誓いを交わしたわ。それは、全て最初に宣言した貴方との約束に繋がるものばかりだった。約束を遂行するためにも、私は普通の令嬢ではいけないの。それでは負けてしまうから……」

自分に言い聞かせるように、ソフィーが言葉を紡ぐ。

しかし、次に出た言葉は、とても居丈高なものだった。

「だから――貴方は玉座の前で待っていなさい。私が約束を果たす時を」

「……お前の規格外は、どこまでも俺を驚かせるな」

王子を目の前にして、堂々と威勢を放つ少女に負けたくなくて、フェリオも席を立った。

いい女になれと、王都にその名を馳せるほどにと言ったのは自分だ。

しかし、もうその約束は果たされているとフェリオは思った。

けれど、遥か上を目指す少女は、それで良しとはしない。

どこまでも強欲に、上を向いている。

「条件を書類にするわ。部屋に戻って準備するから、少し時間をちょうだい」

「ああ」

返事をきくと、ソフィーは扉の方へ歩き出した。

ドアノブに手をかけるが、思い直したようにフェリオの方を向いた。

「貴方のこと、クリスティーナお姉様の婚約者としては、まだ認めたくはないけれど」

「本当にそこに拘るな」

フェリオはうんざりとため息を吐くが、ソフィーは続けた。

「当然でしょう、第一重要事項よ！　…………でも、やっぱり会えて嬉しかったわ。会えるのは、もっとずっと先のことだと思っていたから」

ずっと先でも、自分にいつか会えると信じていた少女の瞳を見つめた。

幼い時に自分の心を救ってくれた少女は、新緑の瞳でいつだって自分を捉える。

「フェリオ、本当の名を教えてくれてありがとう。大切に呼ぶわ」

王子に対して淑女の礼も取らず、昔と変わらぬ態度で扉を開いて退出する少女は、相変わらず颯爽としていて美しかった。

思わず足が一歩後退し、そのまま椅子に倒れこむように座る。

「――――アイツっ!!」

その気など欠片もなく人を落とす少女に、フェリオは悪態をついた。

聞くもののいない呟きは、すぐに空気に溶けて消えていった。

ソフィー・リニエールというご令嬢～フェリオ・レクスの邂逅《かいこう》と絶望～

物心つく前には、もうすでにフェリオの母は亡くなっていた。

王妃の侍女でありながら王を誑《たぶら》かし、第一王子を産んだ女。自分は、その女が産んだ子。王宮に満ちる悪意は、幼いながらに感じていた。

それでも、フェリオが第一王子として大事に育てられたのは、王妃が自分の存在を認めてくれていたからだ。

王妃は、元は美しいと評判の公爵令嬢だった。笑みも、怒りもその表情には表れないが、見ているだけで皆がうっとりとするような顔立ちをしていた。

正直、どうしてこの美しい王妃より先に、側室に子を生ませたのか理解できなかった。王は、特段愚王というわけではない。王が、父親が順番さえ守ってくれていれば、こんなことにはならなかった。そう幼心に思うことを止められない。

王妃と異母弟が一緒にいるところを見ると、いつも胸が痛んだ。母親のいる異母弟が羨ましく、妬ましかった。

けれど、本来なら第一王位継承権を持つはずだったであろう異母弟は、それを奪った自分を疎んじることなく、逆に慕うように自分の傍にいてくれた。

そんな一つ下の異母弟を、可愛く思う心もありながら、どうしても心底愛せない自分が、吐き気がするほど嫌いだった。

五つの時に、異母弟が持っている物が羨ましく、同じ物をねだった。しかし、異母弟と同じ物を欲しがると、いつも王妃から叱責が飛んだ。

「フェリオ、立場を考えなさい」

美しい顔が、表情を変えずに冷たく言う。それを聞くだけで心が冷えた。

王の子として認めていても、きっと王妃は自分の子を、王にしたいのだろうと思っていた。

その方が、自分も助かる。

自分の血は、王を奪った侍女のものだ。

王位につくべきは、この誰よりも気高い王妃の血が流れる異母弟が相応しい。そう思っていた。

それが間違いだと知ったのは、自分の婚約者が公爵令嬢クリスティーナ・ヴェリーンに決定したことを聞かされた時だった。

貴族の中でも一、二を争う名家であるヴェリーン家との婚約は、王位継承を確実とする布石。

その布石がなぜ自分なのかと、フェリオは父である王ではなく、王妃に問うた。

「なぜ私なのですか、お義母様《かあ》は私に立場を考えろと、いつも言っていたではありませんか！」

「そうよ。貴方は第一王子。この国を継ぐ者です。王を継がぬ第二王子と、立場が同じはずがないでしょう」

「――ッ！」

今まで気づかなかった。異母弟が持っている物は、全て自分の物より一つ下のランクであることを。異母弟と同じ物を欲しがった時に、どうしていつも王妃が駄目だと口にしたのか。

王妃は、最初から自分を王にするつもりだったのだ。

自分を裏切った女の子供を。

正当な王位継承者は、王妃が生んだ異母弟だとずっと思っていた。

それなのに、王位継承者は最初から自分だったのだ。理解できなかった。

（一年早く生まれただけなのに？　それだけで国を継ぐのか？　自分が？）

目の前が真っ暗になった。

考えもしていなかった現実が、重くのしかかる。

王を継ぐ者としての教育は、日に日にその量を増し、重責と責務が、心と体をむしばんでいった。

体調を崩し、高熱を上げることが多くなり、日がな一日寝台で過ごすこともあった。

そんな時に新しい護衛がついた。

その男は、よく笑う男で、よく喋る男だった。

まだ若い彼は、大よそ護衛という職業に向いているとは思えなかったが、すぐにそれが無能なフリをしているだけだと気づいた。

護衛は、自分の可愛い弟の話をよくした。

熱が下がったばかりで、まだ朦朧としているフェリオの横で、果物を気持ち悪いほどにリアルなウサギに切りながら、護衛が話す。

その話を聞くと、護衛の弟が羨ましいと思った。

兄に守られ、愛される。自分とは違う環境にある護衛の弟が羨ましかった。

皿に、普通に切り分けた果物と、リアルなウサギを置かれ、フェリオはリアルなウサギを口に入れた。甘みが強く、果汁の多いそれは、熱のあった体にはあり難く、美味しかった。

何度か咀嚼すると、護衛はニッコリと笑って言った。

「フェリオ様、毒味していないものを安易に口に入れてはいけません」

自分が用意して切ったものを、毒味なしで食うなと言う護衛にうんざりする。

「誰が準備したものであろうと、毒の可能性をお考えくださいね。たとえ、それが未来の王妃であってもです」

「——お前はッ、オレの妻になる女さえ、疑えと言うのか!?」

「はい」

「ッ！」

サラリと返され、また熱が上がりそうになる。

正しい意見だ、正論だ。

しかし、今のフェリオにはその言葉自体が毒だった。

自分の妻さえ疑わなければならない。

なら、誰も信じる者などいないではないか。

信じる者もおらず、自分を真に守ってくれる者もいない。

そんな世界で、自分はどうやって一人で生きていけばよいのか分からなかった。

その晩はまた熱が上がり、もうこのまま死んでしまいたいと思った。けれど死ぬことはなく、熱も下がらない。

そんな状態が数日過ぎると、突然王が寝室にやってきた。

王も王妃も、その職務を全うする人ではあるが、愛情深い性格ではない。

なぜ来たのだろうかと思っていると、王が感情のない声で、自分にタリスの保養地に行くように命じた。なぜかと問えば、王妃から、空気と水が綺麗なタリスなら、フェリオの体調も良くなるだろうとタリスを薦められたのだそうだ。ご丁寧に、優秀な医師団をタリスの屋敷に待機させているという。

側室に先に王子を産ませた負い目なのか、王は王妃の言うことは全て叶えようとする節があった。王妃が、王に自分の子を次期王へと一言言ってくれるだけで、自分は楽になれるのに。

もしや、これは王を奪った側室への恨みを、その息子で晴らそうとしているのではないだろうかと、疲れた心が疑う。

これが厄介払いならどんなにあり難いだろうと思いながら、諾と返事をした。


その後、熱が完全に引いた頃に、フェリオは保養地に向かった。

タリスの保養地は、確かに空気も水も美しかった。

空は青く、雲は白い。

当たり前の光景が、いつもそこにあったのに、王宮にいた時は気づきもしなかった。

王妃が派遣した医師団は優秀で、少しずつ体が良くなっていく。しかし、王宮には帰りたくなくて、良くなる体とは裏腹に、心は暗かった。

保養地には、よく笑う護衛もついてきた。

この護衛は、いつも小言がうるさかった。何をするにしても注意が飛ぶ。

うんざりして、王に護衛を替えてもらえないか手紙で頼んだが、返ってきたのは却下の一言だった。しかも、王に護衛を替えてほしい旨頼んだことが、護衛にもバレてしまい、ウソ泣きで非道扱いされた。

このあたりから、フェリオは護衛に対して遠慮しなくなった。

うるさいと思ったらそう言うし、お前は護衛としておかしいと指摘し、改善を命じた。

第一王子という身分であっても、誰かにこんなに強く命じたのは初めてだった。しかし、改善をどれだけ命じたところで、よく笑う護衛は相変わらず笑うだけで、フェリオの意見を完全無視した。

そんな時だった、フェリオが一人の少女と出会ったのは――――。


気晴らしの外出中、馬車の中から外を見れば、一人の幼子がじっと川を見ている姿が目にはいってきた。

「あの娘は、何をしているんだ？」

恰好から見ても、貴族の娘のように見える。

すぐ近くに建てられている屋敷は、さほど大きくはないがまだ新しく、造りも十分立派なものだった。

「リニエール家のご令嬢でしょうか。侍女もいないようですが、本当に一人で何をしているのでしようね」

「リニエール家？」

「男爵家ではありますが、エドガー・リニエールは商才のある有能な男です」

「ふーん……」

家柄には特に興味もなく、ただじっと娘を見ていると、その娘が突然川に倒れた。バタバタと幼い手足を動かしているのが見える。

「おいッ、あれ溺れてないか!?」

「この川は浅いはずですが……」

「馬車を停めろ！」

「フェリオ様」

護衛が名を呼ぶのは、駄目だという制止だ。

しかし、フェリオは構わず御者に馬を停めさせ、護衛の声を振り切って外に出た。

川は本当に浅かった。なぜこれで溺れるんだと思いながら、娘を救う。

「おい、大丈夫か!?」

その体を持ち上げ、声をかければ、娘がうっすらと目を開けた。

潤んだ新緑の瞳が見え、思わず息を呑む。

幼いながらに、可愛らしい容姿の娘だった。

一瞬だけ、こんな川で溺れたのは演技で、もしや自分に仇なす人間の手の者かと疑った。護衛も、それを疑ったから自分を止めたのだろう。

しかし、よく見れば、息も絶え絶えの様子はとても演技とは思えなかった。

「意識はあるか?! いま、お前の家の者を――」

意識が混濁しているのか、動かない娘に叫ぶ。

すると、新緑の瞳から、水滴なのか、涙なのか分からないものが頬へと流れた。

「てん……ま……」

知らない名を呼ぶ娘は、まるでこの世の幸福を甘受したかのような笑みを浮かべ、手を伸ばす。

だが、触れる前に、手は落ちた。気絶したのだ。

それから、娘は数日寝込んだ。


その出会いは、いったいなんだったのか。

まるで必然のような出会いだった。

浅い川で溺れるような娘だ。きっととても大人しく、とろいのだろうと思っていた。

しかし、回復した彼女〝ソフィー・リニエール〟は、とても浅い川で溺れるような娘ではなかった。

こちらが一つ言えば、十倍にして返し、喜ぶだろうと思って差し出した言葉にも、微妙な顔をする。

行きたいところを問えば、真っ先に市場に行きたいといい、あろうことかその市場で色々買い込み、買ったもので次の日調理して食えと言うのだ。

（いや、さすがにこれは……）

湯気が上がるそれを口にしていいのか、チラリと護衛を見る。

さんざん毒味していない物を、口にするなと言われている。

しかし、少女を目の前に、護衛に毒味をさせてから食べるなどできない。

あとで護衛の説教を聞けばいいかと決意すると、隣で護衛が食べだした。

しかも長々と感想まで言って。

それを聞いて俄然興味が湧き、フェリオも口に入れる。

「うまい……」

温かな食事を食べたのは、いつ以来だろう。

フェリオにいつも出される料理は、スープ以外は基本冷たい。スープですら、配膳と毒味をしている間に冷えてさほど温かくない。ソフィーが作ったそれは、温かく、そしてとても美味しかった。

王宮の一流の料理人が作ったものより、ずっと。

どうだ、うまいだろう！　と、自信満々の顔をする少女を見つめる。

それはフェリオが、ソフィー・リニエールという少女は普通の令嬢とは違う生き物だと感じた最初の出来事だった。


それから何度もソフィーのもとへ訪れた。

護衛が、ソフィーに対して警戒心を持っていることは分かっていた。

直接口にすれば、

「怪しまない方がおかしいではありませんか」

そう笑って答えた。

この護衛の怖い所は、どんな時も同じ笑みで笑っている所だ。

だが、怪しまない方がおかしい。それは確かにそうだ。

見たこともない食材を使い、けれどそれを最初から知っていたかのように食材を使用し、食べたこともない美味に仕上げる。どんな本にも載っていない菓子を作り、本に載っていたと嘘を言う。

怪しいことこの上なかった。

それでも、いつも小言がうるさい護衛にしては珍しく、会うなとは言わなかった。

どんなに怪しくとも、ソフィー・リニエールには、悪意も策略も感じられなかったからだ。

民全体に行き渡るような砂糖を作りたいと豪語し、そのための一歩として孤児たちに手伝いを求める。ただの貴族の令嬢が、なぜ民を想うのか分からなかった。

もしかしたら、仇なす者の手先ではなく、王妃の遣わした少女なのかもしれないと思った。

王として成長しない自分を見兼ねて、素晴らしい資質をもった少女を近くに置くことで、その手助けをさせているのではと。

しかし、それもすぐに否定した。

ソフィーに、王宮の色など微塵《みじん》も感じない。

ソフィーには、〝ソフィー・リニエール〟という色だけが、いつも輝いていた。

それが眩しくて、フェリオはいつも真っ直ぐにソフィーを見ることができなかった。

比べてしまうのだ。

何もかもがその手にありながら、ただの一つも自分のものではなく、何一つ自分のものにできない無力な自分と。

何にも囚われない鳥のようなソフィーが羨ましく、自分を取り巻く籠を見てはため息が零れる日々。

ふと、思ってしまう。

王家や、貴族なんてものがなければ、自分は彼女とずっといられるんじゃないか？　地位や立場に影響されない世界なら……。

そう思うことが多くなった。

だが、それは自分の愛する少女によって否定された。

幼い少女の言葉とは思えないほどに論破され、落ち込んだ。

けれどすぐに気づく。ソフィーは、ただ自由に生きているわけじゃない。

自分の成すべきことを探し、動き、そして達成しようとしている。

強い心と、負けない自分を持っている少女が眩しくて、なぜか泣きたくなった。

その時に、心は決まった。

——王になろう。

誰よりも、国と民を想う王になろう。

誰よりも、強くあろう。

いつの日か、自分の望む世界が訪れることを祈って、今を刻もう。

少女に別れを告げた日から、弱さは捨てた。

彼女に笑われないよう、必死に生きると決めた。

彼女と交わした約束はきっと守られるだろう。

その時に、自分も胸を張って彼女に会えるだろう。

死ぬ前に、一度でも彼女に出会えれば、きっと自分は幸福なままその時を迎えることができるだろう。

しかし、ひっそりと心の中で思っていた想いは、自分の婚約者が持ってきたある計画書によって、予期せぬものへと変わっていくことになる。


ソフィーが書類を作るべく部屋を出ていくと、入れ替わるようにクリスティーナが入室する。

「殿下、ソフィーはなんと？」

婚約者にしては、珍しく声に緊張感があった。承諾したと言えば、ゆっくりと目を閉じ、長い睫《まつげ》を伏せる。その表情には、安堵と、だが少しばかりの失意があった。

「あの子は、きっとこの大舞台の主役となり、華麗に舞って皆を驚かせるでしょう。それがとても楽しみであり、同時に心寂しくも感じます。……もう少しだけ、わたくしの傍でその愛くるしい笑みを見ていたかったですわ」

この学院で、二人が同じ時を過ごすことはもうできない。クリスティーナにとっては、残り少ない学院生活だ。本来なら、そのわずかな時間を、〝妹〟と過ごしたかったのだろう。

「ですが、これは未来への布石です。ソフィーが、見事大成を果たせば……」

クリスティーナが、まるで自分に言い聞かせるように言葉を紡ぎ、何かを想うようにまた目を閉じた。今ある幸福よりも、先の大きな幸福を得るために決意する。

婚約者のそんな表情に、フェリオは考える。

ソフィーは、クリスティーナとも約束を交わしたのだろうか、と。

あれだけクリスティーナに心酔していれば、それも十分あるだろう。しかし、解せなかった。

「クリスティーナ、あれはなんだ？」

「あれ、とは？」

「ソフィーのお前に対する献身だ。あれは病気の領域だぞ。本題に入る前に、延々お前の話を聞かされた。本題の方が、短く終わったくらいだ」

人の話は聞かないわ、自分がクリスティーナの婚約者だという事実にブツクサ言い、認めない、認めたくないとうるさかった。

そうクリスティーナに愚痴れば、麗しい婚約者は輝くばかりの笑顔で言う。

「申し訳ございません、殿下。ソフィーは、わたくしの言うことはよく聞くのですが」

「だから、悪意しか感じないぞ！」

ソフィーもだいぶ変だが、目の前の婚約者もかなり変わっていることを、フェリオは知っている。

だが王妃として素晴らしい素質を持っていることは認めていた。だからこそ、疑わしい行動の意味を聞かねばならなかった。

「クリスティーナ、なぜソフィーと姉妹の契りとかいうやつを交わした？　しかも入学初日に行ったそうじゃないか。お前……まさか……」

なぜか、それを口にするのも恐ろしく、フェリオはクリスティーナを睨む。

睨んだところで怯むような女ではなかったので、言葉を続けた。

「変なことを、考えてないだろうな？」

「まぁ、殿下。わたくしが、殿下に仇をなすとでもお思いですか？」

「お前は賢く、王妃の器を持っている。これ以上にないほどの相手だ」

「光栄ですわ」

賢い婚約者は、美しい微笑みを返しても、フェリオの真意をあえて汲み取ろうとはしなかった。

それが、答えとなり、フェリオは言いたくない言葉を言わなければならなくなった。

「だが、立場を考えろよ。側室の有無は、お前が口を出せる範疇《はんちゅう》ではない」

「殿下、それは違いますわ。王妃が側室の〝無〟に口を出すことは許されておりませんが、〝有〟については口を出す権利がございます。殿下の側室となる者は、それにふさわしい者でなくてはいけませんもの」

「お前……やっぱり……」

入学初日に姉妹の契りを交わしたのは、ソフィーの側室としての資質を見るためだったのだろう。

たとえ資質がなかったとしても、クリスティーナは優秀な女だ。どんな愚鈍な女でも、一流に仕立て上げるくらいの力量がある。

「その点、ソフィーは合格です。聡明で、場を読み、機転も利きます。容姿も申し分ないですし。側室としては地位が低いのが少々難点でしたが、紫星として大成すれば、文句を言う者などおりませんわ。いいえ、言わせませんわ」

自分の婚約者の恐ろしい言葉に、フェリオは恐れおののいた。

クリスティーナがソフィーの名を口にした時から、嫌な予感はしていた。

この女は、未来の王妃として完璧だ。完璧すぎて、恐ろしいほどに――――。

「お前は俺を殺す気か！　あんな、お前に心酔している女に側室になれと言ってみろ、その瞬間殺される！」

「イヤですわ、殿下。殿下に危害を加えるような者などおりませんわ」

「アイツは誰もいなければ、俺の胸倉を掴んで凄むくらいする女だ！」

「そんな、初恋の君に対してあんまりな言いようですわ。ソフィーは、そのような行いは致しませんわ」

「お前の前では猫を被っているだけだろう！　それに、アイツには想う相手がいる！　側室になどなるわけがない！」

思わず叫べは、クリスティーナの顔色が変わった。スッと冷淡な顔になる。

「……ああ、あの会えない方ですか。親友と言っておりましたが、男性なのですか？」

「聞きなれない名前だったが、名を呼ぶ響きからして女ではないな」

知らないのだと思って言えば、しっかり知っていた。

まさか知っていながら、フェリオの側室に推すとは。婚約者の神経が分からない。

「ですが、ソフィーは会いたくても会えない方だと言っておりました。世界の端と端以上に遠いと。会えもしない人間に、怯える必要などどこにありますでしょう。女は記憶を上書きする生き物です。

恐れるに足りませんわ」

美しい笑みを浮かべながら、自信たっぷりに言う婚約者に、フェリオは頭を抱えた。

「なぜ俺は、お前にソフィーの話なんてしてしまったんだ……！」

「殿下、あの時とてもお疲れでしたものね」

そう、疲れていた。第一王子としての責務に追われ、休みもロクに取れずに働いていた。婚約者との語らいすら取れないほどに。だが、未来の妻と会うことも、大事な責務の一つだった。何度も断っていた手前、その日気絶しそうな体に鞭打ってでも、会わなければと席に座った。

しかし、クリスティーナが持ってきた疲れに効くという茶を飲みながら談笑をしていたはずが、なぜか話の流れからソフィーのことを話してしまったのだ。

「……あの時、お前が持ってきた茶に、変なモノを入れてなかっただろうな？」

疑いの眼差しで見れば、クリスティーナが白々しく驚いた顔をした。

「まぁ、わたくしが淹れたのは疲れにきくお茶で、怪しいものではありませんわ」

「昔、俺に、たとえ妻になる女でも、用意されたものには気をつけろと小言を言う男がいたが、俺はソイツのいうことをもっと聞くべきだったと、いま後悔している」

「とても正しい判断かと存じます」

嫌みを言っても、まったく意に介さない。

このままではマズイ、このまま目の前の婚約者の思うままになれば、自分には死しか来ない。

「俺は絶対に嫌だからなッ。アイツだけは、絶対に嫌だからな！」

「まぁ、殿下。そのような幼子のようなことを」

「側室候補なら、他にいくらでもいるだろう！」

「殿下、あの子はきっと初の女性紫星として素晴らしい業績を上げます。いずれは、紫星としてではなく、ソフィー・リニエールとして、あの子自身の名が後世に残るでしょう。そういった者を側室にすることは、王族の寛大さと寛容さを国民に知らしめる意味を成し、王国の女性の地位を上げる手伝いになります。とても意味のあることです。それに、わたくしはソフィーがよいのです。あの子が殿下の側室になれば、わたくしはあの子とずっといられますから」

「最終的にお前の都合じゃないか！」

声を荒らげて指摘しても、クリスティーナは笑みを浮かべるだけで、まったく応えていなかった。

「側室をそんな理由で決めるな！　お前、自分で身勝手なことを言っている自覚があるのか？」

「わたくしもソフィーの人間性を知って、一度は諦めました。ですが、修道女になるなどと聞けば、話は別です」

オーランド王国において、貴族の女性が修道女になる理由は主に二つだ。

結婚相手の暴力や虐待から逃げるために修道女となる場合。そしてもう一つは、娘のために持参金を用意できず結婚ができない娘を、最終的に修道院に、結婚持参金よりは遥かに少ない金を持って入らせる。そのどちらかなのだ。

この国で、修道院や教会に寄付をする行為は誉だが、娘をそこにやるのは誉ではない。

「あの子が、わたくしの〝妹〟が、会うことさえ叶わぬ相手を思って生きるなど、わたくしは推奨できません」

「あのバカ、修道女の話までお前にしたのか……」

話す相手を選べと言いたいところだが、ソフィーにとっては、クリスティーナは伝えたい相手だったのだろう。

大層嫌がるフェリオに、逆にクリスティーナは首を傾げた。

「あの子は殿下の初恋の君ではないですか、いったいなんのご不満があられるのですか?」

フェリオからすれば、逆になぜ不満がないと思うのか分からなかった。いや、分かっているはずだ。分かっているはずなのに、無視して事をすすめるつもりなのだ。

冗談じゃない。クリスティーナの婚約者は敵だと言った女に、自分の側室になれなど、たとえふざけてでも言えるわけがなかった。

フェリオの戦慄を感じ取ったのか、クリスティーナが優しく言う。

「大丈夫ですわ、殿下。殿下がソフィーを口説き落とす必要などございません。わたくしがちゃんと言って聞かせますから。お任せください」

「どこが大丈夫だ！　お前、アイツのネコ被りに騙されているんじゃないか!?　アイツはそんな可愛い女じゃないぞ！」

「ソフィーは、わたくしの前では可愛らしい〝妹〟ですわ」

お前の前だけだろう！　と叫ぶのも疲れ、フェリオは自分の女運の悪さを心底痛感した。

こうなったら、〝王の剣〟で、それ相応の男とソフィーが結ばれてくれるのを期待した方がいいかもしれないとまで思ってしまう。

しかし悲しいかな、あのめんどくさい風変わりな少女が男になびく姿など一切想像できず、フェリオは絶望感にテーブルに突っ伏した。

拝啓 天馬 友人が敵となりました

天馬、驚かないで聞いてください。

私の敬愛するクリスティーナお姉様の婚約者が、あの幼い時の初めての友人、リオだったのよ！

リオ、いえフェリオはなんと、この国の第一王子だったのです！

道理で自分のことを話さないわけだわ。

もう、憎しみで思わず友人の首を絞めてやろうかと、何度思ったことでしょう。

フェリオのことは嫌いではないのよ。でも、クリスティーナお姉様の婚約者としては、私は認めておりません。ええ、たとえ小姑と言われても絶対に認めません。

ああ、入学当初リリナ様が、私を〝妹〟として認めないと言っていた気持ちがよく分かるわ！

認めたくないものを認めるのは無理の無理よ！　無理無理よ！

だって、あの男は幼い時に、私のことが好きだったと言うのよ。

私程度を好きになる男に、愛しのクリスティーナお姉様を渡せますか？

いいえ、渡せるはずがないわ！

大体、嫁にならないかが愛の告白だと思っている所が、フェリオはそもそもおかしいのよ。

嫁にならないか、嫁にこい。これは社交辞令であって、愛の告白ではないわ。

王族だから仕方ないのかもしれないけれど、一人の紳士として、愛の告白のなんたるかも知らないなんて、あまりに可哀想だから、帰り際ちゃんと教えてあげたわ。

そしたら、フェリオったら苦い物を食べたみたいな顔をして、社交辞令なわけがないだろうと言うの。

世界を知らないお坊ちゃんはこれだから嫌だわ。色々な国を回った私が言うのだから、間違いないのに。

人種が違えど、嫁にこい的な発言は、女性を喜ばす社交辞令。多くの人が使う社交辞令なのよ。

そう説明してあげたら、フェリオが変な顔をして「……お前、俺以外にも嫁になれと言われたことがあるのか？」と聞いてきたから頷いたら、ますます変な顔をされたの。

人数を聞かれたから、答えたら「なんだその数……それだけ言われていて、なぜ分からない？

本当に、お前の中の乙女は死んでいるんだな」と言われたわ。おかしくない!?

社交辞令に使う言葉を、愛の告白だと勘違いしているような男に、なぜ私が侮辱されるのか分からないわ！

愛の告白というものは、まず跪き、女性の手を取り、まっすぐにその瞳を見ながら愛を乞う。

女性がその愛に応えたら、白い指に唇を落とす。それが愛の告白でしょう!?

リリナ様だって、そうだと言っていたわ！

まぁ、リリナ様が仰っていたのは行間の話ですけど。

そりゃあ、私だって、前世では愛の告白などしたことのない男でしたよ。

でも、まかり間違っても好きな相手に、好きも愛しているもふっ飛ばして嫁うんぬんとか、上から目線で言ったりしないわ。

大体、フェリオの大馬鹿は、私に下水道計画を行うために〝王の剣〟に行けと言うのよ。

言わば、女子に、男子校に行けと言うようなものよ！

なによそれ、〝女王の薔薇〟に数ある物語の中にも、そんな話なかったわ。前世なら、そういった漫画もあったかもしれないけれど、実際行くのとフィクションは違うわ。

まったく、こんな可愛い私が、男ばかりに囲まれて、男みたいな言動を取るようになったら、どうしてくれるのかしら！

――――ですが、天馬。私は行くことにしました。

正直、不安もあります。

だって、男ばかりだということは、あれよ。胸がないということよ……。なんて恐ろしいのかしら。

男ばかりに囲まれる生活に嫌気がさし、ついリリナ様のたっぷりに想いを馳せ、自分の胸を触って「お腹の方が、まだ柔らかいかな？」とか呟いたら、もうそれは淑女としては失格よ！

考えるだけで、暗澹《あんたん》とした気持ちになるわ。せっかく手に入れた夢の楽園だったのに……！

でも、天馬。私の夢は楽園だけではないわ。

そう、未来への夢もまた夢。

夢を夢のまま終わらせて、前世のように一生を終えるのは嫌なの。

それに、紫星を賜り、成就させれば、私は今まで交わした約束を果たすことができるわ。フェリオ、クリスティーナお姉様、リリナ様との約束を。勿論、それで終わりというわけではないけれど、約束の一端を果たせると思っているの。

だから、私は負けずに前を向こうと思います！


出発の日、部屋には四人のご令嬢が待っていた。

クリスティーナ、セリーヌ、ラナ、リリナ。

今の段階で、ソフィーが〝王の剣〟に行くことを知っているのはこの四人だけだ。

リリナが涙を堪えるように、唇を噛みしめている。

女学院で時を刻む彼女たちと、〝王の剣〟に身を置くこととなるソフィーとでは、もうこうやって会って話す機会はほぼ失われる。

長い休暇に一度会えればよいだろうが、その時間が自分に持てるかは怪しいところだ。

「ソフィー、手紙を書くわ。わたくしたち、離れていてもお友達よね？」

「勿論ですわ」

「離れていても、わたくし、いつも貴女を想っているわ。どうかそれを忘れないで」

こんな可愛らしいことを、涙目で言ってくれる友人と離れ離れにするなんて、心底フェリオが憎いと思う。だが、大成すればリリナと言い交わした約束を果たすことにもなる。

「私も、リリナ様を想っています……」

愛おしい豊穣の女神に、どう想いを伝えようかと悩んでいると、それより先にリリナが言う。

「物語の写しは、わたくしに任せておいてね。『金色の騎士と黒曜石の少年』の新作が出たら、すぐに写して送るわ！」

「あ、ありがとうございます……」

とても喜びます。主にサニーとハールス子爵夫人と母が。

「『咲くも花、つぼみも花』も忘れずに送るから安心してね」

「それはぜひお願いします!!」

思わずリリナの手を強く握りしめ、懇願してしまう。

ソフィーにとってはどんなに人気作品でも、男と男の物語より、令嬢同士の物語の方が大事だ。

「これから偉業を成さなければならないソフィーのために、わたくしができることは多くはないけれど……。でも、できることは言ってね。絶対よ！」

優しい友人を安心させるように、ソフィーは頷いた。

その横で、友人の〝姉〟であるラナが、興奮したように言う。

「殿下も、ソフィーを辛い目に遭わせるようなことはされないわ。その証拠に、あのジェラルド様が護衛をしてくださるそうよ。〝王の剣〟を卒業されて、今や憧れの聖騎士でいらっしゃるのに、ソフィーのために〝王の剣〟に戻すなんてすごいわ！」

「ジェラルド様……ですか？」

聞きなれない名前だった。首を傾げると、こそこそとリリナが教えてくれた。

「ジェラルド様は、あのレオルド様のモデルではないかと噂されている方なのよ」

それを聞いたソフィーは、内心げぇーと思った。

（レオレオのモデルなら、美形で気に食わない男ってことじゃない……）

急激に行く気が失せるソフィーには気づかず、ラナが興奮度を上げてソフィーの手を取り、ウキウキした声で言う。

「せっかく女人禁制の場所、〝王の剣〟へ行けるのだもの、ぜひとも男性たちをよく観察してきてちょうだいね！　そこで男性たちの素敵な愛を見つけたら、わたくしに教えてちょうだい、絶対よ！　特に、ジェラルド様がニコルのような素敵な少年と話していたら、詳細に教えてちょうだい！」

行間は、どうやら現実の男にも適用されるらしい。

少しだけ、少しだけだが、見も知らぬジェラルドという男のことが可哀想になった。

だが、美形、イケメンには手厳しいソフィーなので、優先するは美しいご令嬢のお願いだ。ここは強く頷いた。

「確かにそうね。せっかくだもの、楽しまなければいけないわ。ソフィー、学院の男性たちなら、誑《たら》し込めば後々まで役に立つわ。ここは一つ、ハーレムを作りなさい。ダクシャ王国では王一人に、たくさんの女性が仕えるハーレムがあると聞くわ。そのハーレムを〝王の剣〟で作ってきなさい。

……あら、この場合は逆ハーレムと言うのかしら？」

セリーヌの恐ろしい言葉に、ソフィーの顔が引きつる。

（逆ハーレム……？　ハーレムなら大歓迎だけど、男ばかりの集まりなんてイヤすぎる。それだけは絶対にお断りしたい！）

しかし、麗しい天女セリーヌに否とは言えず、口ごもっていると、クリスティーナが二人を咎めた。

「二人とも、ソフィーは遊びに行くのではないのよ」

クリスティーナのお叱りにも、二人はどこ吹く風だ。

ラナの言葉はともかく、セリーヌの命は勘弁願いたい。

気づかれぬようにため息を吐いていると、クリスティーナがソフィーの前に短剣を差し出した。

「ソフィー。殿下から、帯剣を許されました」

受け取ると、美しい装飾がなされた短剣は、大きさもソフィーの手にしっくりとくるものだった。

「この短剣はわたくしが選び、ソフィーの身を守るよう祈りを込めました」

柄、鞘にも美しい薔薇のレリーフが施されたそれは、クリスティーナから貰った指輪と同じ、青色の宝石で彩られていた。大切に握りしめると、ソフィーは心からの感謝を伝えた。

「ありがとうございます、クリスティーナお姉様。大切に致します」

「……本音を言えば、貴女ばかりに荷を負わせるのは心が痛いわ。けれど、貴女にしかできないことだわ。他の誰でもない貴女だから。ソフィーだから……」

ソフィーが愛する空色の瞳が、潤み揺れる。

美しい〝姉〟が、心を揺れ動かしている様を見て、ソフィーは静かに告げる。

「クリスティーナお姉様、王国を想う一人の女性として、そして私の敬愛する〝姉〟として、どうかこの〝妹〟にご命じください。無事に事を大成せよと。クリスティーナお姉様の命とあらば、必ずやご期待に応えてみせます」

淑女の礼を取りながらも、言っていることは騎士のような言葉だった。

その言葉に、クリスティーナの表情が緩む。

「本当に貴女は……」

苦笑を交えた声は、すぐに優雅で、誰よりも美しい強さをもったものへと変わった。

「ソフィー・リニエール、わたくしの愛する〝妹〟。王国と、その民のために、見事にこの事業を大成しなさい。紫星として恥ずかしくない働きを見せ、王国の女性の輝かしい一歩として、貴女が道を作るのです。誰でもない、ソフィー・リニエール、貴女が」

「承りました。このソフィー・リニエール、その名に懸けて事を成してみせます。お姉様方に、王国の淑女として恥じぬ働きをお誓いいたします」

下げていた頭を上げ、その真っ直ぐな瞳が、クリスティーナを見る。

可愛らしい淑女の顔をしながら、その心に誰よりも強いものを持つ〝妹〟を、クリスティーナは誇らしい気持ちで見つめた。


季節は春へと変わる。

優しい木漏れ日が、芽吹く花を照らす季節だ。

しかし、春は強い風が吹き、予期せぬいたずらを起こす季節でもある。

だが、たとえ目の前の少女に、いたずらな風が強く吹いたとしても、きっと大丈夫だ。

誰よりも確信を持って、クリスティーナは愛する〝妹〟を見送った。

クリスティーナたちに見送られ、学院を出たソフィーは、馬車の中から少しずつ遠ざかる校舎を見上げた。

白亜の城を連想させる美しい学院。少女たちを守る重々しい城壁。

馬車の走る音と共に小さくなるそれらを、惜しむ気持ちが溢れる。

入学当初は女学院に入る必要性を感じられず、時間が勿体ないと思っていた。

その心を変えてくれた場所。

この場所で過ごした日々は、どこにいても、なにをしていても、人はそこで何かを知り、得ることができるのだと気づかせてくれた大切な時間だった。

あの時間があったからこそ、たとえどこへだって歩むことができるのだと決断できたのだ。

胸に残っていた残滓《ざんし》を振り払うように窓から視線を外すと、ソフィーは真っ直ぐに前を向いた。

見たことのない風景も、自分が自分らしく生きようとすれば、きっとそこは大事な場所になる。

そのことを、自分はもう知っているのだ。

自然と唇の両端が上がり、笑みが零れた。

どこへだって行ける。

どこへだって行ってみせる。

そして、必ず成し遂げてみせるのだ。

――――このソフィー・リニエールに、恐れるものなど一つもないわ！

ソフィー・リニエールというご令嬢～バートの嘆息～

両親が流行り病で亡くなったのは、バートがまだ六歳の時だった。

当時三歳だった妹のサニーを連れ、自分はこれからどうすればいいのか途方に暮れたことを、今でも鮮明に覚えている。

しかし、路頭に迷っていたところを、すぐに孤児院に保護された自分たち兄妹は、かなり幸せな方だったのだと成長してから気づいた。

親を亡くした子供は、本来食べる物も住む場所もなく、ただ死を待つか犯罪に手を染めるかの二択しか選択肢が残されておらず、何かを削って生に縋るしかない。そんな泥水を飲むような未来しか持てない子供が、この世界には溢れていた。

けれどこの時のバートは、世界の広さも、自分たちより無慈悲で過酷な生活を強いられている子供たちが多くいることも、まだ知らなかった。

当時はまだ少量でも食べ物があること、薄い布でも皆で身を寄せ合える寝床があること、自分には妹がいて、自分と同じ親のいない孤児院の皆がいる。その幸せに気づけていなかった。

年齢が上がる頃には、そのことに気づき感謝することもあったが、食べられるものは少量で、一度病気になってしまえば、あっけなく人は死んでしまうという恐怖と現実はいつもそこにあった。

バートにとっての毎日は、ただ明日生きられるかどうかを心配するだけの日々だ。遠い先の、未来の夢などあるはずもない。

明日、誰かが病気になって死んでしまわないか。命の灯はあまりに早く消えてしまう。誰も死なないように。誰もいなくならないように。

目を閉じれば、両親の冷たくなった亡骸《なきがら》の感触を思い出す。怖かった。あんな思いはもうしたくない。妹にもさせたくない。

失いたくないと、必死に神に祈りながらも、本心では神様なんているはずがないと思っていた。

神様がいたなら、自分の両親は死んでいないし、お腹が空いたと泣く子供たちの涙だって流れるはずがない。

そうやって月日は流れ、バートはいつしか孤児院の最年長になっていた。それ故に、孤児院の院長がいつも頭を悩ませていたことも知っていた。

院長は人がいい。孤児がいれば連れてきて面倒をみようとする。自分たちも、それで救われた身だ。だからこそ、もう受け入れることは無理だと言えなかった。

日に日に食料の収穫は減り、貴族からの寄付金もさほどあてにならない。今年の冬を耐えるだけの食料の備蓄もない。

もう今年は無理かもしれないな、そんな風に諦めの感情が胸に渦巻く日々を過ごしていた。

そんなある日、まるで嵐のように突然、一人の少女が孤児院を訪れた。

朽ちた孤児院には似つかわしくない、艶やかな黒髪を揺らし、宝石を埋め込んだかのような緑の瞳を輝かせた彼女、ソフィー・リニエールは、もうその存在だけで異彩を放っていた。

派手ではないが高級な生地を使って仕立てられたドレスを優雅に着こなした少女が、自分たちに挨拶した時は、そこにいた孤児全員が呆気に取られ言葉を失った。

なぜ貴族のご令嬢がこんなところへ突然来たのかも分からずパニックになっていると、一緒にいた従者のような男がバスケットを差し出した。

施しを持ってきたのだと思った瞬間、バートはなぜか急に腹が立ち、受け取ることなく悪し様《あざま》な言葉を口から放っていた。

――――貴族のお恵みかよ、と。

今まで、どんな嫌みな施しだって素直に受け取っていた。そうでなければ、自分はともかく幼い子供たちは施しがなければ死んでしまう。

十分に理解していたはずなのに、目の前の少女が憐れみの目で、自分たちを見ているのだという事実が、なぜか我慢ならなかった。

けれど、相手はどんなに少女でも貴族だ。

言葉を放った瞬間、マズイことを言ってしまった後悔も同時に訪れる。咎を受けるのが自分だけなら自業自得だが、孤児院全体の責任になってしまったら、拾ってくれた院長に申し訳が立たない。

貴族からの寄付金を乞いに外出していた院長のことを思い出し、バートは自分の失態に顔色を変えた。

しかし、目の前の少女は目を一度瞬くと、

「その貴族のお恵みで、お腹が空いた子供たちが助かるのは事実でしょう？　黙って受け取りなさい。貴方の一言が原因で、今日お腹が空いたと泣く子供が増えてもいいの？　栄養をきちんと取らなければ衰弱して病気にもなるわ。お医者様でもない貴方が、その子たちの面倒をみることができるのかしら？　それとも偽善者のパンは腐っているとでも思っているの？　愚かね」

そう言って、にこやかに笑った。

あまりに邪気のない笑顔で微笑むから、しばらく言った意味が理解できなかった。

理解できても、目の前の可憐な、しかもどう見ても自分よりも年下の少女が放った言葉とは思えず、茫然と立ち尽くすしかなかった。

「それで、院長先生はどちらかしら？」

こちらの驚愕などお構いなしに、少女が笑顔を絶やさず問う。

「留守だよ……」

やっと絞り出すようにそう言うと、少女は「あら」と可愛らしい声をあげた。

「あれ？　先触れをお届けしたのですが、受け取られなかったですかね？」

隣の男が首を傾げている。

デニスと名乗ったその男は、人がよさそうなおっとりとした雰囲気で、年端も行かぬ少女の傍にいるには貫禄のない男だった。大切なお嬢様であろう少女に嫌みを放ったバートを諌めることもなく、どこかのんびりとしているのも不思議だ。

「先触れ？」

二人の不思議な組み合わせも気になるが、もっと気になるのは先触れが届いていたのなら、院長がそれを無視して出掛けるなどありえないことだ。

「えっと……ああ、あの子に渡したのですが」

男が手で示すのは、孤児院の中でもまだ日が浅いレナだった。レナはビクッと体を震わせると、机の下に隠れるように身を縮ませた。

「レナ？」

名を呼んでも、机の下から出て来ず嫌な予感がする。

レナは、自分が気に入ったものを大事にとっておく収集癖があったのだ。

「院長先生への手紙を預かったのか？」

「…………」

見れば、粗末な服の中に、白い封筒が隠れていた。

「だって……、いいにおいがして、キレイだったから」

「だからって、なんで預かったものを渡さないんだよ！」

相手が平民ならいざ知らず、手紙の主は幼くても貴族だ。下手すれば、孤児院の運営すら危うくなる。先ほど、その貴族に対して悪意を口にしたことも忘れ、バートはつい声を荒らげてしまう。

普段あまり声を荒らげないバートに叱られ、レナの目にはみるみる涙が溜まり、零れた滴が玉となって頬を流れていく。

けれど、手紙だけはギュッと握りしめ放そうとはしなかった。

確かに手紙からはほのかに花の香りがし、女の子のレナにとっては心惹かれるものだったのだろう。だが、だからといって自分のものにしていい理由にはならない。

焦って奪おうとすると、イヤだと身をよじって奪われまいとする。

「レナ！」

一際大きな声をあげると、スッと横に誰かが来た。

てっきり妹のサニーだと思って見れば、そこにいたのは黒髪の少女だった。

古ぼけた孤児院の床は、掃除はされているがキレイとは言えない。それなのに、ドレスが汚れるのも気にせず、レナの視線まで身をかがめると慈愛に満ちた笑顔と声でレナに囁いた。

「そんなに泣いては、可愛い瞳が溶けてしまうわ」

白い指を伸ばし、レナの頭を優しく撫でる。

驚きで涙を止めたレナだが、その頬はまだ濡れていた。

「今度は真っ白な便箋を持ってくるわ。一緒にお手紙を書きましょう」

そう言って、ハンカチを取り出し、涙でぬれた頬を拭いてやる。

少女とレナの年の差はそう変わらないだろうに、レナはまるで院長に慰められているかのような安心しきった顔でされるがままだ。

そんな二人に、どんな反応をすればいいのか分からずに固まっていると「またご在宅の日に来るわ。明日はいらっしゃるかしら？」と少女に問われた。

バートが乾いた声で返事をすると、少女はまたニコリと笑った。

春に咲く花のような笑顔と、優しい香りが鼻腔をくすぐった。

貴族の令嬢なんて初めて身近で見たが、令嬢とは皆、こんな感じなのだろうか？

そんな疑問を抱いていると、畑で草むしりを終え帰ってきた数人が「おなかすいた～」と言いながらドアを開いた。

何も知らずにドアを開け、空腹を訴えた数人が高級そうなドレス姿の見知らぬ美少女を見て、口を開けたままドアの前で固まった。空腹は本音だったのだろうが、空腹でないことの方が稀である孤児院において、その言葉はただの日常会話にすぎない。

しかし、少女の艶やかで気品のある顔が、その言葉で変わった。

「幼い子供が空腹だなんて、それはいけないわ！」

先ほどまでの涼やかな声を一変させ、少女がまるで自分のことのように嘆いた。

（いや、お前も十分幼い子供だろうが……）

心で思っても、口にはしなかった。先ほど、あれだけ言い負かされた後だけに、怖くて余計なことは口にできなかったのだ。

誰も何も言わないことをいいことに、少女は持参したバスケットからパンと肉を取り出す。

少女がもってきたバスケットに、なにが入っているのかは知らなかった全員が、「おにくだ！」と叫んだ。パンかチーズだろうと思っていただけに、これでもかと大きな肉の塊に、驚きと喜びの声が狭く暗い室内に響き渡った。

「デニス、馬車から野菜も持ってきてくれないかしら」

「野菜もですか？　あの野菜は、奥様用にシチューを作られると購入されたものですよね？」

「いいのよ、また買いに行けばいいことだもの」

少女がそう答えると、返事と共に男が外へと出て、今度は大きな木箱を持ってきた。中を見ると、丸いたくさんのパンと、色とりどりの野菜がギッシリと入っていた。

「はい、貴方も持って。台所に行きましょう」

突然数種類の野菜を手渡され、慌てて両手で持つ。隣でサニーが「わー」と喜びの声をあげた。

バートが受け取った中に、みずみずしい緑の玉があり、それはサニーがどんな味がするのかいつも不思議がっていたものだったのだ。

そっと、サニーが緑の玉を手にとる。ツルツルの表面を指先で確かめるように触ると、嬉しそうにニコニコと笑った。

「あら、エピカが好きなの？　見た目が果物っぽいから甘いのかと思っていたけれど、ナスみたいな歯触りで、味はアボカドみたいだったわ」

「なす？」

「あぼかど？」

聞いたこともない名に、バートとサニーが首を傾げると、少女が一瞬「あ」という顔したが、すぐににこやかな笑顔で「それで、台所はどこかしら？」と問う。

話をはぐらかされたような気もするが、素直に案内した。

しかし、なぜ台所なのだろうという疑問はつきない。

少女の真意も分からぬまま狭い台所に案内すると、黒い髪をなびかせて、少女がキビキビとした動きで包丁片手に野菜を切り出した。

貴族の少女とは思えぬ包丁さばきを見せつけられ、茫然と立ち尽くしていると、少女から次々と指令が飛んだ。

野菜を洗って、その肉を切って、鍋を用意して。手際よく、順序よく、飛ぶ声に皆が黙って言うことをきく。忙《せわ》しなく手を動かしながらも、バートは思った。

（え、これおかしくないか？　普通、貴族って料理とか全部使用人がするんじゃないのか？）

男爵家を名乗ったはずの少女は、まるで優秀な料理人のように、湯気が立ち上がる料理を次々と作り上げていく。最後には、デザートまで作ってしまった。

達成感のある顔で頷く少女の横には、おっとりとした男が嬉しそうに「美味しそうですね！」と喜んでいた。

なぜ彼女を止めないで、一緒に手伝っているんだと問いたい。使用人じゃないのかと問いたい。しかしバートは問うことはしなかった。

貴族の令嬢が怖かったのだ。いや、厳密に言えば貴族の令嬢なのに、料理をこなす少女が怖かった。得体のしれない少女と、彼女を諫めず朗らかに笑っている付き人の男が怖かったのだ。

自分の知っている常識がまったく通用しない気がして、黙って言われるままに動くしかなかった。

異様な雰囲気でテーブルに並ぶ料理の数々を、バート以外は喜んで美味しいを連発して食べた。

バートも恐る恐るスプーンを口にいれ、嚥下《えんげ》してその美味しさに驚いた。

とても美味しかったその味を、バートだけでなく、その場で味わった全員がきっと生涯忘れないだろう。

その日から、孤児院での生活は一変した。

少女がもたらす美味しい食事と、教えられる知識と教養。

なんだって持っているはずのご令嬢が、自分たちに力を貸してほしいと乞う。嬉しくないわけがなかった。

ソフィー・リニエールという少女は、出会った時から変わった令嬢だった。

けれど、同じくらい最上の令嬢だった。

彼女は子供特有の癇癪を起すことなく、狼狽えることもなく、何が起こってもただそこにいるだけで安心できる。そんな力強い存在だった。

こんな人が、世界にはいるのか。

そう思うだけで、世界は途端に色を変えた。

先のみえない灰色の世界は、見えぬからこそ何が起こるか分からない多種多様な色となり、灰色から虹色へと変化した。

目に眩しい金色、命を彩る赤色、爽やかな青色、心を和ます緑色。

たくさんの色がいっきに目にも鮮やかに、輝く世界となった。

その色を教えてくれた彼女についていこうと、傍にいようと願い、誓った。

そのために、今まで自分にあった弱さと、諦め腐る心を捨て、自分はきっとなんだってなれる。なんだってできる。そう自分に言い聞かせ、怯むことを封じた。

傍にいるために、大切に培ってきた友人関係を捨て、ソフィーの傍にいてもおかしくない人間であろうと努力した。

自分にとってソフィーは大切なお嬢様で、可愛らしく、優しさに溢れ、才能があり、優秀だ。素晴らしいお嬢様だと思っているし、世界一可愛い存在だとも思っている。

だからこそ、それに見合うだけの従者になりたかった。そのための努力は惜しまず、今もなお強く思い続け実践している。

けれど、世界一のお嬢様だと豪語する反面、バートはソフィーのことを、同じくらい残念なお嬢様だとも思っていた。

そう、とくにこういう時に――

「ねぇ、バート。なぜ私の胸は大きくならないのかしら？」

白く細い指を、熟された果実のような赤い唇に当て、ソフィーが問う。

その瞳は真剣で、本人が冗談を口にしているわけではないことは分かる。

だが、男に問うことではない。

つい知らねーよ、と昔の口調で返したくなるのをグッと堪え、バートは「はぁ……」と困惑を含んだ声で返す。

「私も、もう十三歳よ。サニーなんて十歳の時から膨らみがあったのに、なぜ私の胸は膨らみどころか兆候さえも表れないの？　解せないわ……」

このお嬢様は、まるで万物の理論を読み解くような顔で、そんなことを自分に言うのだ。

胸が大きくならないと不満を口にした辺りで、現実逃避のように昔のことを思い出して、しんみりとした気持ちでことをやり過ごそうとしたが、無理だった。

「胸って、どうやったら大きくなるのかしら？」

黙って欲しい。心の底からバートはそう思った。

そもそもなぜそんな話になったのか。半時前までは、商会の売上についてや、新商品の企画書について議論していたというのに。

いつも無駄に淑女の押し売りをするくせに、なぜ男にそんな問いを口にするのか分からない。我がお嬢様の残念ぶりに、バートは頭痛がしてきた。

「……ソフィー様、そう言う話は、サニーとしていただけますか？」

恥を知れこのバカがとは言わず、優しく伝えれば、ソフィーは目を丸くした。

「何を言っているのよ、バート！　そんな恥知らずなことをサニーに問うなんてできるはずがないでしょう。私がサニーから嫌悪感を持たれたらどうするのよ！」

ならばその恥知らずなことを、なぜ自分には言うのだ。

おかしいだろう。おかしいと思っていないお前が、一番おかしいんだぞ。舌打ちをしながらそう言ってやりたい。恋仲であるならまだ話も分かる。だが、ソフィーにそんな甘い感情などあるはずもない。

それどころか、彼女にとって自分はまず異性扱いされていなかった。

先ほどの発言もそうだが、ソフィーはサニーや他の女性には気を遣い、お嬢様らしい発言と行動を心掛けているのに対し、自分やエリーク、クレトにはそういった気遣いがあまり感じられないのだ。

以前から不思議には思っていたが、ソフィーの自分たちに向けられる発言は、男同士だからこれくらいいいよね？　みたいな雰囲気すら感じる時がある。

「遺伝子は完璧だと思うのよね。だってお母様もあの膨らみよ。食事だって睡眠だって完璧だと思うの。乳製品だって鶏肉だって食べているし、野菜や海藻類だってできるかぎり摂取しているわ。胸を支えるために必要な筋肉だって日々の運動で培っていると思うの。これ以上、何が必要だと言うの？」

「知らねーよ」

思わず本心が零れた。慌てて口を抑えたが、ヒートアップしていたソフィーの耳には入らなかったようで、ブツブツと一人で何かを呟いていた。

「邪念かしら？　邪念があるからかしら？　だから胸が大きくならないのかしら？」

胸胸うるさいが、ソフィーにとっては性的な事柄を口にしているつもりは一切ないのだろう。

空は青い、雲は白い、夕日は赤い。自然とはそういうもので、女性に豊かな胸があるのもまた自然の摂理であり、なぜそれが自分の胸にはみられないのかが、ただただ不思議なようだ。

あまり直視しないように心掛けているが、確かにソフィーには胸がない。

比べるという行為をするならば、ソフィーの胸は十歳の少女にも劣る。劣るというか、勝負にもなっていない。

他国に比べてもオーランド王国の女性たちは体形が美しく、豊満だ。十三歳にもなれば、胸の開いたドレスを着こなす少女の方が圧倒的に多いだろう。しかし、他国にはスレンダーな女性も多い。オーランド王国の女性がふくよかな胸を持っているだけで、女性全員がそうというわけでもないだろうに、なぜそこまで胸の大きさに固執するのかバートには理解できなかった。

「ソフィー様、世の男性が一番重要視しているのは顔の造詣です。別段、胸がなくても……」

「男性の重要性とかはどうでもいいのよ。そうじゃなくて、どうすれば胸が大きくなるのかということが大事なのよ！」

「はぁ……」

バートも、ソフィーが男性の目など一切気にしていないことは重々承知していたが、適当なことを言って、この不毛な会話を終わらせたかっただけだ。

だが、案の定論点の違いが気に入らなかったようで、会話が終わることはなかった。

「私も分かってはいるのよ、胸の大きさに固執することは愚かな行いだわ。胸の大小で、その尊さは奪われたりしないもの。白く柔らかな絶対領域。まさに神秘の双丘。気高き甘い罠。それは大きさの問題ではないわ。分かってはいるの。けれど、女性に生まれたからには、やっぱり多少なりとも膨らみを感じたい。そう思って当然よね!?」

「知らねーよ」

もう次はあえて口にだしてみた。しかし、ソフィーは怯まない。

「もう！　バートには、この繊細な乙女心が分からないの!?　そんなに鈍感では、この先好きな女の子ができた時に苦労するわよ！」

鈍感の塊であるお前だけには、死んでも言われたくないと、バートは心の底から思った。そもそも繊細な乙女は胸の話などしない。

お前の中の繊細な乙女はもう死んで、秘めたる恋心すら破壊し、ボロボロにさせる悪女しか生きてないだろうが、と嫌み満載で口にしてやりたい衝動に駆られたが、なんとか我慢してその言葉を飲みこんだ。

その代わり、ニッコリと笑って、

「ソフィー様、いい加減この書類にサインをいただけますか？　来月には〝女王の薔薇〟へ入学なさるのですから、できることは早めに終わらせておかないと、淑女としては失格なのでは？」

嫌みと事実を告げると、ソフィーは我に返ったように書類に集中し始めた。

やっとこのふざけた会話から脱せたと安堵するバートだったが、この後、いまだ問題解決には至っていないと感じたソフィーが、今度はエリークの所で同じような愚論を展開することを、彼はまだ知らない――――。

ソフィー・リニエールというご令嬢～クレトの選択～

自分はきっと運が悪い人間なのだろう。

だから、こんな誰もいない荒野で一人寂しく死ぬのだ。

暖かな暖炉のある家で、柔らかな毛布に包《くる》まって、そんな中で最後の時を迎えることができるような身分であれば、憎しみに腐った気持ちなど持たずに死ねただろうに。

こんな、世界を憎みながら死ぬのであろう己の運命が、ただただ憎かった――。


クレトの住んでいた村は、ルーシャ王国の北のはずれの、とても貧しい村だった。

子供たちも労働力として幼い頃から働くのが当たり前で、文字も計算も知識として知ることはなく、ただ土と泥にまみれ農作物を作る毎日。

それでも家族がいて住む家がある、貧しくても平和な日々を過ごしていた。

そんな日常が悪化したのは、領主が変わってからだった。

おりしも、ルーシャ王国が隣国との争いを激化させたこともあり、領主はたくさんの小麦、大麦等の穀物、そして〝アマネ〟を大量に生産するよう命令した。それらは全て、村の住民ではなくルーシャ王国の王都に送られた。作っても、作っても、自分たちの口には入らない。

村の人々は、まるで奴隷のように働かされた。一日の大半を重労働で酷使され、少しでも休めば鞭が飛んだ。一人一人と倒れていく。

領主は、村人が死んでもかまわなかったようだ。まるで奴隷の替えなどいくらでもいるとばかりに、王都から罪人や浮浪者、孤児たちを連れてきては働かす。

小さな村の治安は悪くなり、そして倒れる者も多くなった。

クレトの家族も弱い者から死んでいった。

両親が死に、妹が死に、姉が死んだ。

十三歳の時に、残っていた弟までが息を引き取ったその日、まるで全てが終わったかのような虚無に駆られ、この残酷な世界を恨みたくなった。

誰でもいいから誰かを傷つけて、叫んで、自害したい。そんな衝動が心を荒《すさ》ませた。

今まで我慢していた感情が一気に溢れ出し、領主を殺してやりたい感情が渦巻いた。

衝動のままに、ひっそりと静まり返った台所へ行き、調理用に使っていた包丁を手に取った。しかし、包丁の柄を握りしめた瞬間、カタンと何かが落ちる音がした。

包丁を持ったまま、音がしたと思われる方へ行けば、手のひらに納まるくらいの小さな額縁が落ちていた。

「なんで……」

なぜコレが落ちたのだろう。大切に、テーブルの真ん中に置いていたというのに。

額縁の中には、父が子供だった頃に描いたという海の絵が入っていた。

クレトが住む村から海は遠く、父も見たことがなかったという海。けれど、人から聞いた話を、想像で描いたと聞いている。

握りしめていた包丁をテーブルに置くと、額縁を拾う。

父の描いた絵は、ただ波打った線と、木炭をこすって色を付けたようなモノトーンの世界だ。特段絵がうまかったわけでもなんでもない。

ジッとその絵を見ていると『人を傷つけてはいけない、人を憎んではいけないよ。自分に返ってきてしまうからね』と、毎日のように優しく説いてくれた父の言葉を思い出し、クレトは額縁を強く握りしめ、歯を食いしばった。

もしも自分が誰かを傷つけるようなことがあれば、きっと父は悲しむだろう。

まるで、いまは亡き父が、憎しみに染まる己の心を諭してくれたかのようだった。

けれど、こんな一人ぼっちの世界で生きる術も生きる気力も、クレトにはもう残っていなかった。

せめて死にたかった。自分の意思で死にたかった。

それだけが、自分に残された唯一の自由だ。

決意した瞬間、クレトは包丁をもう一度握りしめ、弟の冷たくなった体に近づいた。ゆっくりとした動作で、自分と同じ黄土色の髪を一房切ると、立ち上がりジッと家の中を見回す。

長年使用してきた暖炉は、素材のレンガが崩れかけていたし、最低限しか置かれていない椅子もテーブルも飾り気のない粗末なものだ。狭い家で、身を寄せ合うように家族と生きてきた。

もう、その家族もいない。誰もいない。自分一人だ。

家族の遺品となるような物もなかった。弟の髪と、額縁だけ。それだけがクレトの財産だった。

ベッドに横たわる弟の亡骸に最後の別れを告げると、焚《た》いていた暖炉の火をタイマツに点《つ》け、家ごと燃やした。

石造りではなく、粗末な木々で造られた家は、驚くほどあっけなく燃えた。

ルーシャ王国では死者は火葬し、その灰を海に流す。

昔から〝人は海から生まれ、海に還る〟という言い伝えがあった。

先に亡くなった家族の灰も、本当は海に流してあげたかったが、クレトの村から海はあまりに遠く、近くの川に流すしかなかった。

せめて最後まで頑張ってくれた弟だけは、海に還してあげたかった。灰は無理だが、髪だけでも。

「リード、一緒に海に還ろうな……」

小さく弟の名を呟くと、走り出す。

どこからどう行けば海に行けるのかなど知らない。海など見たこともない。

でも、ここで一人死ぬなら、どこで死んだって一緒だ。

見つかれば、鞭で打たれるくらいでは済まないことは十分に理解していた。

たとえ、連れ戻されて、見せしめに殺されたとしても構わなかった。

だから走った。走って、走って、足が傷つき、血が流れても走った。渇いた喉を潤す水もなく、ただ走った。

走り続けて二日目の夜に雨が降り、それを飲んで命を繋げた。

それからも休むことなく走り続けた。今、自分がどこにいるのかも分からなかった。

野生動物の遠吠えを聞きながら、食われたらお終いだと理解していても、恐怖はなかった。ただ、走らないといけないという感情だけが渦巻いていた。

しかし、体力は尽き、とうとう四日目になって体が動かなくなった。

倒れたのは、何もない荒野だった。

自分はここで死ぬのだと思った。

野垂れ死に、その身は動物たちに食われるのだろう。

海には還れない。こんな残酷な世界の大地になど還りたくないのに。

見たかったのは、どこまでも広がる青い海だ。

しかし、クレトの霞《かす》んだ目に見えるのは、青い空だけ。

(リード……ごめん……海まで行けなくて……)

朦朧とした意識の中で、ずっと握りしめていた弟の髪に謝る。黄土色の髪が、風に飛ばされ、少しずつ手の中からなくなってしまう。額縁も、気づけばどこかで落としていた。

惜しむ気持ちも、もう持てない。どうせ、自分ももうすぐ皆のところへいくのだ。

そう思えば、ここで死ぬのも悪くない。悪くないはずだ。

なのに、胸に渦巻く憎悪が消えてはくれなかった。

(クソッ！　クソッ！　なんで、俺はこんな所で一人死ぬんだよ！)

もう指の一本も動かせないと思っていたのに、激情が、弟の髪を握る指の力を強くした。

――――こんなところで死にたくない！　死にたくない！　死んでたまるか！

強くそう思った時、遠くから馬の蹄の音が聞こえてきた。音は自分の近くで止んだ。動けない自分の目に、最初に入ってきたのは美しくたなびく黒髪。

「あら……、こんな何もない荒野にも人がいるのね」

時が経っても思い出すのは、苦しみと悲しみの中で死に直面した恐怖と孤独ではなく、場に相応しくない少女の軽やかな声だった。


最初、神の使いかと思った。

こんな場所に、見たこともないキレイなドレスを着た美しい少女がいるわけがない。

とても現実だとは思えなかった。少女の夜空のような真っ黒な髪は、キラキラと星が輝いているようだ。それは光の反射でそう見えただけなのかもしれない。

けれど少女を見て、クレトは幼い頃母が寝床で聞かせてくれた物語を思い出した。

(夜のお姫様……)

夜のお姫様は、太陽の出ていない夜にしか動くことができない美しい少女と、少年の話だ。夜にしか活動できない少女には、友人がいない。子供は夜には寝てしまうからだ。誰も会ったことのない夜のお姫様。

彼女に会いたいと願った少年は、一人深夜の水辺で夜のお姫様を待つ。

夜のお姫様は、黒髪をなびかせ、きっと微笑んでくれるだろうと期待した少年は、黒闇の水辺に近づきすぎ、そのまま落ちて死んでしまう。

それは、夜はちゃんと寝なければいけない、夜に危ないことをしてはいけないという教訓を子供に伝えるための物語だったのだろう。

夜のお姫様とは一体何者だったのか、なぜ夜にしか動くことができないのか。

母に聞いても、物語だからと答えてはくれなかった。教訓以外は薄ぼんやりとした話だった。

けれど、多くを語らない物語は、読む人間によって、その色を変える。真っ赤だという者もいれば、いやあれは青色だという者もいる。人によって、登場人物の背景すらガラリと変わる。

幼い頃のクレトは、少年をバカにしていた。

会ってはいけないと言われていた少女に会いに行くなど、愚かだと。

だから、きっと夜のお姫様に、少年は殺されたのだろうと。危うい少女の美しさを想像し、好奇心から危険なことをした少年をずっと愚かだと思っていた。

しかし、今は違う。

自らの命の終わりが目の前に近づいた時、クレトの中にあった物語もその色を変えた。

少年は、なぜ夜のお姫様に会いに行ったのだろうか。

危ないと知っていながら、それでも会いに行ったのには、何か意味があったのかもしれない。

そう、例えば少年はその時、もう助からない命だったのではないだろうか。

自分の命の終わりに気づいていたのではないだろうか。

だから、せめて死ぬ前に、一目だけでも会いたいと願っていた夜のお姫様に、会いに行ったのではないだろうか。

その夜、少年は、夜のお姫様に会ったのではないだろうか。

そして、そちらの世界に行きたいと願った。少女の傍にいたいと……。

(なんで……、こんな時に)

ついには気がふれてしまったのか。ボロボロの体と思考で考えることが、バカにしていた物語だとは笑ってしまう。

声もうまく出せない状況だが、それでも詰まった息を吐き出すような笑いが口から零れた。

もう一度少女を見上げれば、美しい緑の瞳が、じっと自分を見つめていた。

夜のお姫様は、黒髪の美しい少女ということ以外その容姿を知らないが、この少女のような緑の瞳がいいと思った。

クレトは緑色が好きだった。

農作物の葉の色はほとんどが緑であり、目に優しいその色を、クレトは幼い時からずっと見て、そして育ててきた。

朝から晩まで働かされたが、作物を育てることが嫌いだったわけじゃない。

優しく触れ、語りかければ、植物はよく育つと言ったのは、ずっと昔に亡くなった祖父だ。クレトは幼い時に、祖父から作物を育てる才能があるとよく褒められた。土と植物をよく見ていると。

（そうだった……昔は、この大地が好きだったンだ……）

少女が現れるまでは、こんな残酷な世界の大地になど還りたくないと、憎々しい気持ちしかなかったが、昔はこの大地とそこから生まれる植物を大事に思っていた。

忘れていた想いを、まるで確かめるように少女に手を伸ばす。爪先に泥が入り込んだ指を嫌がるかと思ったが、身をよじることなくその白い頬に触らせてくれた。

「私は貴方の救いになれるかしら？　それとも、もう生きる意思はなくしてしまった？」

自分よりも幼い少女が、まるで大人のような口調で言う。服も髪もボロボロで、異臭だってするはずだ。なのに、それをまったく感じていないような優しい声だった。

伸ばした指先の少女の頰は、柔らかくてそして温かかった。じんわりと、何かが注ぎ込まれるような感覚がした。その感覚が何かは分からない。けれど、目の前の少女に、愚かに死ぬような人間だと思われたくなかった。声など、もう出ないほどに枯れていたのに、なぜか気おされたくないという感情が湧き、声を張り上げた。

「生きてーよッ。だれが……こんな所でッ、野垂れ死ぬか！」

「よかった、まだ元気ね」

必死の咆哮《ほうこう》にも、少女は少しも怯まない。嬉しそうに、少女が笑う。

目を細め、笑みを作る唇がキレイで、見たこともない美しい少女はやっぱり夢のようで、きっと自分は死を間近にして、幻覚を見ているのだと思った。

けれど、こんないい夢をみることができたのなら、最後の最後で自分は幸せだったのかもと思えた。

ふっと目を覚ました時、クレトは清潔なシーツが敷かれた、天蓋付きベッドの上に寝かされていた。汚れていた身は綺麗になっており、傷は手当てされていた。服も見たことのないような上等な物を着ていた。

体はまだ思うように動かなかったが、自分がいまどこにいて、なにがどうなったのか必死に思い出そうとする。だが、美しい少女に出会った記憶しか思い出せない。

ここは死んだ後の世界なのだろうか、自分は死んだのだろうか。

困惑していると、部屋の扉が開いた。

「あら、目が覚めたのね！」

現れたのは、幻覚だと思っていた夜のお姫様だった。

白い絹に色とりどりの花や葉が刺繍された豪華なイブニングショールを羽織った黒髪の少女が、何の躊躇もなく、ベッドの横に置かれていた椅子に座り、つぼみがほころぶような微笑を見せる。

（夢じゃ……なかったのか？）

なにもない荒野に、ドレス姿で馬に乗る少女が、本当にいたなんて今も思えず唖然としていると、少女がその名を教えてくれた。

ソフィー・リニエール。オーランド王国という国の男爵令嬢であり、ルーシャ王国には交易のために来ていたという。たまたま散歩をしていたら、自分を見つけて連れてきたとのことだった。年を聞いたら、自分よりも四つも下だった。貴族というものは、こうも品格が違うのかと焦る。

だが、一つだけ分かったことがある。

（違う、夜のお姫様じゃない……）

彼女は、太陽のお姫様だ。

夜の暗く、不安が渦巻くような時間を生きるような少女じゃなかった。

陽だまりのような温かな笑み、生きる活力に満ちた鮮やかな瞳の強さ。お行儀よく重なった白い指一本すらからも気品が溢れていた。

「今度は、貴方のことを教えてくれないかしら？」

可愛らしい声で問われ、名を名乗ろうと口を開けた瞬間、勢いよく扉が開いた。

『ソフィー！　勝手に入るなと、あれほど言っておいただろうが！』

自分と同じくらいの年の少年だった。栗色の瞳が、怒りと焦りで吊り上がっている。

『もう、バート。そんなに警戒しなくても大丈夫よ』

『なにが大丈夫だッ、好き勝手に一人で動いて！　ここはタリスじゃないんだぞ！』

オーランド王国とルーシャ王国とでは使われている言語が違うため、クレトは二人の会話が理解できなかった。

けれど、乱入してきた少年が、自分をよく思っていないことは察した。言葉が通じなくても、態度で分かるほどに、自分を見るその瞳には不信感が滲んでいた。

『とにかく、せめて護衛をつけ……つけて下さい』

なぜか突然、声のトーンが変わった。きまりが悪いという顔で、視線もどこか弱弱しくなった。

そんな少年の態度に、少女は不満そうに唇を曲げた。

『別に、無理に丁寧な言葉で話さなくてもいいのに』

『そう言うわけにはいきません！』

怒ったような一際大きな声だったが、少女は意に介さず、クレトの方を見やる。

「ごめんなさい。オーランド王国の言葉ばかりでお話しして。それで、貴方の名前なのだけど」

自国の言葉で話され、ホッとする。あまりに少女のルーシャ語が流暢だったため、他国の言葉を話されると違和感があった。

少し躊躇しながらも、自分の名、なぜあそこで行き倒れていたのか、住んでいた村での生活、領主のことを、まだ夢の中にいるような気分でポツリポツリと感情のこもらぬ声で話した。

未だこの状況に心が追い付いていないのか、あったはずの憎しみも、怒りの感情も口からは零れなかった。ただ淡々と事実だけを告げる自分がいた。

けれど、そんな自分とは裏腹に、少女の瞳はどんどん怒りに染まっていく。表情自体はあまり変わってはいないが、目だけが怒りを露わにしていた。

少女の隣に立ち、自分を見張るように見ていた少年も、ゆっくりと話すクレトの言葉が断片的には分かるようで、ときおり眉間に皺が寄っていた。

最後まで話し終えると、少女の唇が震えていた。たぶん、怒りで。

（こ、怖い……）

自分よりも年下の少女だというのに、怒号を放って鞭をふるう村の監視者よりも恐怖に感じた。

貴族の女性の思考回路など、想像もできないほどに未知の存在だが、こういう話を気の毒に思い、憐れみ、同情するならともかく、そんな人を殺せそうなオーラを放つものなのだろうか。

『ソフィー様、目が怖いですよ。殺してやろうかその野郎という目をしておりますよ』

『まぁ、バートもっと他に言い様があるでしょう！　こんなか弱い少女が、恐怖で身を震わせているのに！』

『恐怖？　怒りで震えているのとでは、その意味が違いすぎます』

刺々しい声だった。それから少し間を置いて、少年が冷静な口調で少女に諭すように言う。

『……ソフィー、ここは自国じゃない。お前の力は及ばない。分かっているよな？』

なんと言っているのかは分からなかったが、少女の表情が、ふっと早熟なそれへと変わる。

『そうねぇ……。少しくらいなら効果もありそうだけど……』

暫《しば》し考え込むような瞳が、自分を見つめる。

新緑の葉の色に、じっと見つめられると、冷や汗とも脂汗とも言えないものが流れた。こんな幼い少女に気迫で負けているかと思うとなんだか悔しくて、気おされないよう、グッと奥歯を噛みしめた。

「貴方の村の領主様は、あまりに無慈悲だわ。もっと最善の道があったでしょうに」

「……別に、貴族なんてそんなものだろう。俺のことを助けたからって、自分は違うとでも？」

思わず憎まれ口が出たのは、そうでなければいいと願う気持ちの裏返しだったのだろうと、のちに気づくのだが、この時はなぜそんな風に言ってしまうのか、自分でも戸惑った。

自分の放った悪意の言葉に自分自身が戸惑っていると、頭上に拳が落ちてきた。

「――テッ！」

少年に拳を下ろされたようだ。見下ろすように、怒りの瞳が自分をとらえていた。

『ちょっと、バート……』

『コイツ、今なにを言ったのかはよく分かんなかったけど、なんかイラッとした』

『もうっ、叩いていい理由にはなっていないわ！』

ソフィーと違い、まだ完全にはルーシャ王国の言語を理解していなかった少年は、クレトの早口の皮肉は聞き取れなかったようだが、どういった内容かはなんとなく察したようだ。

クレトも少年がなんと言っているのかは理解できなかったが、また口調が悪くなったことだけは分かった。声が違いすぎる。

『これだけ元気になったんだ。もうその辺に捨ててもいいだろう』

『バート、そうは言うけれど、貴方だって初対面の時は、同じ様なことを私に言ってきたじゃない』

『………申し訳ありません』

声のトーンがまた戻る。

二人がなんと言っているのか理解できないのが歯がゆかった。

代わりとばかりに少女から謝罪を受けたが、自分の放った皮肉については怒っていないのか、それればかりが気になって少年に拳を下ろされたことなどどうでもよかった。逆に、止めてくれてよかったとも思っていた。

「ねぇ、クレトは村に帰りたい？」

首を傾げ、やわらかに聞いてくる声は、鳥のさえずりにも似ていた。

その声に気おくれしてはいけないと必死で虚勢を張りながら、質問の答えを考える。

だが、考えることなどいらなかった。もう答えは決まっている。

「……もう、誰もいないから」

家族だけではなく、村の仲間ももうほとんどいなかった。あの村はもうクレトの村ではなく、領主と、領主が命令して連れて来られた者たちの村だ。自分が生まれ、育った村はもうない。だからこそ、全てを覚悟して、家に火を放ったのだ。

「そう。なら、私と一緒に来ない？」

「は……？」

思ってもいなかった申し出に、一瞬何を言われているのか分からず、口をあんぐりとさせる。

「クレトは村でアマネを育てていたのでしょう。ちょうど、アマネを育てられる人材を探していたの。ぜひ、その力を私に貸してほしいわ！」

詳しい話を聞けば、現在彼女はオーランド王国のタリスという地区で、アマネを育てているらしい。しかし、元々オーランド王国にはなかった農作物のため、より詳しい人材を求めていたのだという。

「そうなると、私の国に来てもらうことになるのだけれど、どうかしら？」

提案され、言葉に詰まる。

自国に未練はなかった。けれど助けられたとはいえ相手は貴族であり、しかも他国の人間だ。本当に信用していいのか分からない。

（でも、どうせ帰る家もないし……）

騙されて、殺されたとしても、もう惜しんでくれる人もいない。ならば、どこへ行っても同じだ。

（それに、どうせ死ぬなら……）

新しい世界を見て死にたい。

夜のお姫様に会いに行き、命を落とした少年だって、きっと今まで見たことのない夜の世界を見たはずだ。

どうせ死ぬなら、見たことのない世界を見てから死にたかった。

了承の返事をすると、少女はとても喜んでくれたが、それとは対照的に後ろで控えていた少年は苦虫を嚙み潰したような表情をしていた。

「いけない、大切なことを言い忘れていたわ。クレトの言っていた大事な物を見つけることができたから、あとで元気になったら確認してちょうだい。そこのテーブルに置いてあるから」

最後にゆっくり休むよう言い、退出する後ろ姿を見ながら、クレトは首を傾げた。

大切な物とは何だろう。荒野でのことは正直あまり覚えていなかった。あの後すぐに気を失ったのだと思っていたが、彼女と会話をしていたのだろうか。

元が頑丈なこともあり、多少無理すれば歩けないことはない。体は、ギシギシと軋む痛みを放っているが、どうしても気になってテーブルに近づいた。

そこには、白いハンカチが置いてあった。ハンカチの上には、弟の毛髪があった。もう数えるほどもない量だが、そっと大事な物のように置かれていた。他人から見たらゴミにしか見えなかっただろうに。

それだけでなく、なくしたはずの額縁も置かれていた。

思わず手に取り、凝視するが確かにそれは父が描いた絵だった。

「なんで、これ……」

どこで落としたのかも覚えていなかったのに。

驚いて部屋を出ると、長い廊下の先にまだ歩いている少女を見つけた。扉の音に気づいたのか、振り返り自分を見て、怒ったように頬を膨らませた。

「もう、ゆっくり休みなさいと言ったでしょう！」

「これ……なんで？」

「なぜって、クレトが気を失う前に、大事な物をなくしたって言っていたじゃない。少し離れた場所に落ちていたわよ」

それで、わざわざ探してくれたのだろうか？

なぜ彼女がそこまでしてくれたのか分からず問えば、クレトが驚いている方が分からないとばかりに不思議がった。

「うわ言のように大事な物だと言っていたから、貴方を運んだ後に探しに行っただけよ。別に驚くことでもないでしょう？」

「だって、アンタからすればゴミだろう……」

「失礼ね。まだ初対面みたいなものなのに、私を何だと思っているの？　モノトーンだけど、温かみのある海の絵だってことくらい分かるわよ」

先ほど以上に頬を膨らませて怒る彼女をじっと見ながら、初めてそこで涙が零れた。

その言葉が、大事な家族を弔ってもらったようで、救われた気がした。

自分よりも図体もデカい、年上の男がボロボロと泣いても、黒髪と緑の瞳を持つ太陽のお姫様はただ黙って傍にいてくれた。


それから少しずつ、オーランド王国のことを覚えていった。

バートに負けたくなかったこともあり、必死に勉強した結果、砂糖の精製が軌道にのる頃には、随分とオーランド王国の公用語も話せるようになった。

それに伴って、愛らしい少女が、少し変わった少女だという認識も強くなっていった。砂糖を初めて精製した時も、初めてだと言っていたのに、なぜか不思議そうに何かと比べて首をひねっていた。

「あら、白いのね」

できあがったものをじっくりと見て、一言そういうソフィーに、クレトは何か不手際があっただろうかと心配になる。

「ダメなのか？」

「いいえ、そうじゃないの。ただ、茶色だと思っていたから」

「茶色？」

なぜ茶色だと思っていたのだろう。一体、何と比べていたのか分からない。

「そう、テンサイと違って、〝アマネ〟は白いのね……」

ブツブツと何か呟いている。ソフィーは、ときおりそういうことがあった。比べる物などないはずなのに、何かと比べて照らし合わせている。

それが不思議で、バートに問えば、

「なぁ。お嬢さんって、なんか変わってないか？」

「お前、何を言っているんだ。今頃」

酷くバカにされたような言い方で返された。

バートは、普段従者として身をわきまえた態度を取っているが、付き合いが長いせいか、たまに地がでた時などは、ソフィーに対して随分とぞんざいだった。

それが自分の知らない時間に感じ、ついコイツだけには負けたくないという悔しい気持ちが沸きあがり、そんな日は普段よりも勉強に身が入った。

今まで自国での生活では不要とされてきた学問と知識も、全てソフィーから教わった。

オーランド王国に来る際、海も初めて見ることができた。

空と同じ色。水面は輝き、目に眩しかった。潮《しお》の香りが、鼻腔をくすぐって、初めての香りにひどく驚いた。

広く、深く、どこまでも続く海。それは初めて見た景色だ。

けれど、どこまでも続く海は、どこまでも続く大地と一緒だと思えた。海も大地も同じだと。

クレトの村では、海はなによりも神聖なものだ。何よりも尊いものだ。

それでも、今は海よりも大地が好きだった。

大地には緑がある。自分を見つけてくれた少女と同じ瞳の色がある。

自分でも単純だと思うが、それだけでクレトはこの大地を何よりも愛することができた。

――生きよう。生きて、いつかこの大地に還ろう。

オーランド王国の地は、家族と生きたあの大地ではないけれど、この第二の土地で生きてそして還るのだ。

弟の髪を少しだけ海に放ち、残りは布袋に入れてお守りにした。

寂しさは皆無ではなかったが、代わりに別の家族ができた。

タリスには、バートたちの家族といえる孤児たちがいた。ソフィーからだけではなく、彼らからもオーランド王国のことを学び、自分も持っていた知識や技術を惜しみなく渡した。

時折、ふと考える。

こんな運命を、神様は用意していたのだろうか？

それとも、これは家族が最後に残った自分を哀れに思って導いてくれたのだろうか？

答えのないことを考えながら空を見上げる。

どこまでも果てのない空は、今日も眩しいほどに青かった。


それからまた月日が経ち、敬愛するお嬢様が王都へ帰る日がやってきた。王都には、バート、エリーク、サニーが一緒に行くこととなった。

タリスでの農作物の管理は自分でなくても皆十分にできるようになったことから、クレトにも声がかかったが、残ることに決めた。ソフィーの傍にいたい気持ちはあったが、彼女の大切にしている場所を守りたかった。

それに、離れていても近くにいても結局は一緒だ。

同じように、彼女は想ってくれる。だから遠く離れても安心できる。

現に、王都から女学院へと行っても、初めての長期休暇にはタリスに帰ってきてくれた。ソフィーによく似た顔立ちの可愛らしいミカルと、女学院でできたという友人を連れてタリスに帰ってきてくれたことに、使用人や社員は大喜びだ。

その日の晩、幾何学模様のステンドグラスが張られた出窓から、月の光が入る夜。暖炉に暖められた部屋で、クレトは久しぶりに女学院から帰ってきた、愛らしいお嬢様の笑みを堪能していた。

相変わらず返事に困るような質問をポンポンしてくるが、クレトとて拾われて数年で随分成長した。難なく答えることはできる。

しかし、仕事が一段落するや否や、ソフィーはなぜか連れてきた友人について熱く語り始めた。最初は同学年の友人ができたことが嬉しかったのかと思って聞いていたが、段々何か違うような気がしてならない。

クレトが不思議がっている横で、バートが適当な相槌を打つ。それがあまりに適当だったため、ソフィーの表情がだんだんこわばり、絶望に顔色を変えた。

「そんな……。こんな世界の理、絶対的価値を目の前にして、なぜ理解できないというの⁉」

ソフィーが、とても信じられない裏切りを受けたとばかりにバートを見ていた。

「なぜなの？　なぜ、私の言うことが分かってもらえないの⁉」

「そう言われましても……」

横に立っていたバートが、とてもめんどくさそうに言う。表情まで億劫だと言わんばかりだが、そんな顔をする気持ちも分かる。正直自分もまったく理解できていない。

「クレト！　貴方は分かってくれるわよね、リリナ様のあの眩しさを！」

「へ？」

矛先をこちらに向けられ、クレトは返事に詰まった。

「まぁ……、美少女だとは思うけど」

「そうでしょう！　リリナ様のあの愛らしさは国宝級よ！　幼さの残る丸みのある白い頬。大きな瞳には、輝く月が隠れているの。赤と黄色が混在する豊かな髪は、どんな高級絹糸よりも得難い美しさがあるわ。そして、何よりもあの豊穣の恵み！　感謝しか感じないわよね！」

息継ぎもせずに言い切るソフィーに、クレトは思わずバートを見て、目で訴えた。

——なにこれ、お嬢さんどうしたの？

——知らん。知りたくもない。

愛らしい同級生への賛美が止まらないソフィーをしり目に、二人の間に無言の会話が交わされる。

「ね！　クレトもそう思うでしょう！」

「え……あ、はぁ？」

同意を求められても、それは無理というものだ。バートにしても自分にしても、至上の人はもう決まっている。この先どれだけ美しい女性が現れても、心乱されることは考えられなかった。

しかしそんなことを言えるはずもなく、適当な返事をする。幸い適当な返事だとバレなかったようで、ソフィーは満足してすぐに機嫌がよくなった。

「クレトは〝女王の薔薇〟のことで、なにか聞きたいことはある？」

王都にいるバートと違い、手紙のやり取りができなかったことを考慮してくれているのだろう。この機会に聞きたいことがあれば、何でも聞いてと言われる。

「じゃあ、〝女王の薔薇〟って、本当に男はいないの？」

「男？」

なぜ花の楽園で男の話を聞きたがるのか理解できないようで、ソフィーが眉根を顰める。それでも質問には答えてくれた。

「講師や門番の方には男性もいるけれど。でも、男性の講師は外部講師の方だけで、常任の講師は女性だけよ。学院内で男性を見る機会はほとんどないわね」

内容は事前に聞いていた通りで、例外はないようだ。女学院で、変な虫でもついたら大変だと危惧していたのでホッとした。

「他には？」

笑顔で問われ、クレトは間髪を容《い》れずにあとは特段ないと、首を振った。

「………それだけ？　それだけなの？　神秘の泉にも匹敵する〝女王の薔薇〟への興味がそれだけなの？」

〝女王の薔薇〟はいつから神秘の泉になったのだろう。

ソフィーと自分たちの価値観が違うのは、やはり貴族と平民だからなのだろうかと首を捻るが、階級のせいだけではない気がする。

「大体、なぜ男性の方を気にするの？　まさか、クレト……貴方まで行間の……」

そう言えば、先ほどもバートに対して「貴方、行間の性癖なのではない？」と言っていたが、そもそもギョウカンとは何なのか？

問いたい気もするが、ソフィーと長年いたことによって培われた勘が、聞いても理解できないと訴えていた。

ソフィーはなぜか天井を見上げ、「世界の広さも知らず、私はなんて愚かで無知だったの……。全てを知ったかのように奢っていた自分にガッカリしたわ」と、虚《うつ》ろな瞳で呟いていた。

やっぱり、久しぶりに会ったお嬢様は今日も変わっていた。

あとがき

はじめまして、森下りんごと申します。

この度は拙著『転生前は男だったので逆ハーレムはお断りしております』をお手に取ってくださり、ありがとうございます。

本作は、前世は男だった青年が、男爵令嬢に転生する物語です。

可愛い女の子に転生したからには、立派な淑女になってみせる！　と豪語しつつも、どんどんかけ離れていく主人公と、ちょっぴり（？）癖のあるご令嬢たち、主人公のせいで何やかんやと振り回され、苦労する男性キャラたちで構成されています。

よもや、仕事のストレスを少しでも解消するために書き始め、勢いだけでＷＥＢ上にアップしたものが、こうやって書籍化していただけるとは、人生どうなるか分かりません。

正直、書籍化のお話をいただいた時から「書籍化って、本当にできるものなのか？　私が？」と首を捻っていたのですが、今もまだ捻っております。きっと、書店で自分の本を見つけるまで、ずっと首を捻っていると思います。

そんな森下ですが、今回書籍化のお話をいただけたお蔭で、本編では入れられなかったパートとクレトの話を書くことができ、その機会に恵まれたことに感謝しております。

できればリリナの話も書きたかったのですが、ページ数の問題で断念いたしました。

まさか、書籍化できるとは書き始めた時には、夢にも思っていなかったので、好きなものを好きなだけ書いた結果、なかなか一冊に収めるには難しい分量に（汗）。

ですが、ここまでは入れたい！　と思っていた分量までは入れていただけたので、森下としては感無量です。


さてさて、あとがきとは一体何を書けばよいのでしょう？

私自身、小説のあとがきを楽しみに読む派なのですが、いざ自分が書こうとしたら、何を書けばいいのか悩みますね。

うーん……、せっかくの紙面ですが、森下という人間がいかにポンコツかお話ししましょう。

書籍化に伴い、担当様から「イラストレーターさんはどんな方がいいですか？」と聞かれた時、私はきっと大半の作者様が口にされるだろうと思われる返事をいたしました。

「女の子を、可愛く描ける方でお願いします！」と。

それに対して、担当様も同意してくださり、その後こう仰いました。

「男の子もカッコよく描いてくださる方がいいですよね」

そのお言葉に、私の中で一瞬、間が空きました。

（…………え？　私の作品に、男のキャラっていたっけ？）

自分が書いた作品なのに、なぜかこの時、作中に男性キャラはいないと思っていたのです。女の子しかいないと思っていたのです。

担当様はさらに続けて、「リオやアルをカッコよく描いてくれる方がいいですよね」と、具体名を挙げてくださって、やっと思い出しました。

（あ、いたいた……男いた！）

思わず、担当様に「ありがとうございます！」とお礼を伝えましたが、本当は「(思い出させてくださって）ありがとうございます！」が本心でした。

はい、ポンコツです。紛うことなきポンコツです。

男性陣なら、リオやアルの外にも、バート、クレト、エリーク。

そして、書籍化のお話をいただいた当時、既に舞台は〝王の剣〟へと進んでいたのに、なぜ私は男のキャラクターはいないと思ったのか、自分でも不思議です。

こんなポンコツですが、どうぞよろしくお願いいたします！（言い逃げ）

そんなポンコツが綴った物語ですが、イラストレーターのみわべさくら様のおかげで、世界観がとっても華やかに彩られました！

ソフィーも、他の女性陣もとっても可愛く、ラフだけで垂涎ものです。

表紙は、キャラクターが多いほど満足度が高いと思っていた森下ですが、表紙ラフを拝見した時、「あ、この可愛さは、一人でも十分過ぎる！」と自然と思ってしまいました。

当初、ソフィーとクリスティーナの二人を表紙に描いてくださっていたのですが、主人公一人でも十分に可愛らしく、あえて表紙はソフィーだけにしていただきました。その代わり、クリスティーナとリリナを別に描いていただいたのですが、きらめく美しさに圧倒され、みわべ様に引き受けていただけたありがたみを噛み締めました。


ではでは、最後に謝辞を。

お手に取ってくださった皆様。

ＷＥＢ時から応援してくださった皆様。

物語に美しい色彩と躍動を与えてくださったみわべさくら様。

初めての書籍化で、分からないことが分からなかったので、とりあえずボーッとしてみる状態の森下を導いてくださった担当様。

書籍化報告を告げたら、なぜか森下以上に喜んでくれた友人たち。

そして製作に関わってくださった方々。

一冊の本として、この世に生み出してくださった幸福と感謝を噛み締めて、お礼申し上げます。

森下　りんご

お嬢様、楽しく描かせて
いただきました。

EARTH STAR NOVEL

転生前は男だったので逆ハーレムはお断りしております

発行 ―――― 2020年1月16日　初版第1刷発行

著者 ―――― 森下りんご

イラストレーター ―――― みわべさくら

装丁デザイン ―――― 冨永尚弘（木村デザイン・ラボ）

発行者 ―――― 幕内和博

編集 ―――― 大友摩希子

発行所 ―――― 株式会社 アース・スター エンターテイメント
〒141-0021　東京都品川区上大崎3-1-1
目黒セントラルスクエア　5F
TEL：03-5561-7630
FAX：03-5561-7632
https://www.es-novel.jp/

印刷・製本 ―――― 図書印刷株式会社

ISBN 978-4-8030-1377-1